FAHRENHEIT

Gesell-schafts-spiele

LOUISE JACOBS

ROMAN

FAHRENHEIT

Mehr über unsere Autoren und Bücher:
www.fahrenheit-verlag.de

Mix
Produktgruppe aus vorbildlich bewirtschafteten Wäldern und anderen kontrollierten Herkünften
www.fsc.org Zert.-Nr. GFA-COC-1223
© 1996 Forest Stewardship Council

ISBN 978-3-940813-17-6

Satz: Fotosatz Amann, Aichstetten
Druck und Bindung: CPI – Clausen & Bosse, Leck
Printed in Germany

Ein Mann setzt sich neben mich und balanciert eine Gabel auf dem Zeigefinger seiner linken Hand. Er sagt: »Wenn man glücklich ist, weiß man, was man hat.« Ich schweige. Er sagt: »Man ist so alt, wie man sich fühlt.« Ich schweige. »Oder so jung.« Ich habe kein Alter.

Er zeigt mir seine Hände. Die fünf Finger der rechten Hand wurden mit einer Axt abgespalten. Er sei einmal verheiratet gewesen, erzählt er, und habe dafür mit seiner Freiheit bezahlt. Jemand lobt mich: Alles sei toll. Jemand versichert mir: Alles sei geschafft. Ich denke: Alles ist nichts.

Topfenpalatschinken.

Prolog

Der Tag von Leos Beerdigung war nebelverhangen. Sattgrün und schwer hingen die Blätter an den Eichen und Ahornbäumen, ein ununterbrochenes Tropfen knisterte im Regendunst. Vor der Pesterwitzer Dorfkirche standen nur wenige Wagen mit Berliner Kennzeichen. Die Türen der ankommenden Autos schlugen zu, Schirme wurden aufgespannt und zur Kirche getragen. Manche der Männer, die mit Kindern an der Hand und Ehefrauen an der Seite über den Platz gingen, schienen in Leos Alter zu sein. Vielleicht waren sie mit Leo zur Schule gegangen oder hatten in Dresden mit ihm studiert. Untereinander, so kam es Ebba vor, kannte sich die kleine Gemeinde jedenfalls. An der Freitreppe stand Leos Vater und begrüßte die Angehörigen und Freunde der Familie. Seine Hand war kalt, seine Stimme brach. Sanft ließ Ebba sich von ihm in die feuchte Wolle seines Mantels drücken und trat mit den anderen Trauernden in das Kirchenschiff. Sie nahm in einer der hinteren Bänke Platz, neben einer einfach gekleideten Dame, sah auf die Kanzel und die ungeschmückten Wände. Unter dem Altar lagen Blumenkränze aus weißen Lilien und roten Rosen. Stumm, aber vom Schleifen der Schuhsohlen und Raffen der Mäntel begleitet, schoben sich die Menschen in die Bankreihen. Niemand sprach. Alte Männer husteten und schnäuzten sich, Kindergeflüster ging darin unter. Ebba beobachtete einen Jungen, der an der Hand seiner Mutter einen Strauß und einen Brief niederlegte.

Später, am Grab, hörte sie Erde von der Schaufel auf die Urne fallen. An der Rasenkante der Grube standen Leos Vater und Rahel, zwischen ihnen Leos Stiefmutter. Milchweiß leuchtete der Kragen des Pfarrers, in seinen alten Händen lag das schwarze

Buch. »Er weidet mich auf einer grünen Aue und führet mich zum frischen Wasser.« Seine Worte verloren sich im Regen.

Langsam versank die Urne unter der Erde. Der Regen prasselte leise auf die aufgespannten Schirme, die Luft war warm. Als Ebba an den Erdhügel trat und sich bückte, um einen garstigen Erdklumpen aufzunehmen, tropfte es ihr in den hochgeschlagenen Mantelkragen. Sie zerrieb den Dreck zwischen ihren Fingern, bis ihre Hand schwarz war und nach Pfeffer und Süßholz roch.

Im Atelier hatte sie die mit Ton vermischte Erde auf dem Fensterbrett liegen sehen. Ebbas Lippen begannen zu zittern. Sie erinnerte, wie Leo den Ton geknetet, wie er ihn wieder und wieder zu einer Kugel geformt hatte, wie sein Daumen und seine Finger tiefe Spuren in dem feuchten Material hinterlassen hatten. Sie erinnerte die Neugierde in seinen Augen. Mit der dreckigen Hand wischte sie sich über die Wangen.

Kapitel 1

Der Wind hämmerte gegen die Scheiben des Ateliers, der Regen zerplatzte auf der Terrasse vor dem Haus und fegte durch die Ebene des Ruppiner Landes. Das Wasser floss vom Hausdach und sammelte sich auf den Steinplatten in einer großen Pfütze. Ströme und Rinnsale glitzerten im Licht der Außenbeleuchtung, lauter springende Punkte hüpften vor den hohen Fenstern. Die Rufe des Sturms kamen von der Ostsee. Mit ihrem Atem löschten sie die Glut jeder Feuerseele.

Es war spät, als Leo sich unter der Decke verkroch. Stundenlang wälzte er sich im Bett hin und her. Die rauen Böen ließen ihn nicht schlafen, immer wieder weckte ihn ein zuschlagender Fensterladen aus dem Halbschlaf. Auf dem Rücken liegend starrte er in die Nacht in seinem Zimmer und erwartete den Tag.

Im Morgengrauen stand er auf und duschte. Nackt trat er ans Fenster seines Schlafzimmers und schaute über das Zuckerrübenfeld. Es regnete noch immer. Missmutig zog er sich an, stieg die Stufen von der Galerie hinab in den Wohnraum und schlurfte von dort ins Atelier. Durch die Glastüren zur Terrasse blickte er über die Hecke hinweg, die Herrn Muschawecks Grundstück von seinem trennte. Das Dutzend Gänse und der Truthahn standen im Kreis unter dem Dach ihres Holzschuppens zusammengepfercht. Leo ging in die Küche, strich sich die blonden Haare aus dem Gesicht und zog ein fleckiges Wollhemd von einem der Stühle. Er suchte seine Schuhe und schlüpfte hinein, ohne sie zu binden. Schließlich stand er mit einer Zigarette vor den Terrassentüren und starrte müde auf die blaue Holzbank, die im Garten unter der Glyzinie in einer Wasserlache stand. Rahels Gartenhandschuhe lagen auf dem Rasen neben seinem Jeep.

Leo kochte Kaffee und setzte sich an den Esstisch. Wieder und wieder griff er nach der Kanne, um sich einzuschenken. Obwohl seine Bilder auf ihn warteten, blätterte er lange in einem spanischen Goya-Katalog, bevor er zu arbeiten begann. Trotz der unruhigen Nacht malte er ohne Zwang. Noch einmal modellierte er die Frauenfigur mit etwas angetrockneter Farbe und füllte den lichten Fleck rund um ihren Kopf mit sehr dickem Weiß und einem Hauch Zinnoberrot. Er fand das Resultat misslungen und übermalte alles wieder zu einer Fläche. Das Schwarz gefiel ihm, es war ein gutes Schwarz, das musste er sich erhalten, es hatte eine düstere Qualität. Acht Leinwände hatte er bereits bemalt, für die letzten vier blieb ihm nicht mehr viel Zeit, es war kaum zu schaffen. Der Auftrag aus New York lautete: Zwölf Bilder in wenig mehr als neun Monaten. Knapp zwei Monate noch. Das Grün war verschmutzt, glitschig, er suchte nach dem staubigen, trockenen Ton grüner Erde. Er kam mit dieser Figur nicht weiter, über einen bestimmten Punkt kam er nicht hinaus, und er bezweifelte, das Porträt jemals zu vollenden. Es waren der Mund und die Wölbung unter den Augenbrauen, noch nie war es ihm so schwergefallen, ein Porträt zu malen. Rahels Gesicht entzog sich ihm seit Tagen. Ihr Mund bestand aus zwei Lippen, doch er weigerte sich zu leben. Ihr Mund erzählte nicht, lachte nicht, er log und schmollte, küsste und biss nicht. Es waren Lippen, die zu keinem Gesicht gehörten.

Wie sollte er das malen? Diese Statik in Bewegung folgte keiner Ordnung. Überhaupt betrachtete er es nicht als seine Aufgabe, Ordnung in eine Unordnung zu bringen. Er glaubte nicht, das Rad neu erfinden zu müssen. Mit der Natur und ihren Formen wollte er sich schon gar nicht messen. Eigentlich auch nicht mit der Zeit, doch durch die neunmonatige Frist war seine Arbeit von Beginn an unnatürlich eingeschränkt, der Entstehungsprozess aller zwölf Bilder eingekocht. Die Ausstellung im Metropolitan Museum sollte seine letzte sein für die nächsten fünf Jahre. Max Bartenstein, sein Galerist, nannte das »künstliche Verknappung«. Das klang nach Rahel, die über die Hälfte seines Frühwerks in Zusammenarbeit mit der Galerie archiviert und weggeschlossen hatte. Rahel, die den Wert seiner Kunst erhielt, die mit ihrer Fähigkeit, Menschen zusammenzubringen und ihnen die richtigen Dinge zu erzählen, für seinen Marktwert gesorgt hatte. Ihre Entschlossenheit, ihr Ehrgeiz hatten sich in ihre Züge gegraben, fand Leo.

Es zeigte sich ein Stück blauer Himmel. Die Sonne lag noch immer hinter dem schroffen, anthrazitfarbenen Wolkengebirge, das sich über den Baumkronen des nahen Waldes aufgetürmt hatte, als Frau Wehndorf, die Haushälterin, kam. »Was für ein Wetter«, sagte sie kopfschüttelnd, als sie die Tür hinter sich schloss und den Wind aussperrte. Sie brachte Leo Brötchen und die Tageszeitung. Als sie an ihm vorbei zur Küche ging, um ihre Tasche abzustellen, sah er, wie ihre nassen Sohlen dunkle Flecken auf dem Boden hinterließen. Sie kam auf ihn zu und drückte ihm ein in dünnes Papier gewickeltes Croissant in die Hände: »Mit schönem Gruß von Frau Fehrbeck.«

Leo steckte sich die Zigarette zwischen die Lippen und nahm es dankend an.

»Haben Sie gar keinen Schirm mit?«, fragte er.

»Es ist zwecklos bei diesem Wetter. Ich hoffe, Sie können die Zeitung noch lesen, sie ist etwas nass geworden. Ich habe auch Äpfel mitgebracht, von meinem Mann.«

»Danke.«

»Sie müssen ja etwas essen. Ich mache Ihnen Geschnetzeltes an Rahmsauce, das brauchen Sie später nur im Ofen warm zu machen.«

»Klingt sehr gut.«

»Dann mache ich mich mal an die Arbeit. Haben Sie Wäsche?«

»Nein.« Er tauschte einen Blick mit ihr, fast schmerzten ihn die Liebenswürdigkeit und der Eifer in ihren Augen. Er lächelte und wandte sich ab. Die Fensterscheiben spiegelten seinen Körper, die nicht sehr muskulöse Statur, die breiten, runden Schultern und starken Oberarme, die gerade Nase und die hellen Augenbrauen.

Er trat so dicht ans kalte Fenster, dass er durch sein Spiegelbild hindurchsehen konnte.

»Ein Fuchs hat zwei Gänse von Herrn Muschaweck gerissen«, hörte er Frau Wehndorf sagen. »Wenn Sie ihn sehen …«

Er drehte sich um: »Ich habe keinen Fuchs gesehen.«

»Herrn Muschawecks Jagdinstinkt ist geweckt.«

»Ich verstehe. Er lauert ja allem gerne auf.«

»Ich hoffe, der Fuchs zieht weiter, bevor er ihn erschießt.«

»Oder ihn der Hund kriegt!«

»Der kann doch gar nicht jagen!« Frau Wehndorf lachte.

»Wer weiß.«

»Wer weiß«, seufzte sie, »was da geweckt wird.«

»Ja, wer weiß.« Während sie sich oben an die Arbeit machte, ging er zum Esstisch und blätterte in der Zeitung. »Frau Wehndorf, am nächsten Wochenende bin ich in Berlin.«

»Ich weiß! Sie feiern dort Ihren Geburtstag, hat mir Ihre Frau erzählt!«, kam es von der obersten Stufe der Treppe. »Ich komme dann am Freitagnachmittag und drehe die Heizung runter. Wie lange bleiben Sie in Berlin?«

»Nur das Wochenende.«

Auch Leo machte sich wieder an die Arbeit, schüttete Eitempera nach, um dem Grünton den Glanz zu nehmen. Er hörte, wie Frau Wehndorf oben sang, und schmunzelte. Er hatte keine große Lust, nach Berlin zu fahren. Rahel würde ihm Leute vorstellen, alle würden an ihm zerren, und er würde müde nach Garz zurückkehren. Draußen hatte sich der Wind gelegt, die Sonne schien übers Dach, und der Hund von Herrn Muschaweck bellte. Von der Weide kam das Schnattern der Gänse, das Leo auch nachts hörte. Vor der Terrassentür lag zusammengerollt eine Katze.

Sich an nichts messen, an keinem Baum, keiner Blume, keinem Bach. Auf dem Land verlieren die Maßeinheiten der Stadt ihre Geltung: Schönheit, Klugheit, Reichtum, Sex.

Abends fing es wieder an zu regnen. Leo lauschte dem monotonen Prasseln und seufzte. Er verstrich den letzten Rest Grün, säuberte die benutzten Pinsel und ging zu Bett. Frau Wehndorf hatte es frisch bezogen, die duftenden Laken lagen kalt auf seiner Haut. Ob Rahel heute Abend in Gesellschaft war? Ließ sie sich von einem anderen lieben? Von Finn? Leo spürte, dass Rahel sich nach jemandem sehnte, mit dem sie kämpfen konnte. Nach jemandem, der sie umklammerte. Sie hatten beide Affären gehabt, aber nie hatte Rahel ihm zu verstehen gegeben, wann, wo, mit wem sie sich amüsierte, ebenso wenig wie er ihr von seinen Eskapaden berichtete. Stillschweigend hatten sie diesen Pakt vereinbart, einen freien Bund. Diesmal war es anders. Sie machte sich keine Mühe, ihre Begeisterung für diesen Brankamp vor ihm zu verbergen. Sie erzählte ihm von ihrem Besuch in der Redaktion, die ganze Etage habe er ihr gezeigt, sich außergewöhnlich lange mit ihr unterhalten und sie zur Drehtür des Gebäudes begleitet. Stell dir vor, Leo, er hat mich ins *Capriccio* eingeladen! Du hättest sehen sollen, wie galant er mir die Tür aufgehalten hat, Leo. Denk nur, Leo, er liebt Chopin, besonders die Klavierkonzerte. Na und, dachte er.

In seinen Handflächen suchte Leo die Lebenslinie. Er spürte das Bedürfnis nach einem Drink. Er war kein Kämpfer. Er hatte immer gemalt. Gemalt und Musik gemacht. Aber Rahel mochte es nicht, wenn er Gitarre spielte, und auch Max, sein Galerist, meinte einmal, er könne einfach besser malen. Leo zeichnete die Linie in seiner Handfläche nach. Sein siebenunddreißigster Geburtstag. Der Höhepunkt seiner Karriere. Was kam nach der Ausstellung im Met? Fünfzig Jahre würde er wohl noch leben. Fünfzig Jahre würde er sich immer wieder neu erfinden und weiter entwickeln müssen. *Leo Becker.*

Er stellte sich vor, wie Rahel sich auf den Rücken rollte und Finn zulächelte. Er sah, wie sie sagte, dass sie Kopfschmerzen habe, und sich schläfrig an Finn schmiegte. Er sah, wie die beiden stumm nebeneinanderlagen. Er sah, wie sie über seine Witze lachte. Finn Brankamp. Täglich ging er in seine Redaktion, wo alle ihm zuhörten, taten, was er sagte, und sich von seiner Wortgewalt beeindruckt zeigten. Man bewunderte ihn. Genau das fehlte Rahel, sie glaubte nicht, bewundert zu werden, nicht einmal für ihre Schönheit. Sie war die Ehefrau von Leo Becker, und darum wurde sie beneidet. Solange sie in seiner Nähe blieb, würde sie immer nur dafür bewundert werden. Rahel floh seinen Schatten und begab sich in den nächsten. Leo tastete mit der Hand nach der Lampe und löschte das Licht.

Kapitel 2

Kurz vor Mitternacht holte Leo noch drei Flaschen Champagner aus dem Keller. Eine Flasche unter den Arm geklemmt und den Bügel einer dunklen Sonnenbrille zwischen den Lippen stieß er die Haustür auf. Im Eingang lagen Plastiktüten, Fahrradschläuche, ein Feuerlöscher und Metallstäbe. Das Linoleum auf den Treppenstufen war matt und staubig. Das Licht im Flur ging an. Stimmen wurden laut, und Musik wummerte durchs Haus, es roch nach Zigarettenrauch und Parfüm. Im Türspalt zur Wohnung klemmte eine Holzlatte, die Tür ließ sich nur schwer aufdrücken, weil dahinter ein Fußabtreter lag. Links stapelten sich dunkle Jacken und Mäntel. Die Menschen standen dicht an dicht, dünne, hochgewachsene Menschen, eine bunte Mischung, manche saßen, andere bewegten sich gemächlich in dem offenen Raum zwischen Küchenzeile und Bad, weiter hinten wurde getanzt. Links neben dem Eingang war die Garderobe, der Bereich rechts diente als Büro, mit langem Tisch, Computer, Büchern, Aktenschränken und Regalen, dahinter schloss sich der Bereich an, in dem ihr Bett stand und von dem das Badezimmer abging. Das Loft war einmal Leos Atelier gewesen, an der Decke verliefen noch Schienen, ein Quadrat in der Mitte des Raums. Bei Bandproben hatten sie diese Fläche immer mit Decken abgehängt, um den Schall zu dämpfen.

Leo stellte die Flaschen auf dem Tisch ab, die Sonnenbrille legte er beiseite. Das Buffet stand in der Mitte des Atelierraums und glich inzwischen einer blutenden Fleischwunde. Der Nudelauflauf war von Aufgebelöffeln zerstochen, die Splitter der Käsekruste ragten aus dem Tomatensud. In zwei Salatschüsseln aus Kristall schwammen Radieschenscheiben, Gurkenstücke und Paprikawürfel in einer französischen Sauce. Die gehackte Petersilie klebte an den Innenwänden. Die Aufschnittplatten glänzten fettig, Schnittlauchgräser klebten am Holz. Ein Mikado aus Messern breitete sich über den ganzen Tisch aus, die Schneiden mit Butter oder Senf beschmiert. Im Brotkorb lag angebrochenes Brot, standen Stangen von Baguettes, und auf dem weißen Tischtuch waren Krümel der zerrupften Brötchen liegen geblieben, wie Schneeflocken, die nicht schmelzen. Im gedeckten Apfelkuchen klaffte eine Öffnung, aus der die Füllung aus Äpfeln, Rosinen und Mandelstiften gekratzt worden war. Die Schale einer Zitrone lag in einem spiralförmig eingedrehten Band, daneben die gehäutete, zerteilte Frucht. Fünf silberne Kerzenleuchter standen in einer Reihe zwischen dem Geschirr, das gelbe Licht ihrer Flammen überzog die geräucherten Lachsscheiben mit öligem Glanz. Hier und da schmückten Vasen mit schwebenden Kompositionen aus Rosen und Winterblumen den Tisch, die Rahels Handschrift trugen. Sie hegte eine Vorliebe für Botanik und band die schönsten Sträuße.

Einladungen dieser Art waren nichts Außergewöhnliches. Sie lud in der Regel einmal im Monat zum Cocktail in sein ehemaliges Atelier ein, im Sommer am liebsten jede Woche. Ständig lernte sie irgendwo jemanden kennen, den sie »wahnsinnig interessant« fand, und sie umgab sich gerne mit Kulturjournalisten und Seriendarstellern, mit Werbern, Kunstsammlern oder Schriftstellern. Dann redete sie und lachte, und wenn alle applaudierten, strahlte sie. Leo ließ seinen Blick durch den Raum schweifen, konnte Rahel aber nirgends entdecken.

In den Kissen der Sitzgruppen unterhielten sich die Gäste, mit Gläsern in den Händen und übereinandergeschlagenen Beinen wandten sich die Männer den Frauen zu. Zu ihrem angeheiterten Geplauder lief Musik. Leo betrachtete die Menschen, die eingeladen worden waren, mit *Leo Becker* den Geburtstag zu feiern, oder die gekommen waren, ohne etwas von seinem Geburtstag zu ahnen. Sie alle waren satt und verwöhnt, schon seit Jahren feierten sie ihre blühende Jugend, noch immer prahlten sie mit ihren internationalen Karrieren und gefielen sich in der Schönheit ihres Äußeren. Leo wusste von den Geschichten hinter den Gesichtern. Von ihm dort drüben erzählte man sich, dass er mit jeder aus seinem Jahrgang geschlafen hatte, bevor er seine Jugendliebe heiratete. Vor seiner Hochzeit hatte er geschworen, nie fremdzugehen. Sein Versprechen hielt er eisern und stolz, bis nach einigen Jahren Ehe herauskam, dass seine Frau die ganze Zeit über eine Liebschaft unterhalten hatte. Von einer anderen, die etwas rechts davon stand, wusste Leo, dass sie Karriere als Einkäuferin für ein Designer-Outlet machte. Ihr Leben spielte sich zwischen Mailand, Paris und London ab, sie fuhr einen teuren Wagen, trug die Haare perfekt frisiert und war immer stilsicher gekleidet. Seit Jahren hatte sie keine feste Beziehung mehr, und auch heute Abend sah sie einsam aus. Noch ein anderer Gast hatte schon in den Achtzigerjahren Edelschaufenster in London dekoriert. Die Menschen seien stehen geblieben und hätten *vor Rührung geheult*, hatte er Leo erzählt. Er sei der Einzige *in ganz Deutschland*, der eine solche Ausbildung hätte. Von noch einem anderen hatte Leo gehört, dass er seine Ehefrau für eine Musikstudentin verlassen hatte. Obwohl ihn die Scheidung sein Erbe und sein halbes Vermögen kostete, verdiente er mit einer Werbeagentur genug Geld, um sich eine dicke Uhr am Handgelenk und zwei Stockwerke voller Gegenwartskunst zu leisten. Die Frau, die neben ihm stand, arbeitete für eine deutsche Modefirma. Sie war attraktiv, ihr Körper der eines jungen Mädchens, aber auch sie schien keinen Mann zu finden, zu dem sie hätte aufschauen können, der mehr erreicht hatte als sie, ein noch größeres Vermögen besaß. Sie kam immer alleine.

Leo hörte, wie ein Glas zu Boden fiel. Einige jubelten und klatschten. Als sich die Angestellte des Catering bückte und die Scherben zusammenkehrte, sah er mit den Umstehenden zu, wie sich der Saum ihres Rocks hob.

An der Ecke des Tischs, bei den Pralinen, den aufgetürmten Erdbeeren, der mit Minze dekorierten Crème fraîche und den aufgeschnittenen Kuchen und Torten, entdeckte Leo seinen Galeristen und stellte sich zu ihm. Max sagte noch: »Der Kitsch würde auf schwarzem Untergrund viel besser zur Geltung kommen«, zog eine Erdbeere durch die dicke, weiße Crème und verabschiedete sich dann von Leo. »Ich fliege morgen früh nach Palma.« Leo fand sich neben Marie wieder, die für seinen bisher teuersten Akt Modell gesessen hatte. Er wusste, dass man ihm bis heute ein Verhältnis mit ihr nachsagte. Sie musterte ihn stumm, missbilligend. Er langte nach einer Praline, schob sie sich in den Mund, griff dann einen Pikser und schälte eine Scheibe Lachs von der Platte. Der Fisch riss in zwei Stücke, er nahm sich Weißbrot und Meerrettich dazu. Dann packte Leo Marie am Arm und führte sie zu dem kleinen Kreis, in dem er Tobias ausgemacht hatte.

Tobias war fünf Jahre jünger als er, aber manchmal dachte Leo, dass sein Freund mehr von Kunst verstand, als er selbst es je tun würde. Tobias war ein Philosoph, und wie so oft sprach er gerade über das Bild eines Malers, dessen Namen Leo noch nie gehört hatte. Leo unterbrach ihn mitten im Satz und stellte den anderen Marie vor. Tobias verdrehte die Augen: »Leo kann sehr unhöflich sein«, beschwerte er sich bei den anderen. »Heute Nachmittag«, warf er ihm vor, »hast du dich mitten in der Unterhaltung mit meinem Professor abgewandt und bist gegangen!« Leo legte ihm einen Arm um die Schulter. »Nur gut«, tat Tobias entrüstet, »dass hier keine Bilder mehr hängen.« Tobias erzählte gern Anekdoten über seinen Freund. »Das waren noch Feste, damals! Weißt du noch, Leo?« Er wandte sich den anderen zu. »Es war unglaublich. Alle um ihn herum amüsieren sich, und Leo stellt sich einfach hin und betrachtet ein Bild in Arbeit. Das müsst ihr euch mal vorstellen: Leo, völlig versunken. Zehn Minuten oder länger. Mitten im Getöse! Und obwohl die Musik läuft, werden alle um ihn herum still. Stille im ganzen Raum.« Tobias malte mit der Hand einen Halbkreis
in die Luft. »Und dann, als alle seinem Schweigen lauschen, dreht er sich um und fängt aus heiterem Himmel an, über Lamas oder Kamele zu sprechen oder über Schattenspiele an der Wand. Und die ganze Welt hängt an seinen Lippen.«

Leo lachte und schluckte seinen Wodka wie Wasser.

Das Fest wurde wieder lauter. Vor dem großen Spiegel im Eingangsbereich trank ein Mann Bier aus der Flasche und beobachtete wortlos eine Frau, die sich den Lippenstift nachzog. Sie trug ihre wirren Haare zum Knoten gebunden, er kannte die Geste. Ebba! Ebba war hier. Leo hatte sie oft vor diesem Spiegel gesehen. Damals, als es die Band noch gab, hatten sie häufig hier geprobt, Ebba hatte gesungen. Zum musikalischen Inhalt hatte sie nicht viel beigetragen, doch mit Leo laut und heftig darüber gestritten. Die Konflikte zwischen Sängerin und Gitarrist waren einer der Gründe für die Spaltung der Gruppe gewesen. Kurz danach hatten sie sich auch als Paar getrennt. Das alles schien lange her.

Was tat sie nach all den Jahren hier? Seit ihrer verfrühten Abreise aus New York hatten sie keinen Kontakt mehr zueinander gehabt. Alles, was er über sie wusste, war, dass sie noch immer in Berlin lebte und inzwischen Musikunterricht gab, wogegen sie sich früher mit Händen und Füßen gewehrt hatte.

Ihr Gesicht war verändert. Aber seit er sie kannte, war ihr Gesicht, immer wenn er sie wiedersah, verändert. Er hatte sie nie gemalt, nie ein Porträt versucht. Manchmal trug sie die Haare offen, manchmal hochgesteckt. Manchmal war sie geschminkt, manchmal gar nicht. Manchmal war sie schön, manchmal traurig. Sie zog eine Blume aus dem Haar, hielt eine teure, aber alte Tasche in der Hand, über ihre Wangen zogen sich Sommersprossen, und ihre langen, getuschten Wimpern berührten beim Augenaufschlag fast die vollen Augenbrauen. Ihre Lippen glänzten rot wie die Verpackung von Niederegger Marzipan.

Leo wandte sich von Tobias, Marie und den anderen ab, die Legendenbildung kam sehr gut ohne ihn aus. Fast stieß er mit einer Frau im roten Kleid zusammen, die sich nach einer zerknüllten Serviette hinter ihrem Absatz umsah. Er nahm sie kurz entschlossen zum Tanz. Während er sie im Kreis durch den Raum wirbelte, erblickte Leo immer wieder Ebba, die an der Garderobe stand, und Rahel, die sich auf das alte Ledersofa zurückgezogen hatte. Neben ihr saß Finn Brankamp, der mit seiner hellen Haut und den ergrauten Haaren, den schmalen Lippen, den Krähenfüßen und gepflegten, im Schoß ruhenden Händen in dieser Umgebung eher unauffällig wirkte. Er trug einen Siegelring und sah aus, als habe er die letzten Nächte wenig geschlafen.

Jedes Mal, wenn Leo an Rahel vorbeiflog, schien sie ein Stück näher an Finn herangerückt zu sein. Leo atmete den Duft seiner Partnerin tief ein, um die Bilder zu vertreiben, die ihn nachts in Garz verfolgt hatten und ihm nun erneut durch den Kopf schossen. Aber er täuschte sich nicht, bei der nächsten Drehung war die Distanz zwischen Rahel und Finn noch kleiner. Er ließ seine Tanzpartnerin stehen und sank in den Sessel, der dem Sofa gegenüberstand, doch die beiden schienen ihn gar nicht zu bemerken. Sie beachteten ihn nicht, tuschelten miteinander und schienen nichts um sich herum wahrzunehmen. Finn hatte den Fuß über das Knie geschlagen, sodass Leo die abgelaufene Schuhsohle sehen konnte. Rahel saß nun eng an Finns Seite gedrückt, ihre Blicke folgten Finns Hand, die auf der Lehne lag. In diesem Moment wurde Leo klar, dass Rahel sich heute für Finn zurechtgemacht und geschminkt hatte. Er schaute auf die Spitzen seiner Stiefel und krampfte die Zehen zusammen. Dann hörte er, wie Rahel laut lachte. Sie besaß viele reizende Eigenschaften, unter anderem ein hübsches Lachen. »Never scrimp on smiles and luxuries«, pflegte sie zu sagen. Sie war eine Königin, und fragte sie jemand, wie es ihr ging, antwortete sie, seit sie mit Leo zusammen war: »Sehr gut!«, und lachte.

Genau dieses Glückskind gab sie auch jetzt, dann fragte sie Finn: »Was wärst du gerne für ein Tier?«

»Eine Schildkröte.«

»Eine Schildkröte!«, rief sie aus. »Warum ausgerechnet eine Schildkröte?« Sie riss sich von Finns Blicken los, griff nach ihrem Glas und sah Leo in die Augen: »Ich schlage mich schon mit einem Mann rum, der in einem Panzer lebt.«

Leo erwiderte ihren Blick, dann sagte er an Finn gerichtet: »Seit wann haben Schildkröten weiche Eier?«

»Hör nicht auf ihn«, meinte Rahel. »Leo hatte schon immer Schwierigkeiten mit intellektuellen Männern.« Sie führte ihr Glas zum Mund, Finn zog an seiner Krawatte.

Leo stand auf, ging zur Musikanlage und legte Strawinsky auf. Paukenschläge durchdrangen sein Gehör. Auch sie vertrieben die Bilder vor seinem inneren Auge nicht. Die Gäste begannen, die Wohnung zu verlassen. Bei den »Vorboten des Frühlings« saßen nur noch wenige auf den Ledermöbeln, leerten schweigend ihre Gläser und lauschten der »Anbetung der Erde«. Leo pfiff die Melodie tonlos mit. Ebba lehnte am Fenster, sah ihn mit wachen Augen an und rauchte in Zeitlupe, die Zigarette locker in ihren Fingern, den Ellbogen in die Seite gestützt. Schatten zitterten auf ihrem Gesicht. Genug! Leo zerschmiss sein Glas auf dem Fußboden und drehte sich wütend um.

Er ging auf das Sofa zu und packte Rahel bei der Schulter, um sie vom Sofa zu ziehen. Er hörte, wie ein Teller zu Boden fiel und zerbrach. »Rahel ist meine Frau! Hast hier nichts zu suchen!«, schrie Leo. »Zisch ab, du Schwein, und fass meine Frau nicht an!« Tobias packte Leo am Arm. Finn grinste zynisch: »Schon in Ordnung«, sagte er, »lass mal, du hast zu viel getrunken.«

»Raus hier!«, setzte Leo nach. »Wenn du mit anderen Frauen ins Bett willst, geh in den Puff! Raus hier!«

Finn erhob sich, rückte im Stehen seinen Hosenbund zurecht. Leo schubste ihn mit beiden Händen, packte ihn am Kragen und stieß ihn grob von sich fort, ohne sein Hemd loszulassen. Finn wehrte sich nicht. Leo versetzte ihm erneut einen harten Stoß, der ihn unfreiwillig wieder zum Sitzen brachte. Tobias fasste Leo an den Schultern und wollte ihn zur Seite zerren, doch Leo war in Rage, seine Augen brannten. »Hau ab, habe ich gesagt! Verschwinde, die Feier ist zu Ende!« Leo versuchte sich aus Tobias' Griff zu befreien und verfluchte Finn, bis er schließlich herausrotzte: »Scheiß Ehe!«

Alle sahen ihn an. Rahel richtete sich die Haare.

»Scheiß Ehe«, wiederholte Leo.

»Jetzt halt deinen Mund!«, ermahnte ihn Tobias.

»Scheiß Ehe, und meine Frau lässt sich auf einen Mops wie den da ein.«

Tobias haute ihm mit der flachen Hand auf den Rücken, um ihn zur Besinnung zu bringen. »Halt deinen Mund, du hast sie nicht mehr alle.«

Leo versuchte, Tobias abzuschütteln, alle starrten ihn entsetzt an, auch Ebba. Leo erwiderte ihren Blick. Für einen winzigen Augenblick fühlte er sich verstanden. Er wischte sich mit dem Handrücken über den Mund: »Scheiß Ehe.«

Rahel sah ihn mit einem Ausdruck tiefer Enttäuschung an, dann wandte sie sich ab.

Den Umsitzenden war es merklich unangenehm, Zeugen dieser Szene zu sein. Leo sah sich nach Rahel um, während Tobias ihn am Arm in die entgegengesetzte Richtung zerrte. Den Rücken an der Wand setzte er sich auf den Boden. Finn sah lächerlich zerzaust aus. Aus den Lautsprechern schepperten weiter die Klänge des »Frühlingsreigen«. Leo nahm alles, was um ihn herum geschah, mit dumpfen Ohren und halber Geschwindigkeit wahr, auch wie Ebba, mit der er kein Wort gewechselt hatte, ihren Mantel nahm und leise verschwand. Genau wie damals in New York, dachte er, und er verspürte plötzlich den Impuls, aufzustehen und sie zurückzuhalten. »Verdammt«, flüsterte er. Finn zuckte mit den Schultern. Die Musik ging aus. In der Ruhe legten die verbliebenen Gäste ihren Glanz ab, als hätten sie nur eine Maske getragen, und unter Räuspern und Husten entvölkerte sich das Atelier. Rahel wehrte alle Angebote ab, beim Aufräumen zu helfen.

Als Finn seinen Mantel nehmen wollte, musste er feststellen, dass er nicht mehr da war. »Jemand muss ihn versehentlich mitgenommen haben«, entschuldigte sich Rahel.

»Jemand hat ihn geklaut!«, sagte Finn und verließ ohne Mantel die Wohnung. Tobias ging zuletzt.

Sie ließen alles stehen und liegen. Leo hing, den Kopf im Nacken, erschöpft im Sessel. Er hatte die Beine weit von sich gestreckt, die Arme lagen rechts und links auf der Lehne, der Rauch seiner Zigarette hüllte ihn ein. Gleichgültig starrte er auf die leeren Gläser im Raum. Er hörte, wie Rahel sich minutenlang im Badezimmer die Zähne putzte. Es roch nach kalter Sauce und Zwiebeln, die Teller stapelten sich auf den Tischen. Die Kerzen standen mit zerfaserten Dochten in den Ständern, einige waren ganz heruntergebrannt. Leo spürte, wie Rahel ihn vom Waschbecken aus beobachtete. Er fragte sich, ob sie ihn manchmal vermisste. Er fragte sich, ob er sie noch liebte. Und er versuchte sich zu erinnern, wann das alles angefangen hatte. Was ein schleichender Prozess gewesen war, war heute ein Zustand.

Sie kam auf ihn zu und setzte sich neben ihn auf die Lehne. Er sah sie noch immer nicht an. Rahel nahm ihm die Zigarette aus den Fingern, zog zwei Mal hintereinander daran und ließ sie dann in ein halbvolles Champagnerglas fallen.

Beide schwiegen.

Zerknüllte Papierservietten lagen auf dem Boden und den Stühlen. Es wurde Morgen.

»Lass uns schlafen«, sagte Rahel.

Kapitel 3

Als Leo erwachte, ging der späte Morgen gegen Mittag. Kein Sonnenlicht fiel ins Zimmer. Er wälzte sich im Bett hin und her, es roch nach Rauch, neben ihm lag Rahel, ihr Nachthemd duftete. Er stand auf und wankte ins Bad, duschte und wusch sich die Haare. Auf dem Rand der runden Badewanne reihten sich Flakons, edle Seifen und Cremes aneinander, Haarbürsten und ein Kamm lagen herum. Er nahm sich eines der Handtücher. Sie waren mit Initialen bestickt, ein Hochzeitsgeschenk von Rahels Mutter. Rahels Eltern, vor allem ihr Vater, konnten sich bis heute mit ihrer Entscheidung, ihn zu heiraten, nicht abfinden. Der Bruch mit seinem Vorgänger, einem Anwalt, der in Passau promoviert hatte und dem Adel entstammte, hatte den Stolz ihres Vaters verletzt. Leo rubbelte sich die Unterarme ab. Rahels Vater nannte ihn bis heute nur *den Maler*.

Rahel rief nach ihm.

»Ja!« Leo band sich das Handtuch um die Hüften.

»Telefon für dich.« Sie hielt ihm den Hörer hin. Der schwarze Kajal klebte in Krümeln unter ihren Augen, der blauschwarze Lidschatten und die Tusche hatten auf den Tränensäcken dunkle Spuren hinterlassen. Das Rouge zog sich hoch bis an den Haaransatz.

»Ich kann jetzt nicht«, sagte Leo.

Rahel nahm den Hörer: »Er kann gerade nicht«, wiederholte sie und entfernte sich Richtung Küche. Leo hörte die von Pausen unterbrochenen Belanglosigkeiten mit halbem Ohr.

»Ach, das kommt in jeder besseren Beziehung vor.« Sie schniefte laut. »Wann kommst du mal wieder raus nach Garz? – Na, zum Kaffee. – Ja. – Ich bin erst nächstes Wochenende wieder dort, heute Abend bin ich mit ein paar Zeitungsleuten zum Abendessen verabredet. – Komm doch dazu! Das wird lustig. – Dann nächste Woche. Ich glaube, Leo würde sich freuen. – Richte ich ihm aus. – Heute, denke ich, hatte er zumindest vor, obwohl er schon gestern meinte, er würde sich dort langweilen. – Ach, du weißt doch, dass das gelogen ist. – Er leidet«, sie lachte. »Hast du auch Kopfschmerzen vom Wein? Bordeaux vertrage ich einfach nicht. – Ich weiß, ich weiß, aber ich hasse Saures! – Keine Ahnung, um den 10. Juli, aber erst nächstes Jahr. – Ja, ja. Das ist im April so weit. – Ich wollte schon immer nach Mexiko. – Was? Knoblauchfliesen? Igitt! – Ist ja fast Mitte. – Du, ich mach mal Frühstück, das heißt, ich muss hier erst aufräumen. – Warte mal eben«, sie drehte sich nach ihm um und rief: »Leo?«, doch Leo schüttelte nur stumm den Kopf. »Nein. – Ich richte es ihm aus. – Ja, gut. – Danke für deinen Anruf. – Dir auch. – Tschüss.« Rahel legte das Telefon beiseite.

Während Leo in seinem Schrank nach einer Jeans suchte, hörte er, wie sie in der Küche hantierte, den Wasserkocher füllte und anschaltete. Er fand die Jeans, schmiss sie aufs Bett, holte Unterwäsche und Unterhemd heraus. Er wickelte das Badetuch von den Hüften, hängte es über die Schranktür und zog sich an. Unter dem Bett, wo er nach seinem Gürtel suchte, roch es nach Schlaf und warmer Bettwäsche. Rahel stapelte Geschirr und warf Besteck in das Waschbecken, die Geräusche schmerzten in seinen Ohren. Wieso konnten sie nicht einmal jetzt miteinander reden? Anlass gab es doch genug. Andererseits, dachte er, was kann schon dran sein am Sex mit einem Fünfzigjährigen, der nicht einmal den Mut hat, sich zu schlagen. Locker hätte er ihm gestern das Nasenbein gebrochen. Wenn er daran dachte, wie die beiden sich kennengelernt hatten! Sie waren sich bei einer Restauranteröffnung begegnet, er war dabei gewesen. Sie hatten Champagner getrunken, und Leo wurde bewundert, führte das Gespräch über Leipzig an. Er war von Frauen umgeben, bekam aber mit, wie Finn Brankamp zu Rahel trat und sich ihr vorstellte.

»Und was machen Sie?«, hörte Leo sie fragen.

»Zeitungsbranche. Und Sie?«

»Kulturbereich. Ich betreue Künstler.« Sofort fielen Leo die zynischen Lippen auf, mit denen er »Spannend!« sagte.

»O nein, sicherlich nicht so spannend wie die Zeitungsbranche.«

Finn hatte auf seine gepflegten Hände gesehen und geantwortet: »In der Zeitungsbranche altert man schnell. Und es bleibt wenig Zeit für Leidenschaft.«

»Wie schade.«

Es war so platt gewesen. Leo hatte seine Kippe mit dem Stiefelabsatz zertreten, war auf die beiden zugegangen und hatte Finn sein leeres Glas in die Hand gedrückt, als wäre er ein Kellner. Dann hatte er Rahel geküsst, ihr Feuerzeug genommen und sich in Richtung Bar empfohlen.

Offenbar hatte es die beiden nicht davon abgehalten, sich näherzukommen. Der Kocher klickte. Mit nackten Füßen ging Leo in die Küche, seine Sohlen tapsten auf dem kalten Boden. Hier und da sammelte er Servietten und Gläser ein und traf mit vollen Händen auf Rahel, die einen Schritt beiseitetrat. Nervös goss sie sprudelndes Wasser in die Teetasse und schaute dabei in den Hof. Jemand schmiss Flaschen in die Tonne und knallte den Deckel zu. Sie drehte sich zu ihm hin, strich ihre Haare hinters Ohr und küsste ihn flüchtig.

»Tobias fragt, wie es dir geht und ob du nach Leipzig zur Eröffnung von Iwan fährst. Ich habe gesagt, er soll doch nächstes Wochenende nach Garz kommen.«

Leo stellte die Gläser ab. Rahel schlich um ihn herum und lehnte sich schließlich an ihn. Ihr vom Schlaf zerdrücktes Haar kitzelte Leo am Hals. »Mir ist der Wein zu Kopf gestiegen. Wer hat uns den Bordeaux mitgebracht?«

»Das fragst du mich? Du hast die Gäste empfangen.«

»Ja, ja. Ist ja auch egal. Was machen wir bloß mit all den Resten?«

Sie sahen sich im Atelier um. Schließlich sagte Rahel: »Den Kuchen können wir im Haus verteilen, alles andere müssen wir wegschmeißen.«

Er löste sich von ihr und holte die Kaffeemaschine hinter Flaschen und Schalen hervor. »Ist Max eigentlich dicker geworden?«, fragte er, und: »Wo sind die Filter?«

»Dort beim Tee. Max? Kann schon sein. Wahrscheinlich fällt es mir gar nicht mehr auf.«

Rahel sah Max oft. Sie verbrachte viel Zeit in der Galerie. Sie plante Interviews und Pressetermine, kümmerte sich um die Zollpapiere, verhandelte mit Max Verträge für Buch-Editionen und Kataloge und bestellte seine Materialien. An ihr vorbei kam keiner an ihn heran. Sie hatte ihn im Griff und war ehrgeizig auf seinen Erfolg konzentriert.

»Wann hast du dich mit Max verabredet? Wir brauchen die Daten der Bilder für die Papiere.«

»Irgendwann in den nächsten Wochen. Ich habe noch gar nicht alle fertig.«

»Es ist nicht mehr lang hin bis zum Transporttermin.«

»Komm mir nicht damit. Ich habe noch genug Zeit.«

»Bald müssen die ersten Artikel veröffentlicht werden. Nächste Woche sind ein paar Journalisten in der Galerie.«

Leo beobachtete Rahel, die im Gegenlicht vor dem Fenster stand. Mit Blicken zeichnete er ihre dunklen Umrisse unter dem Bademantel nach und stellte sich ihren Körper vor. Etwas in ihm sehnte sich nach ihr, hatte Angst, sie zu verlieren. Wo die Liebe geblieben war, wusste er nicht. Er spürte, dass sie auf eine Erklärung für sein Verhalten gestern Abend wartete, dass sie völlig zu Recht von ihm erwartete, sich endlich zu dem Vorfall zu äußern, aber er konnte nicht. Ihm gingen Fragen durch den Kopf, denen er sich nicht stellen wollte. Nach seiner Verachtung, seiner Eifersucht auf Finn. Nach Ebba. Er konnte sich Rahel nicht erklären. Scheiß Ehe. Wirklich? Er schluckte, biss sich verbittert auf die Unterlippe und ließ in seinem Kopf nur wieder Gedankenmurmeln kullern.

Als sie noch in New York waren, hatten sie oft rauschende Feste gefeiert, und er erinnerte sich an das Vakuum, das sie am nächsten Tag im Morgengrauen hinterließen. Aus dem einen Jahr in New York wären vielleicht mehr geworden, aber irgendwann ließ sich Leos Visum nicht mehr verlängern. »Rahel, komm, lass uns heiraten«, hatte er gedrängt, und Rahel willigte ein – sie wollten in Berlin heiraten.

Es war eine unbeschwerte Zeit gewesen, glaubte Leo jedenfalls, wenn er daran zurückdachte. Max hatte sie einander bei einem Opening vorgestellt. Sofort hatte sie ihm ihre Visitenkarte gegeben, wollte ihn für ein Filmprojekt des Goethe-Instituts gewinnen. Leo hörte ihr gar nicht richtig zu, gebannt verfolgte er, wie sie mit flinken Fingern ihr Visitenkartenetui in der Hand drehte. Später sah er sie in der Menge neben Max stehen. In ihrem weißen Sommerkleid sah sie so unverbraucht aus. Er holte noch zwei Flaschen Bier und bot Rahel eine an. Max erzählte ihm in kurzen Sätzen, woher er Rahel kannte. Ihr gegenüber hob er seine lange Freundschaft zu Leo hervor, erzählte vom Erfolg seiner letzten Ausstellung, beschrieb ihr Leos Atelier. Dann überließ er die beiden dem Gespräch. Rahel war sehr interessiert, und Leo fand Gefallen daran, sie sich genau anzusehen. Es blieb nicht bei dem einen Bier. Bis spät in die Nacht zogen sie von Bar zu Bar, irgendwann stiegen sie an einem Pier am West Side Highway aus einem Taxi. Die Nacht war warm, und sie stießen auf Hafenarbeiter, die sich zwischen den Containern auf Campingstühlen um ein tragbares Radio versammelt hatten. Man teilte Hotdogs und Burger mit ihnen, sie aßen und schlossen sich dem Pokerspiel an. Als Rahel die Partie für sich entschied, stieg Leo auf eine Seifenkiste, streckte die Hand nach ihr aus, zog sie zu sich hoch und verkündete, seine Siegerin im Arm: »Schaut auf die armen Leute, die zur Wall Street rennen, um zu arbeiten. Wir sind frei, wir haben etwas zu gewinnen!« Rahel lachte, bis sie kaum noch Luft bekam, und rief von den Umstehenden angefeuert: »Paths of victory we shall walk!« Schwer angetrunken schleppten sie sich im Morgengrauen in seine Wohnung.

Rahels Energie, ihre Offenheit beeindruckten ihn, die Ernsthaftigkeit, mit der sie ihn liebte, nahm ihn gefangen. Sie sagte die geplante Südseereise mit ihren Eltern ab und verbrachte die Nachmittage mit Leo im Bett, abends führte er sie auf Konzerte. Sie erkundeten die Museen, er zeigte ihr seine Lieblingsbilder, und sie nahm ihn auf den Flohmarkt mit. Mit ihr konnte er sich abendelang unterhalten, und sie amüsierte sich oft, »dass du immer etwas auf die Leinwand bringen willst, was du nicht in Worte fassen kannst, und dann redest du stundenlang über deine Absichten«. Maler, hatte Rahel gesagt, seien die größten Schwätzer.

Sie war fasziniert von seinem Wissen über Kunst, nachts fragte sie ihn stundenlang aus und hörte gebannt zu, wie er von Goya erzählte. Er hatte die Leidenschaft für die Malerei, sie den Wissensdurst und Lebenshunger. Seine Freunde mochten Rahel sehr, das machte ihn stolz. Er verarbeitete die Eindrücke ihres Körpers in Fotografien und Zeichnungen, Gedanken an sie füllten ihn aus. Rahel wirkte klug und frisch, eine Frau, die seine Geschichten, seine Geschichte würdigte. Sie gab ihm Sicherheit, und ihre Schönheit wirkte echt.

Sie waren romantische Helden und wollten der Zukunft gemeinsam die Stirn bieten. Sich frei zu entfalten bedeutete für Leo, zu malen, und für Rahel, zu tun, wonach ihr gerade war. Sie lebten in Bars und lernten unendlich viele Leute kennen, zu denen sie schon bald keinen Kontakt mehr hatten. Sie machten Wochenendausflüge in die Hamptons, nach Long Island, Connecticut und mieteten für vier Wochen ein Studio an der Commercial Street in Provincetown, an der Spitze von Cape Cod. Weil das Studio so winzig war, malte Leo auf Kartons in Postkartengröße, auf Hölzer und Steine, die er am Strand fand. Der Mix aus Dünen, Meer, Studio und Freunden war unvergesslich. Sie verschwendeten viel Zeit und fühlten sich dabei wie Oligarchen, die auf einem Milliardenvermögen von müßigen Stunden und Tagen saßen. Damals entstanden die Bilder zur Serie *Atlantisches Licht*, die später in Stockholm ausgestellt wurden. Sie allein waren geblieben. Seine

Erinnerungen waren verblasst, zu Traumbildern eines tonlosen Films geworden. Es war ein einziger Sommer gewesen, Rahel hatte Strohhüte getragen und bunte Sommerkleider, er hatte ihn nicht festhalten können.

Als sie nach Berlin zurückkehrten, übernahm Rahel mit Leos wachsendem Erfolg mehr und mehr Aufgaben, die ihm den Rücken zum Malen freihalten sollten. Leo wurde zu ihrem Zentrum, um ihn kreiste ihr Leben. Nach Jahren der Gruppen- und Einzelausstellungen in verschlafenen Provinzen, im Kunstkabinett Usedom oder im Kunstverein Rothenburg, hingen seine Bilder endlich in einer Berliner Galerie und in Leipzig. Er erinnerte sich, mit welcher Euphorie er gearbeitet hatte. Erstmals sah er sich bestätigt in dem, was er tat, die Menschen wollten seine Bilder kaufen. Seine Beziehung zu Rahel wurde immer enger, sie hatten ein gemeinsames Ziel, und alles schien machbar. Er führte viele Gespräche mit Max, sie versuchten, seinen Erfolg auf eine gute Basis zu stellen. Max begann, die Sammler gezielt auszuwählen, und stellte Leo Daisy Car vor, die ihn ab jetzt in New York vertreten sollte. Interviewtermine wurden verhandelt und ausschweifende Partys mit Leuten von der Presse gefeiert, bis Leo auf dem Cover der Kunstmagazine landete. Schließlich kam der Durchbruch in Wolfsburg, *Leo Becker* war kein Geheimtipp mehr. Auf den Auktionen tauchten erste Arbeiten aus der New Yorker Zeit auf und wechselten für sechsstellige Summen den Besitzer. Die Einladungen nach L.A. und New York häuften sich, einflussreiche Menschen wollten ihn kennenlernen und mit ihm sprechen. Und jetzt stand wieder New York an. New York, das raubte und raubte und raubte, hatte man nicht genug Geld, es zu bestechen.

Schon vor der Ausstellung in Wolfsburg hatte er angefangen, ein Atelier außerhalb der Stadt zu suchen, und das Haus in Garz gekauft. Er hatte Rahel gesagt, dass ihm das Atelier in Berlin zu klein geworden war, irgendwann selbst daran geglaubt, und Rahel hatte ihn unterstützt. Sie wollten einander nicht einengen oder dem anderen im Wege stehen, sie wollten auch in der Ehe ihre

Unabhängigkeit nicht aufgeben. Es war eine kleine, private Hochzeitsfeier geworden, niemand hatte ihnen den roten Teppich ausgelegt. Die anwesenden Freunde, Rahels Eltern und Leos Vater mit seiner Stiefmutter hatten lediglich die zwei vordersten Reihen des Kirchengestühls besetzt. Der Pfarrer sprach die Worte des Bundes, bat um den Kuss und segnete eine Zukunft, die dem Brautpaar ungewiss, aber gesichert erschien.

Bereits am Abend seines Hochzeitstags flüchtete Leo aus dem Versprechen, das er Stunden vorher in der Kirche gegeben hatte.

Nach dem Gottesdienst waren sie alle in die Münzstraße gefahren, dort lud Leo zu einem späten, ausgedehnten Mittagessen ein. Rahels Mutter hatte die Tische mit Blumen und Kerzen geschmückt und die Tischordnung arrangiert. Leo erinnerte, wie sie keinen Gegenstand auf dem Tisch unberührt lassen konnte, sie rückte alles noch einmal zurecht. Den ganzen Abend klimperte ihr schweres Bettelarmband. Jemand hatte eine Gitarre mitgebracht, Rahels Mutter sang *Bella, bella, bella* und trank Martini.

Es wurde ein honigfarbener Abend. Sie amüsierten sich, aßen Brot und tranken Wein. Rahels Vater hielt eine ausufernde Ansprache und überreichte seiner Tochter silbernes Tafelbesteck. Zum Anstoßen bestellte er Obstler und nickte Leos Vater jovial zu. Der schien den Abend an der Seite seiner Schwiegertochter und seines Sohnes zu genießen. Er stellte Rahel viele Fragen, und alle amüsierten sich über die Zaubertricks, die er vorführte.

Um Mitternacht lief Rahel auf die Toilette, ihr war schlecht. »Ist sie schwanger?«, scherzte Leo. »Wir wollten noch keine Kinder.«

Rahels Vater sah ihn verärgert an. »Es kommt, wenn es richtig ist«, meinte ihre Schwester und eilte zu Rahel auf die Damentoilette.

Leo unterhielt sich mit einem befreundeten Schauspieler und strich Marie, die sich neben ihn gesetzt hatte, unter dem Tisch über den Oberschenkel. Vor gar nicht langer Zeit hatte sie für ihn Modell gesessen, und es waren immer außergewöhnliche Stunden gewesen. Sie tranken bis in den Morgen. Rahel kam wieder auf die Beine, doch sie sah nicht gut aus, die Freude war der Erschöpfung gewichen. Die Eltern riefen sich ein Taxi und überließen die Nacht dem jungen Ehepaar. Vielleicht hatte Rahel die Spießigkeit ihrer Eltern wieder ausgleichen wollen, jedenfalls schlug sie Leo vor, er könne doch seinen Junggesellenabend nachholen, und fuhr mit ihrer Schwester zurück nach Hause, während Leo mit Marie, dem Schauspieler und anderem Gefolge in eine Bar am Gendarmenmarkt zog. Er landete mit Marie in einer dunklen Kammer, in deren Enge sie ihm den Rücken mit leidenschaftlichen Klauen zerkratzte, er zerstörte ihre Frisur. Später fand er sich mit ihr in einem Zimmer des nahe gelegenen Hotels wieder. Marie war glatt und zahm, nicht die Einsamkeit hatte ihn in seiner Hochzeitsnacht mit ihr ins Bett getrieben, sondern die Gewissheit, dass jemand auf ihn wartete. Hatte er deshalb geheiratet, weil der Schatten mehr Reize barg als das Licht?

Leo strich sich mit den Fingern über die brennenden Augen. Rahel hatte offenbar bemerkt, dass er sie ansah, und drehte sich fragend zu ihm um. Was sollte er sagen? Sie hatten beide ihre Affären gehabt, es war so einfach. Er schluckte, ihm war kalt. »Haben wir die Heizung gestern runtergestellt?«, fragte er Rahel.

»Ja, ich muss sie wieder hochdrehen.« Sie ging zur Wand beim Büro, wo der Regler hing. Die Heizung sprang an, Rahel drehte sich um, trat an den Schreibtisch. Sie zögerte, hob dann eine einzelne, welke Blume von einem Stapel Papierservietten und drehte sie zwischen zwei Fingern.

Kapitel 4

Am frühen Nachmittag machte Leo sich wieder auf den Weg nach Garz. Er legte Musik ein und fuhr mit seinem alten, silbernen Jeep auf die Autobahn. Der Verkehr floss, ohne zu stocken, bis Brandgerüche durch die Lüftung in den Wagen geblasen wurden und in naher Ferne eine dunkle, dicke Rauchwolke in die Bäume auf dem Grünstreifen stieg. Der Verkehr schob sich zäh an einem nachtblauen, brennenden Sportwagen vorbei, neben den Flammen standen ein Mann und der protokollierende Polizist. Leo hatte Zeit, die Unfallstelle lange zu betrachten, erst nach und nach zerteilte sich der Staukörper und zerfaserte in unzählige Rücklichter.

Der Himmel hing trüb über dem Asphalt, erst in Neuruppin klarte es auf, und die Zirren verzogen sich zu langen Schals. Die Winterfelder lagen unter Raureif zwischen Autobahn und Horizont. Krähen scharrten in den Furchen, Bussarde zogen auf der Suche nach Mäusen weite Kreise. Vor ihm flog ein schwarzes Band aus Wildgänsen; Windräder ragten grotesk in den Himmel, die riesigen Blätter ihrer Rotoren standen unbewegt. Leo schaute wieder auf die Straße und verfolgte, wie die Kühlerhaube im Sekundentakt die weißen Balken vom Asphalt fraß. Er fuhr von der Autobahn ab und durchquerte ein Dorf mit aneinandergereihten Vorgärten und Zäunen, Gießkannen in den Hauseingängen und Spitzenvorhängen in den dunklen Fenstern. Im Sommer blühten die Dahlien in den Blumenkästen, im Herbst lauerten Kürbisgesichter in den Fensternischen, im Winter entdeckte er an manchen Bäumen vergessene Ostereier, im Frühling verkaufte man »Frischen Bärlauch«, und auf Tischen standen Cappuccinobüchsen mit dem »Euro-Schlitz« für die hausgemachte Marmelade.

An einer Kreuzung steckte ein großes Schild im Boden, auf

dem gepinselt stand: »Das letzte Mal! 15. Internationales Dinkelfest vom 10.–15. März«, nach »Sandras Salon« kam das Ortsschild von Garz, und am Rand des verschlafenen Dorfs lag das Atelier. Leo bog rechts auf den Feldweg ab. Die schiefe Scheune von Herrn Muschaweck stand im Gegenlicht der Sonne. Die schweren Holztore waren geschlossen, die kahle Birke an der Rückwand überragte das schwarze Dach und die umstehenden Obst- und Laubbäume. Bewachsene Erdhügel erhoben und senkten sich. Leos Wagen überwand tiefe Schlaglöcher im Matsch, bis er an dem weiß lackierten Gülletank vorbei den Wagen auf das Rasenstück lenkte, auf dem er immer parkte. Der Wind spielte in der Landschaft, und Leo schmeckte den alten Winter in der Luft. War das kalt! Die Böen fegten ihm die Haare ins Gesicht, als er das Eisentor hinter sich schloss, er ging über die mit Steinplatten ausgelegte Terrasse zur Rückseite des Klinkerbaus. An der Backsteinfassade rankten die Adern des Weins empor. Leo ging ums Haus herum und schloss die Haupttür auf.

Seit zwei Jahren lebte und arbeitete er hier draußen mit dem besseren Licht. Nach dem Umzug von Berlin nach Garz hatte seine Arbeit erst einmal brachgelegen. Die ersten Wochen war es ihm schwergefallen, in der Stille zu arbeiten, obwohl es ihn hierher gezogen hatte, weil er mit seinen Gedanken allein sein wollte. Ihm fehlte die Ablenkung, wenn auf der Straße die Müllabfuhr lärmte oder ein eingeparktes Auto hupte, wenn die Arbeiter im Hof Rohre oder Platten ersetzten, Kinder und Mütter schrien. Doch nach drei oder vier Monaten öffnete sich ihm eine neue Tür zu seiner Malerei. Die grellen Farben auf seiner Palette wichen trockenen, erdigeren Tönen. Die Ausstellung in Wolfsburg war seit seinem Umzug der bisher größte Erfolg gewesen. Erstmals wagte er, sich hier und da eine Figur zu erkämpfen, und er begann, mit Zitaten zu arbeiten. Hatte er früher jedes seiner Bilder einige Male abgekratzt oder übermalt, um verwischte Spuren wieder aufzunehmen, gelang es ihm mit der Zeit, diesen endlosen Akt der Überarbeitung nach und nach einzugrenzen.

Aber nun war New York in die Stille in Garz eingebrochen. Seit Wochen kämpfte er sich mit den vier letzten Bildern ab, die Verunsicherung wuchs, je näher der Transporttermin rückte. Mit dem Fuß klappte er die Ecke des umgeknickten Teppichs zurück und ordnete die Fransen mit der Fußspitze. Er stellte seine Ledertasche auf den großen Esstisch aus Eiche, der unter dem Gebälk der Galerie stand, klopfte seine Kippe an einem schweren Aschenbecher ab und rückte einen der Stühle zurecht. Im Eingangsbereich war der Fußboden mit Stein ausgelegt, in der Küche und im hinteren Bereich wechselte er zu Parkett. Die Längsseite des Ateliers bestand aus Fenstertüren, die auf die Terrasse führten. Weiß gestrichene Säulen stützten die Galerie, auf der sich sein Schlafzimmer und das Gästezimmer befanden. An der Decke verliefen die Balken des Fachwerks. Der Fußboden knackte, als er zur Küche ging. Leo spürte, wie die Kälte hereinkroch, und holte sich von oben ein Wollhemd. Als er wieder die Treppe hinunter ins Atelier kam und sich umsah, schoss ihm die Vorstellung einer nachdenklichen, am Tisch stehenden Frau in den Sinn, die einen Bleistift anspitzte. Er ging zum Klapptisch, auf dem Blöcke und Stifte lagen, und schrieb auf: *Stehender Akt einer nachdenklichen Frau/ eines Mädchens, das am Tisch lehnt und einen Bleistift anspitzt.* Über zwanzig solcher Ideen lagen auf Zetteln verstreut in Leos Atelier, jeder Notiz folgte derselbe Gedanke: später. Später.

Auf dem Fußboden im Atelier steckten gebrauchte Pinsel in alten Farbeimern; Blechbüchsen, nach Farben sortiert, feuchte Pinsel und neue Spachtel sammelten sich auf mehreren Rollwagen, die hier und da herumstanden. Auf ihre Seitenleisten und Zwischenböden hatte er mit Edding die jeweiligen Farbtöne geschrieben: Grün, Fleisch, Gelb oder Violett. In einem Regal an der Wand stapelten sich Tuben mit Acryl- und Ölfarbe. Auf dem obersten Boden befanden sich die verschlossenen Behälter mit giftigen Farbtönen, Neapelgelb, das er für blasse, warme Effekte einsetzte, und Viridiangrün. Neben dem offenen Schrank für Lumpen, Lappen, Kartons, Spachtel und Rührhölzer standen weiße Eimer mit

Pigmenten. Die Farben reichten von tiefem Kasslerbraun bis zu einem leuchtenden Orange. Rot, Preußischblau, Weiß und Schwarz standen aufgereiht nebeneinander.

Die großen Rahmen lagerten zwischen Stellwänden, feuchte Leinwände hingen oder lehnten offen im Raum. Auf der horizontal verstellbaren Staffelei stand die größte der zwölf Leinwände, der *Windstoß*. Eine unerwartete Sturmböe reißt Dokumente aus einer Mappe und erfasst den Hut einer wandernden Gestalt. Ein Bewässerungskanal teilt die Leinwand, dahinter liegt eine unfruchtbare Ackerlandschaft, links zwei kahle Linden. Über den riesigen blauen Himmel ziehen weiße Schleierwolken, er ist mit dem Konfetti der fortwehenden Blätter und Papiere gesprenkelt. Vier Figuren sind zu erkennen, die vom Luftzug überrascht ihre Hüte halten und sich unter der unsichtbaren Gewalt des Windes ducken. Der Himmel ist mit freiem Strich gemalt, lustvoll, als hätte der Maler eben noch die feuchte Farbe aufgetragen. Das Kolorit schlägt reine, schwere Töne an: Steingrau, feuchtkühles Braun und vertrocknetes, längst vergessenes Grün. Nichts würde mehr so sein wie vor dem Windstoß, vielleicht war dies der traurigste aller Tage. Genauso gut konnte es aber auch der glücklichste aller Tage sein.

Leo durchwühlte Musik-CDs und holte sich Wasser. Lange stand er an der kalten Glastür, wollte weder rauchen noch denken, nicht einmal atmen. Nur aus dem Nichts heraus konnte etwas entstehen. Kunst war nicht machbar, und Schönheit konnte man nicht sehen.

Beim Anblick seiner Bilder, die sich in der Scheibe spiegelten, fragte er sich, was denn alle so »schön« fanden, warum die ganze Welt die Kunst immer und immer wieder als »schön« bezeichnete. Seine Gedanken verdrängten die Ruhe. Skeptisch warf er einen Blick auf die Leinwand mit Rahels Porträt, auf der noch die vor seiner Abfahrt aufgetragene Farbe glänzte. Er sah darin kein entstehendes Bild mehr, sondern spürte nur noch den Druck, es in der vorgegebenen Zeit fertigstellen zu müssen. Es gab eine Menge

Idioten wie ihn, die gut davon lebten, Schrott zu produzieren. Zur Not auch in neun Monaten. Früher machten ihm die Aufträge Spaß, auch unter Druck konnten gute Arbeiten entstehen. Der Auftrag des Metropolitan aber hatte einen bitteren Beigeschmack: Er war zu viele Kompromisse eingegangen. Zum ersten Mal hatte er das Gefühl, seine Malerei einem Zweckbündnis unterordnen zu müssen.

Die Kunst in seiner Generation war zur Hure berühmter Galeristen verkommen und der Maler gab den Rosenkavalier einflussreicher Sammler. Alle Beteiligten des Kunstmarktes gierten nach Aufmerksamkeit, auf dem Marktplatz schrien sie sich die Menge zusammen, um Entstellte, Behinderte, Versehrte, Kleinwüchsige, Fettleibige und Magere vorzuführen und dem Gesunden eine Arznei anzupreisen, damit er erkranke. Wie oft hatte Leo Menschen erlebt, die, satt vom Gold, keine Ansprüche mehr stellten, nichts mehr hinterfragten, sondern deren Leben sich in der Mehrung von Genüssen erschöpfte. Immer wurde er zu feinstem Essen eingeladen, denn Max verhandelte am besten in Restaurants. In dieser von Wohlstand und Glück betäubten Rotte wimmelte es von mittelmäßigen Künstlern und mittelmäßiger Kunst, weil sich kaum einer mit vollgestopftem Wanst mehr aufraffen konnte, seinen Geist lebendig zu halten, die Beobachtung zu schulen, hinzuschauen und sich vielleicht berühren zu lassen. Der Betrachter ließ sich von perfekt modellierten Knaben, von perfekt inszenierten Illusionen leicht beeindrucken. Doch wer sprach noch vom lebendigen Pinselstrich?

Wie war es dazu gekommen, dass auch seine Arbeitsweise der Schnelllebigkeit unterlag? Keiner würde die Beschleunigung des Marktes aufhalten. New York würde kommen, die Menschen würden staunen. Wenn seine Kreativität versiegte, würde ihnen Frischfleisch serviert.

Er sammelte die Pinsel zusammen und rührte in seiner Farbmixtur aus Preußischblau, Zinnoberrot und Weiß. Dass er mit diesem lichteren Ton ein dunkleres Violett aufhellen konnte, ohne dass die Farbe stumpf wurde und an Brillanz verlor, hatte er einmal bei der Arbeit an einem anderen Porträt von Rahel, einer Pastellarbeit, entdeckt, als er den Hintergrund malte. Seitdem hatte er zum Aufhellen anderer Farbtöne oft eine ähnliche Mischung, aus rohem Umbra und Weiß, gebraucht.

Während Leo die vertrauten Handgriffe verrichtete, lichteten sich seine Gedanken. Wenn er malte, die Farben roch und den Pinsel führte, dachte er an nichts anderes. Die Bilder von Ebba, die am Fensterrahmen lehnte, verblassten. Und mit ihr alles, was geschehen war. Die laute Feier und sein Wutausbruch lagen weit hinter ihm, die Verzweiflung und die Suche nach einer vielleicht längst verlorenen Liebe berührten ihn nicht mehr. Er nahm Rahels Schweigen hin und gab seinen unausgesprochenen Fragen Zeit. Er würde arbeiten, essen, arbeiten, schlafen, arbeiten, zweifeln, arbeiten. In der Monotonie dieses langsamen, simplen Ablaufs fand er sein besseres Selbst, an das er glaubte, auf das er noch immer hoffte.

Tausend Gesichter hatte er studiert, um sich dem Porträt anzunähern. In New York bat er Menschen von der Straße in sein Studio, um seine Schwachstellen auszumerzen und seinen Blick zu schulen. Unter Malerfreunden inspirierten und zeichneten sie sich gegenseitig, nackt, in Unterhose, verkleidet oder in Jeans und Hemd. Der eine malte nur Schuhe und Accessoires, der andere fotografierte, Leo selbst studierte die Körper und Gesichter. Mit dem Erfolg kamen immer häufiger Modelle in sein Atelier, sogar nach Garz kamen sie, doch das lehnte Leo bald ab. Der Auftrag des Met ließ keine langen Studien zu.

Durch das Alleinsein hier in der Natur begann er wieder, über Landschaften nachzudenken, worüber er sich oft und einzig mit Tobias unterhielt. Leo brauchte den Austausch mit ihm. In Paris hatten sie sich kennengelernt, waren beide, wenn auch nacheinander, auf die Hochschule für Bildende Künste in Dresden gegangen. Sie trafen sich in der Schlange vor der Kasse im Louvre, zufällig. Die besonnene und zugleich lebhafte Art des jüngeren Kollegen hatte Leo auf Anhieb gefallen, und die Wartezeit in der Museumsschlange verging rasch. Am Abend aßen sie gemeinsam und besuchten ein Varieté. Tobias kam ebenfalls aus der Umgebung von Dresden, seine Mutter hatte ihm den ersten Malunterricht gegeben. Seine streng katholischen Eltern bestanden gegen seinen Willen noch auf die Firmung, danach erkor Tobias die Natur zu seinem Gotteshaus und verschrieb sich der Malerei. Nach dem Abitur arbeitete er bei einem Buch- und Siebdrucker, machte eine Lehre und war, nachdem er in Dresden abgelehnt worden war, ein Jahr ohne Arbeit. Reisen wollten seine Eltern nicht finanzieren, erst recht keine Malerreisen. Also verkaufte er seine Bücher und fuhr nach Paris, von dort wanderte er nach Lyon und nach Marseille, studierte bei Malern in der Stadt und auf dem Land, die Leo nicht kannte, und schaffte schließlich doch noch die Aufnahme in Dresden. Zu diesem Zeitpunkt zeigte Leo seine Bilder bereits in ersten Gruppenausstellungen. Kurz nachdem sie sich in Paris begegnet waren, trennte Leo sich von Ebba, und Tobias beendete sein Studium.

Ihm gestand Leo, wie sehr er sich in Garz manchmal langweilte, obwohl er vor kaum zwei Jahren eingezogen war. Schließlich hatte er darauf bestanden, von Berlin aufs Land zu ziehen, hatte in Kauf genommen, dass er Rahel bei aller zur Schau gestellten Akzeptanz verletzte. Nur Tobias wusste, wie groß sein Verlangen nach Gesprächen war, wie unerträglich die Stille, trotz oder vielleicht wegen der Schönheit hier draußen. Die Natur berührte ihn auf ganz andere Weise als Berlin. In der Stadt konnte er über das Leben lachen. Hier aber standen im Herbst die Bäume in Flammen, und die Grillen zirpten. Manchmal sah er den ganzen Tag nirgends eine Wolke, die Luft konnte so klar sein, als blickte er durch ein magisches Glas. Er konnte den Blättern zuschauen, wie sie sich im Wind drehten und sachte getragen irgendwo liegen blieben. Mit all dem ließ ihn die Natur alleine. Tobias, der sich lange mit der Landschaft auseinandergesetzt hatte, hielt Leos Zweifel für normal. »Klarheit erfordert Mut, das ist fast wie ein Geständnis«, erinnerte er ihn. »Im Schauspiel kann man sich verstellen, Rollen ablegen, wenn sie einem nicht mehr passen. Aber da draußen bist du jedem Berg und jedem Baum völlig egal, deine Existenz ist nichtig. Entweder du bist, oder du bist nicht. Das kann einen schon aufwühlen.«

Renovar ánimos. Tobias hatte recht. Erst in Garz fiel ihm auf, wie grell und flach seine Farbpalette in all der Zeit geworden war. Die Ablenkungen der Stadt verloren ihren Reiz, wenn er keine Distanz zu ihr aufbauen konnte. In der Natur gelang es ihm, sich allen Nichtigkeiten zu entziehen. Durch den errungenen Erfolg konnte er es sich leisten, konnte fernbleiben, ohne in Vergessenheit zu geraten, sich von seiner Sehnsucht nach Stille leiten lassen. Unter Stadtmenschen wurde er sich seines Ruhmes und seiner Verletzlichkeit bewusst, hielt im Wechsel von Abstand und Nähe das Verlangen lebendig, nach Garz zurückzukehren. Hier draußen wurde er nicht Tag für Tag unterbrochen, fand zu befreiender Ruhe.

Die Nachmittagsstunden verstrichen. In Leos Atelier roch es nach Tabak und feuchter Farbe. Es war dunkel, als er in den Kühlschrank sah und Quark, Aufschnitt, Tomaten und Senf fand. Er riss das Wachspapier von einer Rolle Pumpernickel, legte sich Schinken aufs Brot und leckte die nach Terpentin schmeckenden Finger ab.

Nachdem er gegessen hatte, öffnete er die Fenster, um die Kälte hereinzulassen und seinen Kopf zu klären. Das Telefon war den ganzen Tag stumm geblieben. Ein Flyer erinnerte ihn an eine Ausstellungseröffnung in Max' Galerie. Neben der Karte lag ein Buch, darin steckte ein Bleistift. Er schlug es genau dort auf und fand einen Zettel, auf dem stand: »Das Wort ist dem Menschen gegeben worden, damit er seine Gedanken verberge.« »Das Wort« war durchgestrichen und durch »Die Kunst« ersetzt worden, über »Gedanken« stand »Verstand«. Leo legte das Buch wieder hin und zerriss den Flyer.

Er nahm sich das letzte Bier aus dem Kühlschrank und rief

Tobias an. Sie lachten über Leo, den »Salonlöwen«, aber als Leo von seinem »charmanten kleinen Ausraster« sprach, wurde Tobias still und schlug vor, sich nächste Woche in Berlin auf einen Drink zu verabreden. Leo legte auf und wärmte einen Kaffeebecher unter heißem Wasser. Er konnte sich nicht erklären, wie Ebba auf die Feier gekommen war. Ansprechen hätte er sie sollen. Wie würde ihre Stimme klingen? Was hätte sie gesagt? Er war sich unsicher. Wo sie wohl lebte? Ob sie noch jeden Morgen ein Ei aß? Leo bemerkte, dass das heiße Wasser noch immer lief, er drehte den Hahn zu, trocknete den Becher vorsichtig mit einem Geschirrtuch, legte es ab und schaute auf die Uhr. Irgendwo musste er noch ihre Nummer haben.

Als er Ebba anrief, sprang ihr Anrufbeantworter an, und er legte wieder auf. Dann rief er noch einmal an und hinterließ ihr eine Nachricht, dass er in Berlin sein und Tobias treffen würde. Sie könne sich ja überlegen, dazuzustoßen.

Die nächsten Tage führte Leo ein eintöniges Leben. Er arbeitete nicht kontinuierlich, aber nach einem strengen Zeitplan. Meist von elf bis eins und von drei bis acht und manchmal in der Nacht. Wenn er nicht weiterwusste, ging er raus aufs Feld, einmal bis zum Kanal und wieder zurück. Die einzigen Worte wechselte er morgens mit Frau Wehndorf. Nach einem seiner Spaziergänge fuhr er ins Dorf, um Brot, Zigaretten und Bier zu kaufen. Frau Fehrbeck schob ihm mit glühenden Wangen den Laib Roggen-Sauerteig über den Tresen und verwickelte ihn in ein Gespräch.

»Wie lange bleiben Sie denn diesmal?«, fragte sie, die Hände in die Hüften gestützt.

»Bis April. Ich habe viel für eine Ausstellung zu tun und bin nur ab und zu für einen Tag in Berlin«, sagte Leo.

Sie nickte. »Und wann geht es wieder nach Amerika?«

»Erinnern Sie mich nicht daran.«

»Ich war einmal in den Achtzigern mit meiner Schwester in Florida.«

Leo war erstaunt, da fragte sie weiter: »Kommen Sie denn

voran mit dem Malen? Ihr Galerist wird Sie doch sicher bald wieder besuchen, dann mache ich Ihnen wieder Rosinenschnecken.«

»Oh, das wäre wunderbar. Es dauert aber noch. Herr Bartenstein reist bald nach New York, zu einer Kunst-Messe.«

»Ach so. Diese Messen finden heute auch überall auf der Welt statt. Bessere Rosinenschnecken als bei mir wird er da aber nicht kriegen!«

Kapitel 5

Und wohin heute Abend? Anziehen, ausziehen. Anziehen, abstoßen. Ausziehen, lieben, abstoßen, sehnen. Sehen, anziehen, sehnen, ausziehen. Reden, lieben, reden. Anziehen, gehen, sehnen. So verläuft unser Zusammensein. Ich könnte auch den Beschluss fassen, nicht mehr zu lieben. Aufhören! Jetzt! Aus.

Eisblumen breiteten sich auf den Scheiben der geparkten Autos aus, der gelbe Schein der Kegel unter den Straßenlaternen mischte sich mit der roten Leuchtschrift der Bar und ließ die Luft grünlich schimmern. Ebba überlegte, ob es die richtige Entscheidung war, sich mit Leo zu treffen. Mit Absicht war sie an seinem Geburtstag an der Wohnung vorbeigegangen. Dieser Lebensabschnitt läge weit hinter ihr, redete sie sich ein, heute wäre sie anders, also wollte sie sich das Haus anschauen, zu dem sie früher so oft gegangen war, nur so, weil es auf dem Weg lag. Mit Tobias hatte sie natürlich nicht gerechnet. Er stand vor der Haustür und beendete sein Telefonat augenblicklich. »Komm rein! – Warum nicht? – Trink doch wenigstens etwas mit mir! – Was gibt's Neues? – Komm, nur kurz.«

Na gut.

Niemand sprach sie an, auch Leo nicht. Nach all den Jahren trat der verloren geglaubte Freund aus ihrer Vorstellung, lebte, sprach, lachte. Seine Stimme, seine Rufe hörten sich vertraut an, dann sah sie seine Augen. Falten zogen sich am unteren Lid entlang, die Brauen, fand sie, waren dichter zusammengewachsen. Er hatte einen Dreitagebart. Doch das Feuer, die Leidenschaft, sie erschrak, dass sie nicht verschwunden waren.

Er schlug auf Finn ein, und sie verließ wortlos die Wohnung.

Niemals hätte sie hingehen dürfen, warf sie sich vor, doch es war passiert, und nun trug sie die Folgen. Am nächsten Tag hatte er eine Nachricht auf ihrem Anrufbeantworter hinterlassen. Zehn Mal hintereinander spielte sie die Nachricht ab, rief ihn aber nicht zurück. Was wollte sie? Nachdenken. Er rief noch mal an, das war vor einer Stunde gewesen. Wer verbietet mir, den Abend mit einem guten Freund zu verbringen, fragte sie sich. Mit zwei guten Freunden, auch Tobias würde dabei sein. Im Taxi hing sie ihren Gedanken nach. Dann klingelte sie an der Tür zur Bar.

Die Frau, die ihr öffnete, musste ursprünglich einmal ein Mann gewesen sein. Sie war frisch geschminkt, und in ihrem Haar steckten Federn. »Treten Sie ein!« In der Bar fing sie zu beiden Seiten des klaustrophobisch engen Raums glasige Blicke auf. Es war, als würde sie eine lang gezogene Gletscherspalte durchschreiten. Im Vorbeigehen streifte sie die Hacken eines Stiefels, den Ellbogen einer Rauchenden, das Haar einer Frau, das sich wie Wein den Rücken herunterrankte. Sie entdeckte Leo an einem der hinteren Tische vor der senfgelb gestrichenen Wand. Sie sah ihn prüfend an; während er trank, musterte er die Frauen um sich herum. Sein Gesicht schien im Dämmerlicht aufgequollen, seine Haut blässlich, er musste heute schon länger in Bars unterwegs gewesen sein. Eine Frau mit tief ausgeschnittenem Dekolleté schob sich ihr in den Weg und versperrte die Sicht auf ihn. Sie drückte sich vorbei und trat mit angehaltenem Atem an seinen Tisch.

»Ebba!« Leo erhob sich ruckartig, dabei stand ihm der Tisch im Weg, er schwankte. Lächelnd fasste er sie an beiden Armen, hob und senkte sein Kinn, ohne mit den Augen von ihrem Hals, ihrem Mund abzulassen. Rotes Licht strahlte von der Decke, er küsste sie auf die Wangen, links berührte er ihr Ohr.

»Wir haben gerade die zweite Runde bestellt. Warst du schon im Nachthemd?«, fragte er sie und zeigte mit einer Hand auf den leeren Platz auf der Bank.

»Sozusagen. Aber du würdest den Unterschied doch gar nicht erkennen.«

Er lachte. »Kommt drauf an bei wem. Du gefällst mir so am besten. Setz dich zu uns.«

Tobias saß in einem bordeauxroten Samtanzug auf der Lederbank. Es war schön, ihn zu sehen, die Anspannung ließ von ihr ab, als er sie angeheitert, aber herzlich begrüßte. Er erzählte von seinen Arbeiten und von einer Ausstellung in Irland, sie bestellten nach. Er trank einen giftgrünen Kräuterlikör, der ihn, als das Glas geleert war, bald beim Sprechen über die Zunge stolpern ließ. Das elektronische Zittern der Melodie und das Nz-nz-nz der Bässe übertönten seine müde Stimme.

Die Erinnerung an Leo war in den letzten Jahren zu einem Schemen ohne Gefühl zerronnen. Die Dauer ihrer Trennung hatte sie wieder zu fremden Individuen werden lassen. Er zündete sich die nächste Zigarette an und sah zu ihr, er schien mit seinen Blicken und Gedanken ganz bei ihr, bei dieser Ebba, die ihm fremd geworden sein musste. Die letzten Jahre lagen in dunklen Schatten in seinen Augenhöhlen. Dann sagte er bedächtig: »Ich will dir schon die ganze Zeit etwas Romantisches sagen, aber mir fällt nichts ein. Dein Gesicht ist …«, er zögerte, dann sagte er mit theatralischem Unterton: »Dein Anblick ist wie die Aussicht auf eine Blumenwiese im Frühling.«

Sie lächelte: »Du bist albern.« Wie oft hatte sie für sich geprobt, ihm alles ins Gesicht zu schreien. Wie viele Briefe hatte sie formuliert, um sich zu erklären, wie viele Nächte hatte er sie gekostet, heute schien das alles weit weg. Sie empfand Mitleid mit ihm und hoffte trotzdem, er würde nicht so schnell wieder aus ihrem Leben verschwinden. Würde er sich wieder abwenden, sich umdrehen und gehen? Er war noch immer unberechenbar, und sie sich ihrer Gefühle unsicher. Wie wäre es, die Hand nach ihm auszustrecken, ihn zu sich heranzuziehen? Wie wäre es, mit ihm zu tanzen und so zu tun, als sei nichts gewesen? Keiner von ihnen konnte die Vergangenheit wiederholen, alles wäre anders. Vielleicht.

»Kommst du voran mit den Bildern?«, fragte sie endlich.

»Natürlich.« Leo spielte mit seiner Zigarettenschachtel. »Nichts leichter als das. Produzieren ist einfach.«

»Immer noch so zynisch?«

Er schien zu bereuen, was er eben gesagt hatte. »Wenn New York vorbei ist«, er wurde etwas leiser, »kehre ich zurück zur Landschaft, zur echten Malerei und meinen Studien. Ich will hundert Skizzen von einer einzigen Kuh machen. Ich will es noch mal ganz neu versuchen.«

Der Barmann, der weitere Drinks servierte, hatte eine Glatze, die Augen höhlten sein Gesicht aus, er lächelte mit den dicken Lippen eines Boxers. Ebba sah, wie Leo ihm mit argwöhnischem Blick folgte, er trank seinen Shot in einem Zug aus.

»Aber New York ist doch die ganz große Gelegenheit«, sagte sie, »dein Durchbruch! Hättest du jetzt nicht schon ausgetrunken, würde ich mit dir darauf anstoßen.«

»Ja, eine wahnsinnig tolle Gelegenheit. Ich kann die Male nicht mehr zählen, die ich schon darauf angestoßen habe.« Leo platzierte das kleine Glas mitten auf dem Tisch. »Es ist alles ein großes Missverständnis, ich bin Maler, kein Geschäftsmann, der nebenbei Kunst macht.«

»Spielst du noch Gitarre?«, wollte sie wissen.

Sie sprachen lange über die Vergangenheit, und Leo erstaunte sie, als er eingestand, wie groß sein Anteil an der Spaltung der Band gewesen war und wie er sie forciert hatte, indem er ihr den Posten der Frontfrau streitig machte. Nach ihren Auftritten in kleinen schäbigen Clubs führten seine Launen fast immer zu Streit, nur selten lagen sie sich in den Armen. Irgendwann konnte sie das schwarze Loch nach einem Auftritt nicht mehr überwinden. Auf der Bühne zu stehen, bejubelt zu werden, abzutreten und sich mit unveränderten Alltagsproblemen auf dem Klo wiederzufinden. Sie hatte darin keine Zukunft mehr gesehen.

Leo lachte und trank: »Mensch Ebba, wir hätten es wenigstens einmal in die Columbiahalle schaffen können.«

Sie schwieg dazu, denn trotz aller Schwierigkeiten vermisste sie es bis heute, mit Leo Musik zu machen. Die Nachmittage in seinem Atelier, in denen sie in den Sesseln gelegen und ihm beim Gitarrespielen zugesehen hatte. Es war vorbei, wie so vieles. Mit der Trennung von Leo versagte ihr die Stimme. Sie brach alles ab, hörte auf zu singen und zog sich in ein stummes Gehäuse zurück. Auch von Freunden, die ihr einst nahegestanden hatten, die meisten von ihnen hatte sie über Leo kennengelernt. Monate vergingen, irgendwann fragte keiner mehr nach ihr, niemand interessierte sich mehr für ihre Sorgen. Es hatte Zeiten gegeben, da erhielt sie tagelang keine Anrufe oder E-Mails, lag abends im Bett und zählte an einer Hand die Sätze ab, die sie an diesem Tag gesprochen hatte. Durch das geöffnete Fenster lauschte sie dem Lachen und Gemurmel fremder Menschen, die gemeinsam die Straße entlangspazierten. Manchmal hätte sie gern getrunken, aber sie ließ es bleiben. Manchmal hätte sie gern Tabletten geschluckt. Sie ließ es bleiben. Sie wollte sich nicht betäuben, lieber wollte sie sich am Leben schneiden und ihr Blut lecken. Aber wo war die Energie, die sie lebendig machte? Sie musste etwas Neues finden, mit dem sie sich identifizieren konnte, aber das bedeutete, sich mit leeren Händen von alten Gewohnheiten zu lösen. Die Zeit in dieser großen und kalten Welt verstrich langsam, aber sie verstrich. Ihre Fragen hatten sich erübrigt, von allen blieb nur eine offen: Welche Worte würden ihm beschreiben, was geschehen war? Wie erklärte man sich?

»Aber«, rief Leo aus und unterbrach ihre Gedanken, »heute steht das Metropolitan an!«

Sie schaute in seine grüne, exakt gezeichnete Iris. Er hatte sie verletzt, aber sie saß gerade neben ihm. In ihr regte sich ein heimliches Gefühl. Sie schob es auf den Alkohol und sagte so vernünftig wie möglich: »Nein«, hob ihr Kinn höher und strich sich mit den Fingern lose Strähnen aus dem Gesicht. »Ich meine«, korrigierte sie, »du solltest das nicht so runterspielen.«

»Ebba«, sagte er ernst, »nach New York, wenn der ganze Stress vorbei ist, komm doch nach Garz raus. Ich will dir endlich das Atelier zeigen.«

»Mal sehen«, entzog sie sich dem Angebot. »Vielleicht. Bring du zuerst die andere Geschichte hinter dich.«

Er runzelte die Stirn und sah sie direkt an. Seine festen, unbeweglichen Züge verrieten, dass er darauf bestehen würde, egal ob vor oder nach New York. Ebba lächelte bei dem Versuch, sich einen Besuch bei ihm vorzustellen. Sie sah auf ihre Hände, die gefaltet in ihrem Schoß lagen. Waren sie älter geworden?

»Ebba, du musst nach Garz kommen. Ich will dich malen«, formulierte er endlich sein wahres Anliegen.

Es kam so überraschend, dass sie ungläubig lachte. Nie hatte er sie malen wollen. Einen Grund gäbe es nicht, es wäre nur ein Gefühl, behauptete er. Woher sollte sie wissen, ob das ein gutes oder ein schlechtes Zeichen war? Sie hatte es eher verletzend gefunden. Dann war Rahel in allen Varianten auf seinen Bildern aufgetaucht.

Die Gletscherspalte bog sich zu einer Sichel, Wasser tropfte von der Decke. Zu den Liedern von Ray Charles waren drei Pärchen beim letzten Drink die einzigen Gäste. Sie bemerkte, dass Tobias neben ihr schlief und eingesunken über dem Tisch hing. Belustigt tippte sie Leo an, der sich zu ihr herüberbeugte, ihr den Arm um die Schulter legte und ihr mit der anderen Hand das Haar von der Wange strich. Er flüsterte ihr etwas ins Ohr, begann, ihr den schlafenden Tobias zu beschreiben, einen jungen Mann, der am Tisch mit hängendem Kopf über seinem halbvollen Glas leise stöhnend atmete. Mit Worten zeichnete Leo nach, wie das Licht der Deckenlampe ihm schräg ins Gesicht fiel und die rosa Spuren auf seinen Wangen ausleuchtete, wie sich auf Tobias' Jacke Pinselstriche abzeichneten, Krill in seinen Haaren schwamm. Leo machte sie auf ein Detail nach dem anderen aufmerksam, sie saßen in einer mittelalterlichen Schenke, wo Frauen mit mittellosen, aber betörenden Straßenjungs auf den Hockern hingen. Gelächter wurde zu Gesang, Geschrei zu Geflüster. Das Orchester hing vom Branntwein benommen im Stroh, nur die Fiedel spielte ab und zu eine Melodie. Unter einem der Tische weinte eine Kurtisane und kratzte das Wachs auf dem schwarzen Samt ihres Rocks mit schmutzigen Fingernägeln ab. Auf den Tischen schwamm der Schnaps in Pfützen, die Kerzen waren heruntergebrannt, und es stank nach Erbrochenem und Schweiß. Eine Tür knallte, und auf der Gasse schepperte ein Kupferkessel, der Schrei eines Hahns zerriss ihr übermüdetes Gehör.

Tobias sank mit einem Seufzer rechts von Ebba zur Seite und legte seine schwarzen Stiefel auf der Bank ab. Sie lachte leise, sorgte sich dann aber ein wenig um ihren Kameraden. »Vielleicht ist es langsam Zeit zu gehen«, schlug sie vor, Leo erwiderte ihren Blick mit roten Augen. Sie hielt ihm stand. Wieder betrachtete sie die Spuren der vergangenen Jahre. Hatte ihn der Ruhm verändert, hatte ihn Rahel verändert?

Langsam sah sie weg.

Da trat der Barmann an ihren Tisch. Sein Gesicht verzog sich zu einem spöttischen Grinsen: »Ist der noch nüchtern?«, fragte er und zeigte unter halbgeschlossenen Augen mit dem Kinn auf Tobias.

»Machen Sie sich keine Gedanken, der ist in Ordnung«, versicherte Ebba.

»Ach was, das ist ein Revoluzzer, seien Sie froh, dass er schläft«, sagte Leo mit veränderter Stimme.

Der Barmann räumte die leeren Gläser vom Tisch: »Ich muss Sie bitten, das Lokal zu verlassen!«, und ging breitbeinig zurück zum Tresen.

»Ich hasse diese Philister«, zischte Leo, »die glauben, sie seien etwas Besseres. Denen hat doch jemand ins Gehirn geschissen.«

»Bestell die Rechnung und lass uns gehen. Es ist spät«, sagte Ebba und zog Leo am Ärmel.

»Das Tolle am Musikmachen ist, dass man immer mit der Band unterwegs ist und in solchen Fällen zu acht die Bar kurz und klein schlagen könnte.«

»Keine Schlägerei. Bestell die Rechnung«, wiederholte sie eindringlich.

»Du glaubst gar nicht, wie gut eine richtige Schlägerei tut, Blut und Scherben reinigen die Seele. Meinst du, wir würden es zu dritt schaffen, alle Flaschen auf einmal zu zerschlagen?«

Ebbas Stimmung schlug um, Leos Jähzorn war furchtbar, nicht nur, wenn es um Rahels Liebhaber ging. In New York hatte er sich einmal in einer Bar vor ihren Augen mit einem anderen Gast geprügelt und ihm zwei Schneidezähne ausgeschlagen. Der Mann klagte Schmerzensgeld ein, aber Leos Anwalt verzögerte das Verfahren mit immer neuen Begründungen. Schlussendlich wurde die Geschichte privat geregelt, und die Gegenseite zog die Klage zurück.

»Lass uns gehen.« Ebba zog Leo noch einmal am Arm.

»Nein. Es geht ums Prinzip. Wir sind in einer Bar. Erst schenken sie einem ständig nach und fragen ununterbrochen, ob man nicht noch etwas trinken möchte. Die freuen sich über jedes Glas und reiben sich die Hände über das gute Geschäft, das sie mit einem machen! Die leben doch davon! Aber wehe, da ist am Ende jemand betrunken, dann rümpfen sie auf einmal die feine Nase. Was für eine verlogene Scheiße.«

Sie sahen beide zum Barmann. Er polierte Gläser mit dem Handtuch und schielte zu ihnen herüber. Als er sah, dass er beobachtet wurde, machte er am Computer die Rechnung fertig, legte das Handtuch beiseite und kam wieder an den Tisch. Neben Ebba lag Tobias, der müde blinzelte. Jemand machte das Licht an, und das letzte Paar ging lachend aus der Tür.

»Wir sehen uns bestimmt nicht wieder.« Leo schmiss ihm die Kreditkarte vor die Füße. Tobias, noch ganz verschlafen, griff ihn mahnend am Arm.

»Das hoffe ich doch.« Der Barmann musste sich bücken, um die Karte aufzuheben, als er sich wieder aufgerichtet hatte, machte Leo eine abwertende Geste und lachte schäbig. Er schüttelte Tobias' Hand ab, unterzeichnete den Beleg, schmiss den Kugelschreiber hin und gab dem Tisch einen Kick, dass er mit dem Stuhl zu Boden fiel. Er packte einen zweiten Stuhl. Als der Barmann drohte, die

Polizei zu rufen, knallte Leo den Stuhl auf seine vier Füße, sagte »Ich scheiß auf die Polizei«, und brachte den Stuhl mit einem Tritt gegen die Lehne zu Fall.

»Ich bin frei! Komm schon, Ebba, steig mit mir auf den fliegenden Teppich.«

Ebba saß neben Leo auf dem Bett, blickte in den grünen Nachthimmel über Berlin und fragte sich, was sie im Halbdunkel dieses Hotelzimmers zu suchen hatte. Sie sprach lange nicht. Er war unvermittelt aus einer dunklen Ecke ihrer Vergangenheit ins Licht getreten.

Frei. Frei von Scham. Frei von Gefühlen. »Du willst dich nur nicht verpflichten«, sagte sie, griff nach ihrer Tasche und schloss den Reißverschluss. »Gute Nacht.«

»Ebba! Ebba, geh jetzt nicht.«

Sie stand auf.

»Kommst du nach Garz, wenn ich aus New York zurück bin? Ich möchte ein Porträt von dir malen.«

»Gute Nacht, Leo, schlaf dich aus.« Über ihre kalten Fingerspitzen schickte sie ihm einen Luftkuss zu.

In der Nacht wiederholte sich der Traum, den sie vor Jahren vor ihrem Aufenthalt in der Tagesklinik geträumt hatte.

Neben ihr lief ein Gepäckförderband, auf dem dicke Klumpen von rohem Fleisch, Keulen, Rippen, Brust- und Rückenstücke an ihr vorbeifuhren. Im nächsten Augenblick lag sie auf einer Massagebank, und ein Mann in weißem Kittel bot ihr eine neue Methode zur Linderung von Nackenschmerzen an. Sie willigte ein, und er schnitt ihr mit einem Säbel den Nacken entlang die Haut auf. Er führte das Blatt bis zum Gesäß und schnitt ein Rechteck heraus, das er wie eine Folie von ihrem Unterhautgewebe abzog. Sie spürte den Schnitt, ein heißes Sichschneiden wie an Papier oder an einer Rasierklinge. Sie spürte auch die Angst, es könnte ihr wehtun, doch der Schmerz blieb taub. Erst jetzt blickte sie um sich und erfasste die Dimension der Halle, in der sie sich befand, alles war in algengrünes Licht getaucht. Die Pfütze ihres Blutes weitete sich zu einem Meer, und das Rot stand in hartem Kontrast zur Beleuchtung. Sie fühlte sich viel besser, sah dem Arzt in die Augen und glaubte für Sekunden, ihn zu erkennen.

Sie erschrak über die schmerzfreie Operation und erwachte.

Kapitel 6

Rahel stand in der Teeküche der Galerie, in einer Hand eine Zigarette, in der anderen ihre schwere Handtasche. Sie hatte wieder angefangen zu rauchen. Leo war über Nacht nicht nach Hause gekommen.

»Du rauchst wieder?«, fragte Max, ohne von seinen Papieren aufzusehen. Er kam gerade aus einem Kataloggespräch mit seiner Assistentin, die draußen am Empfang von einem klingelnden Telefon zum anderen wechselte.

»Ja«, erwiderte Rahel kurz und begleitete Max in sein Büro. Asche fiel von ihrer Zigarette zu Boden. Der Rauch brannte in ihren Augen, verärgert hielt sie die Zigarette weiter von sich weg und schluckte den bitteren Geschmack von Tabak. Max schloss die Tür.

Sie stellte die Tasche neben dem Schreibtisch ab und richtete sich auf. »Warum ist auf Leo bloß nie Verlass? Er hat mir gestern gesagt, er würde aus Garz kommen und sei nur auf einen Drink mit Tobias unterwegs.« Sie mied Max' Blick. »Daraus wurde offenbar die ganze Nacht, er ist nicht nach Hause gekommen.« Schon mit dem Umzug nach Garz hatte sie Mühe gehabt. Je mehr er sich in der Malerei entwickelte, desto weiter schien er sich von ihrem gemeinsamen Leben zu distanzieren. Natürlich verstand sie, dass er seine Ruhe brauchte und der Abstand nötig war, doch ihre Befürchtungen schienen sich zu bewahrheiten: Er entglitt ihr. Selbst wenn er in Berlin war, kam er nicht nach Hause.

Energisch hob sie eine Art Kerzenständer von Max' Schreibtisch und betrachtete ihn. Sie hatte kaum geschlafen, obwohl sie gar nicht darauf hatte warten wollen, dass Leo die Wohnungstür aufschloss.

»Nicht!«, sagte Max und trat neben sie, »die ist aus Hanoi.«

»Wie bitte?«, fragte sie irritiert.

»Die Skulptur«, er nahm sie ihr vorsichtig aus der Hand und stellte sie zurück an ihren Platz. »Du kannst ihm keine Verpflichtungen aufzwingen. Er macht sowieso, was er will. Und meistens ist das auch das Richtige – für ihn«, setzte er hinzu.

Sie entfernte sich vom Schreibtisch. »Wusstest du, dass er sich mit einem Freund von mir schlagen wollte?«

»Ich habe davon gehört«, sagte Max.

»Mich ärgert dieses Theater. Es ist absurd.«

»Reg dich nicht so auf«, sagte Max und setzte sich.

»Max, ich habe die ganze Woche am Telefon gehangen, um den Interviewtermin mit diesem Leussink zu kriegen. Jetzt hat es geklappt. Und was macht Leo? Den interessiert das überhaupt nicht. Der säuft und treibt sich nächtelang herum. Aber wehe, ich kümmere mich mal fünf Minuten nicht um ihn, sondern unterhalte mich mit jemand anderem, dann spielt er den Helden. Ich habe es so satt.«

»Das mit Leussink ist doch großartig.«

Rahel starrte Max an, sie wusste nicht, was sie von seinen Kommentaren halten sollte. Sie wollte kein Lob von ihm. Gab es denn überhaupt noch jemanden, der sie verstand?

Max senkte den Blick und konzentrierte sich auf eine Gästeliste, die vor ihm lag.

»Ich fahre demnächst nach Ibiza«, verkündete sie trotzig.

Max reagierte nicht.

»Mir wird der Winter in Berlin einfach zu lang«, fuhr sie fort.

»Ein bisschen Sonne tut dir bestimmt gut.« Mit gesenktem Blick studierte er weiter die Liste.

»Ja.« Sie seufzte und ließ eine weiße Rauchwolke vor sich aufsteigen.

»Fährst du alleine?« Endlich sah Max sie an.

Sie fragte sich, was diese Frage sollte, und lächelte Max unsicher an: »Nein, ich nehme Finn Brankamp mit.«

»Diesen Freund von dir?« Max kniff die Augen zusammen, als

hätte er ihr am liebsten anerkennend auf die Schulter geklopft. Was sollte das?

»Na ja, ich will Ernst Bliemel besuchen, sein Haus muss wunderschön sein. Er wartet schon lange auf ein Bild von Leo und ist immer sehr nett zu mir. Ich habe Finn eingeladen mitzukommen, er wollte Bliemel immer schon mal treffen. Vielleicht wird sogar ein Artikel draus.«

Max lachte, Rahel fand ihn immer herablassender. »Sehr gut! Nimm dir deine Freiheiten. Triff dich mit diesem Finn. Und komm doch mit nach New York, dort wird gefeiert.« Es klopfte an der Tür. Max nahm von seiner Assistentin mehrere Zettel entgegen.

»Hast du in New York ein Bett für mich?«, fragte Rahel und verachtete sich dafür, nach jedem verdammten Anker zu greifen.

»Für dich immer.«

»Dann komme ich mit«, sagte sie entschlossen. »Mir fällt ohnehin die Decke auf den Kopf.« Sie hoffte, dass Leo sie vermissen würde.

Kaum zu Hause, legte sie Schlüssel und Tasche ab, trat an den langen Tisch, auf dem der Computer stand, und prüfte im Stehen ihre E-Mails. Sie stützte den rechten Ellbogen auf dem Schreibtisch ab und las, nach vorne gebeugt:

Meine Liebe, bezüglich New York und Metropolitan sprich bitte selbst mit dem charmanten Herrn vom Feuilleton, Durchwahl 334. Er ist sehr interessant und hat eine Begabung für ungewöhnliche Geschichten. Er wird Dir weiterhelfen. Wie geht es Dir? Wohin bist Du verschwunden? Denkst Du noch an mich? So viele Fragen.

Finn.

Lieber Finn. Danke für den Kontakt. Leo wird nach der Eröffnung wieder mehr Ruhe haben. Mit einem ganzseitigen Foto könnte es eine schöne Strecke werden. Ich werde sehen, was sich mit der 334 machen lässt.

Mir geht es so weit gut, nur Berlin ist anstrengend. Ibiza ist noch viel zu lange hin! Wo bist Du? Von wo schreibst Du?

Liebe Rahel. Ich bin auf dem Rückweg aus Hamburg. Ein Interview. Zitat: »Wir haben keinen Mut mehr.«

Dinner?

Lieber Finn. Ich habe furchtbar viel zu tun – obwohl… Lust hätte ich schon. Klugen Schildkröten sollte man keine Wünsche abschlagen. Ich kann aber erst später. Ab 20:30 Uhr.

Um 21:00 Uhr bei Eckhardts? Mein Vorschlag für mehr Mut.

Guter Vorschlag: 21:00 Uhr.

Nach dem Vorfall auf Leos Party hatten sie nur kurz miteinander telefoniert, und Finn, ganz Gentleman, meinte, er müsse sich bei ihr entschuldigen, er hätte gar nicht erst kommen dürfen. Und sie, hatte sie gedacht, hätte ihn gar nicht erst einladen dürfen. Ihr Angebot, seinen Mantel zu ersetzen, hatte er vehement abgelehnt. Sie sah auf die Uhr: Kurz vor zwei. Sie machte das Radio an. Auf der Ablage an der Wand lagen Aquarellblätter des Erotikkalenders für das kommende Jahr. Max und sie hatten lange auf Leo einreden müssen, bis er dem Kalenderprojekt zugestimmt hatte, er fand es peinlich, aber es war für sie alle ein gutes Geschäft. Der Kalender sollte als Sonderedition in limitierter Auflage gedruckt und zu einem niedrigen Stückpreis verkauft werden. Die meisten Blätter zeigten Aktskizzen und Aquarelle, die etwa zwei Jahre alt waren und sich damals sehr gut verkauft hatten. Sie machte sich ein paar Notizen, dann schob sie die Blätter wieder übereinander und legte das Paket auf die Mappe zurück. Im Radio lief nach einer Werbepause wieder Musik. *All the men come in these places.* Rahel sammelte die losen Zwanzig-Euro-Scheine zusammen, die unter dem Stapel gelegen hatten. Sie hatte sie Leo als Trinkgeld für das Catering bereitgelegt, er musste es vergessen haben. Rahel suchte nach ihrer Brieftasche und hatte das Gefühl, sich gerade ihr eigenes Trinkgeld einzustecken. Aber wofür? *And the men are all the same.* Sie hatte diesen Song schon immer grässlich gefunden. Entschlossen schaltete sie das Radio um. Purer Mainstream, auf jedem Sender. Ein bisschen Bass, ein bisschen Stöhnen und ein Keyboard – aber das war es, was hängen blieb, das war es, was sich verkaufte. Es war schwer, sich gegen den Kommerz zu wehren, sich von der Masse abzuheben, es wurde immer schwerer, Kultur unter die Leute zu bringen. Unschlüssig sah Rahel die Scheine an und fragte sich, was sie von ihrem Leben verlangte. Trotz Finns Empfehlung würde sie sich auch bei diesem Redakteur wieder drehen und wenden müssen, bis er das Interview mit Leo in der Redaktionssitzung vor seinen Kollegen durchsetzen würde. Sie würde ihm so lange schmeicheln, bis es zustande kam. Unbewusst summte Rahel den Song nach, hörte aber bei *I wanna make a million dollars* sofort wieder damit auf. Entschlossen steckte sie das Geld in einen Umschlag, schrieb die Adresse der Catering-Firma drauf und legte ihn zur Post. Rahel griff zur Zeitung und schlug das Feuilleton auf. Drei magere Seiten, dann war sie bei den Todesanzeigen angelangt. Fast beneidete sie die Menschen, die nach einem erfüllten Leben entschlafen und alles hinter sich lassen konnten, womit sie zu kämpfen hatten, Krankheit, Streit, die Unsicherheiten, alles Streben und alles Begehren. Sie sehnte sich nach einem solchen Ort fern der Gegenwart, an den sie pilgern, an dem sie keiner finden konnte, zu dem ihr keiner folgte. Sie legte die Seiten übereinander, schloss den Kulturteil und faltete ihn wieder zusammen. Der letzte Schluck kalten Kaffees schmeckte nach verbrannter Schokolade.

Leo meldete sich nicht. Gut. Dann würde sie sich eben mit Finn vergnügen. Sie wusste ohnehin nicht, weshalb sie noch Rücksicht auf Leo nehmen sollte. Sie verschwendete nur ihre Zeit, wenn sie weiter auf ein Zeichen von ihm wartete.

Da kommt jemand, der die Formel der Liebe für dich löst. Aber ich habe den Rechnungsweg vergessen, und nichts lässt sich am Ergebnis erklären.

Nachmittags machte sie Besorgungen und kam mit einem neuen Kleid für den Abend zurück in die Wohnung. Im Badezimmerspiegel betrachtete sie ihr Gesicht und suchte Falten. Dann verbrachte sie viel Zeit damit, sich die Nägel zu feilen, ihre Wimpern zu tuschen, Schmuck auszusuchen und sich wieder im Spiegel zu betrachten. Es gefiel ihr, reifer zu werden.

»Ich hätte dich nie küssen dürfen«, hatte Finn ihr einmal gesagt, und sie hatte geantwortet: »Man braucht ein kleines Geheimnis im Leben. Sei ein bisschen verrückt.« Aber Finn war vernünftig, er war ein sanftmütiger Räuber, er war taktvoll und belesen. Er trug immer einen Anzug, und er hatte einen bedeutungsschweren, aufrechten Gang. Er konnte gut zuhören, und er diskutierte mit ihr, sie führte sonst nur selten intellektuelle Gespräche. Auf einmal gab es da jemanden, der ihre Gedanken wieder unter Strom setzte. Sich ihres Spiegelbildes bewusst, verließ sie das Badezimmer.

Nachdem Rahel ihren Wagen geparkt hatte, ging sie über nasse, weiche Blätter zum Restaurant. Sie öffnete die Tür und trat durch den erleuchteten Eingang. Nichts hier drin war rund, selbst die Musik klang eckig und kantig. Eine Kellnerin kam ihr entgegen und begleitete sie zu ihrem Tisch.

»Alleine?«

»Nein, da kommt noch jemand.«

Rahel setzte sich und bestellte Tee. Sie war unsicher, ob ihr Verhältnis zu Finn nun ein anderes sein würde. Natürlich hatte Finn gewusst, wessen Ehefrau sie war, und sie hatte gespürt, dass es ihm an Leos Geburtstag wie ihr ging, sie hatten ein schäbiges Vergnügen daran gefunden, Leo zu provozieren.

Als Finn in ihrem Rücken den Raum betrat, spürte sie sofort

seine Anwesenheit. Sie küssten sich flüchtig auf die Wangen, worauf ihre Haut brannte und sie verlegen den Blick senkte. Finn band sich den Schal vom Hals und ließ sich den Mantel abnehmen, er setzte sich, als sei er hier zu Hause, knöpfte sein Jackett auf, rückte sein Hemd zurecht und lockerte den Schlips. Rahel konnte seinen Bauch erahnen, von dort aus fuhr ihr Blick weiter hoch. Sie lächelte ihn an, musterte seine sauberen Hände, seine graublonden Haare, seine Augen, seinen Mund, die kleinen Falten in seinem Gesicht, die von langen Nächten erzählten, und fand ihn anziehend. Finn lächelte zurück, blickte auf ihr Dekolleté, seine Augen wanderten von dort aus langsam zur Speisekarte. Beide blätterten in der Karte, als müssten sie den Faden ihrer gemeinsamen Geschichte erst wieder aufnehmen. Rahel wollte es schnell hinter sich bringen und setzte noch einmal an, sich für Leos Verhalten zu entschuldigen, aber er winkte ab, als ob es nicht die geringste Bedeutung hätte, und blätterte weiter in der Karte. Fast hatte sie den Eindruck, dass Finn sich in seiner Rolle gefiel, dass er es aufregend fand, eine verheiratete Geliebte zu haben, noch dazu die Ehefrau eines zornigen Malers. Der Reiz des Unverbindlichen, schoss es ihr durch den Kopf.

Später, nachdem sie bestellt hatten, begann Rahel zu erzählen. Sie spürte, wie Finn sie betrachtete. Aber immer wenn sie ihn ansah, schaute er weg oder lachte verlegen. Sie wollte ihm gefallen, bewegte ihre schlanken Arme, beobachtete, wie er den blauen Adern auf ihrem Handrücken folgte, ihren Händen, mit denen sie beim Sprechen gestikulierte. Es musste ihm schmeicheln, dass sie so eingenommen von ihm war. Runzeln bauten sich zwischen ihren Augenbrauen auf und glätteten sich wieder. Finn schien ein einziges großes Ohr zu sein und sprach nicht viel von sich. Das Wort »ich« benutzte er kaum. Er rückte immer wieder seine Brille gerade, lachte oft und gab sich in allem, was er tat, unbeschwert und selbstverständlich. Wenn er sich nicht äußern wollte, legte er die acht Fingerspitzen ohne Daumen auf der Tischkante ab und zählte sie durch. Er sah hin, sah weg, hörte zu. Sie schillerte und erinnerte sich daran, wie er gesagt hatte, dass er mochte, wie sie nach der Liebe roch.

Die Reiskörner in der krebsroten Sauce zeichneten auf Rahels Teller ein wirres Muster. Mit schnellen Bewegungen hob sie die Körner in den Mund, doch sie bekam immer weniger zwischen die Lippen, als sie vom Teller genommen hatte. Als sie fertig gegessen und getrunken hatten, bestellten sie die Rechnung. Finn bezahlte, half Rahel in den Mantel und öffnete ihr die Tür. Nichts war so schwer, wie zu gehen, ohne den anderen zu berühren. Auf der Straße verbarg die Dunkelheit ihre Gesichtszüge, auf halbem Weg blieb Finn an einem erleuchteten Schaufenster stehen, starrte einen Moment durch die Scheibe, während sich Rahel neben ihn stellte und seine Spiegelung betrachtete. Sie sah so viel jünger aus als er, sie hätte ihn gerne als Gleichaltrigen getroffen, nur ein einziges Mal wollte sie ihre Lebensuhren auf das gleiche Alter einstellen. Vielleicht würde sie dann besser verstehen, ob sie zueinander passten. Verstohlen betrachtete sie aus dem Augenwinkel sein Profil, schließlich gingen sie weiter.

Die kleine Bar lag hinter einer weißen Tür. Auf den Eisendrähten des Vorgartens hing erfrorener Wein, an den Tischen standen angelehnt die Plastikstühle. Aus dem Boden ragten Gummischläuche, durch die im Sommer das Spülwasser floss. Drinnen in dem gemauerten Raum rauchte und trank eine laute Gesellschaft. Sie bahnten sich einen Weg durch das Labyrinth aus Körpern und fanden zwei Hocker am hinteren Ende der Bar, auf denen sie sich niederließen. Rahel entschuldigte sich, stand wieder auf und zwängte sich dicht an Finns Schultern vorbei in den freien Gang zur Toilette.

Alles an ihr schrie nach Liebe. Mit wenigen Schmeicheleien hatte Finn sie verführt. Sie wusste ihre Gefühle für ihn nicht zuzuordnen. War es körperliche Anziehung oder das Wissen, Leo zu hintergehen, indem sie sich einem Mann hingab, den Leo nicht ausstehen konnte, weil er sich ihm unterlegen fühlte?

Rahel wusch sich auf der Toilette die Hände und schaute in

den Spiegel. Sie dachte daran, wie sich Leo mit seiner Kunst quälte. Die Tür ging auf, »dem klemmt doch det Ding zwischen de Beene!«, zwei Frauen stolperten ihr entgegen.

Als Rahel zurückkam, hatte Finn Drinks bestellt. Sie versuchte, seine Gedanken zu erraten, einen Zusammenhang herzustellen zwischen seiner Art, am Glas zu nippen, zu sinnieren, zu lachen oder den ersten Satz aus *Der große Gatsby* auf Englisch zu zitieren. Was zwischen ihnen stattfand, musste für ihn berechenbar sein. Das Ergebnis von eins plus eins ergab für ihn die logische Summe aus zwei Menschen, die einander mit Sympathie begegneten. Aber so einfach war es nicht, fand sie. Sie war ein Meer aus ganz unterschiedlichen Eigenschaften und Fähigkeiten, sie konnte selbst entscheiden, ob sie liebte oder hasste.

Sie tranken und entzündeten sich gegenseitig mit ihren Blicken. Sie kamen sich sehr nahe, und Rahel schob ihr Knie in Finns Schritt. Der Barkeeper zog an einer Schnur die Grenadine aus der Flasche und knallte den Becher auf das Chromstahlgitter. Finn legte seinen Kopf in Rahels Haar, sie hob sein Kinn und küsste ihn. Sie küssten sich, bis eine Frau herantrat. Unter ihren Augen klebte von Tränen verwischte Wimperntusche, ihr Gesichtsausdruck schien ihr entglitten zu sein. Sie wankte mit einem Glas in der Hand heran: »Darf ich mit euch anstoßen? Einmal anstoßen. Ich muss nur ein einziges Mal mit euch anstoßen.«

Finn lachte, Rahel konnte mit betrunkenen Menschen umgehen und ignorierte die Frau.

»Einmal anstoßen. Einmal nur. Danke«, sie hob ihr Glas, »ich bin so alleine. Wisst ihr, was Schmerz ist? So alleine zu sein. Das ist Schmerz. Ach, ich bin betrunken!«

Finn versuchte, mit ihr zu reden, es hatte keinen Sinn.

»Es ist so traurig. Einmal noch mal anstoßen. Komm«, sie forderte Finn auf, »ihr seid ein so schönes Paar. Wollt ihr euch denn gar nicht mit mir unterhalten?« Sie brach in Tränen aus. Das Elend umklammerte ihr Bierglas: »Ich kann nich' mehr zählen, wie viel ich davon schon getrunken hab. Ihr habt ja von nüscht 'ne Ahnung!

Alleene, alleene zu sein.« Sie wurde wütend: »Ich bin verzweifelt! Da is' niemand mehr.« Finn sah zu Rahel, Rahel bat die Frau mit dem Topfhut im Leopardenfellmuster, noch ein letztes Mal mit ihnen anzustoßen und dann zu gehen. Untröstlich legte die Frau ihre Hand auf Finns Schulter, stieß noch einmal mit ihm an und verschwand schmerzerfüllt in ihrem Suff.

Sie lachten verlegen, Worte konnten den Zusammenbruch ihrer Verbundenheit kaum mehr aufhalten. Der Abend war zu Ende. Rahel winkte ein Taxi heran und wollte gerade einsteigen, als Finn behutsam ihren Kopf mit beiden Händen fasste und ihr sagte, er würde sich sehr auf Ibiza freuen. Sie versuchte zu lächeln und entzog sich seiner Umarmung.

Das Taxi löschte das gelbe Freizeichen auf dem Dach und bog mit Rahel um die Ecke. Zu Hause in der Brunnenstraße durchschritt sie schluchzend die Räume, während ihr die Erinnerungen an den Abend durch den Kopf gingen. Sie trank Wasser, legte sich aufs Bett und schlief spät auf einem feuchten Kopfkissen ein.

Die Abwesenheit der Liebe macht einsam, der Nagellack beginnt zu splittern. Es brennt, es brennt, seltsam, wie man den Schmerz genießen kann – nein, nicht genießen, auskosten, ihn spüren kann, wie man sich dafür entscheidet, ihn zu spüren. Es brennt.

Kapitel 7

New York ist eine hässliche Rose, eine Blüte auf einem nackten, grünen Stängel, hier und da mit Dornen besetzt. Aus der Enge in der Mitte der Blüte heraus entfalten sich die ineinander verzahnten größeren Blütenblätter. Doch schon im Blühen verfällt die Rose, und je schöner, je länger sie blüht, desto morbider ihr Verfall.

Spatzen sausten durch die kalte Luft. Wo die Kutscher in Reih und Glied am Bürgersteig standen, hüpften sie auf den dampfenden Pferdeäpfeln oder flatterten über den verschütteten Hafer, der hier und da unter den Geschirren lag. Draußen vor den Türen von *Bergdorf Goodman* schwebten verlorene Schneeflocken. An der Fassade des Plaza Hotels zerrte der Wind schon den ganzen Tag an einem rosafarbenen Werbeplakat für City Apartments. Die Hotdog-Wagen verschwanden im Heißwasserdunst ihrer Wurstkessel, das Sauerkraut gefror, und der Kaffee konnte nur lauwarm serviert werden. Rahel war den ganzen Vormittag unterwegs gewesen, um Cowboystiefel für Leo zu besorgen, dann hatte sie Max begleitet, der sich bei *Bergdorf* neue Handschuhe gekauft hatte. Nun hielten sie sich seit einer guten Stunde im ersten Geschoss des Kaufhauses auf. An den Wänden zeigten die hohen Spiegel die dicken Samtkissen auf den Sitzmöbeln, das Licht der Deckenlampen und die nackten und angezogenen Füße bei der Anprobe.

Rahel band einen hochhackigen Schuh, stand auf und sah zu Max, der umgeben von holunderfarbenen Handtaschen und zimtbraunen Pelzmänteln auf einer Couch saß und mit seinem Telefon spielte. Neben ihm lag die Papiertüte mit den neuen Boots für Leo. Offenbar war er in Gedanken. Rahel setzte behutsam einen Fuß vor den anderen. Sie musterte ihre Zehen im Spiegel, prüfte das

Seitenprofil, drehte sich zur anderen Seite und einmal im Kreis. Nachdenklich betrachtete sie ihr Spiegelbild.

»Ein Kunstwerk der Schuh. Eine wundervolle Frau. Die beiden sollten heiraten!«, sagte der Verkäufer zwischen den Schachteln kauernd.

Max sah von seinem Telefon auf. »Ja«, stimmte er ihm zu. Er seufzte und fragte: »Die Abteilung macht bestimmt die Hälfte vom Umsatz Ihres Hauses aus, oder?«

»Die Abteilung ist sicher eine der umsatzstärksten«, antwortete der Mann.

»Die nehme ich«, sagte Rahel.

Die Männer nickten.

Am selben Abend eröffnete die Armory Show. Seit ein paar Jahren war die Kunstmesse wiederbelebt, und in den Messehallen brummte es. Jedes Jahr wieder staunte Rahel, wie die Galerieassistenten es schafften, in nur drei Tagen Aufbau die Wände der Boxen mit Kunst zu bestücken. Beim Notausgang wurden noch die letzten Meter Filzteppich ausgerollt. Die Galeristen schienen von Jahr zu Jahr jünger zu werden, und sie alle kamen mit der Absicht, zu schockieren, überall gab es neue Namen, neue Materialien und neue Techniken zu entdecken. In diesem Geschäft verdiente jeder gut, alles schien erlaubt.

Tausend Dollar, und das »Private Viewing« am Eröffnungsabend war zugänglich. Rahel hatte einen Künstlerausweis und stand, nach einer Pause an der frischen Luft, wieder vor dem Seiteneingang der Hallen. Von dort aus sah sie die Haupttüren, vor denen schon schwarze Wagen hielten und die ersten Sammler und Sammlerinnen mit ihren Lakaien ausspuckten. Der rote Teppich schwamm im Schneematsch. Rahel verharrte im Wind eines Heißluftgebläses und hielt, die Arme fest vor der Brust verschränkt, nach bekannten Gesichtern Ausschau. Sie entdeckte den früheren New Yorker Bürgermeister mit seiner Frau, eine Treuhänderin des Museum of Modern Art, den Kurator für die Abteilung zeitgenössische Kunst im Metropolitan und einige der Kuratoren vom Guggenheim. Sie lockerte ihren Schal, glättete ihr Kleid und beeilte sich, wieder hineinzugehen. In den Gängen der als T angelegten Hallen war die Luft stickig, es roch nach Schweiß, Holz- und Materialstaub, Pappe und Parfüm.

Max' Stand befand sich im vorderen Drittel des langen Schlauchs, in dem sich eine Kabine an die nächste anschloss. Für ihn, wie für viele andere, war die Eröffnung Routine. Max hängte ausschließlich Werke eines Künstlers, Iwan Botzenhardt. Erst auf der Art Basel ging es ums große Geld. Rahel hatte noch die Leiter gehalten, während eine Mitarbeiterin einen Nagel in die provisorische Wand schlug. Sie reichte ihr das Aquarell und gab Anweisungen, bis es gerade hing. Sie hatte Kataloge sortiert, Papierbögen zusammengeheftet und sah nun, wie immer mehr Mannequins mit verrückten Hüten durch das riesige Mausoleum moderner Kunst flanierten. Im Nu füllten sich die Gänge. Rahel bemerkte den auffälligen Schmuck der Frauen, die außergewöhnlichen Manschettenknöpfe und die polierten Schuhe der Männer. Ein bulliger Riese mit weißer Frackweste und Fliege schob sich massig an ihr vorbei durch den langen Gang. An seinem Handgelenk klemmte eine goldene Armbanduhr, und seine Anzughose spannte bei jedem Schritt über seine mächtigen Schenkel. Er paffte einen Zigarillo, an seiner Seite führte er ein junges Model mit Wespentaille. Eine andere Frau in einem Kleid mit tiefem Rückenausschnitt und auf schweren Blockabsätzen stelzte an der Hand eines kleinen Mannes mit Hornbrille und Halbglatze Richtung Bar.

Rahel sah ihnen hinterher, bis Max an den Stand kam und sich bei ihr erkundigte, ob alles gut gelaufen sei. Er roch nach Aftershave und schien, wie sie, elektrisiert. Noch während sie ihm berichtete, wurden sie unterbrochen, und immer mehr Bekannte besuchten sie am Stand. Max stellte Rahel allen als »seine rechte Hand« vor, und ihre Wangen glühten. Sie war froh, nicht in Berlin geblieben zu sein, nicht nur, weil es sie wie erhofft ablenkte. Es war tröstlich, zu dieser kleinen überschaubaren Welt zu gehören, den unsichtbaren Fäden zu folgen, die nur für Eingeweihte sichtbar waren. Sie kannte die Spielregeln, bewegte sich sicher auf diesem Parkett, auf dem es um nichts anderes als um Geld und Deals ging. Man begegnete sich spätestens auf einer der größeren Messe wie dieser hier, meist kannte man sich aber schon von kleineren Ausstellungen und Eröffnungen, die das ganze Jahr über in London, New York oder Berlin stattfanden. Händler und Käufer fanden hier zusammen, und die Unberechenbarkeit der Ware, mit der sie handelten, beschränkte sich auf Wertsteigerungen, Verluste und Prognosen, die Kunstwerke wurden zu Spekulationsobjekten. Die Künstler selbst hatten darauf keinen Einfluss, sie rückten in diesen Tagen in weite Ferne. So wie Leo. Rahel wusste, dass sie sich in diesen Kreisen bewegen konnte, weil sie seine Frau war, dennoch hatte sie diese Welt ganz für sich alleine erobert, und darauf war sie stolz.

Später flanierte sie unter den blauen Hinweisschildern durch die Gänge und besuchte selbst die Stände befreundeter Galeristen. Natürlich wurde sie nach Leo gefragt, sie richtete erfundene Grüße von ihm aus und erfuhr, was auf den letzten Auktionen weggegangen war. Dann entdeckte sie unter ausgestellten Stücken ein Bild, das ihr selbst aus der Ferne sehr gut gefiel. Es schien ein modernes expressionistisches Werk mit breiten Balken aus erdigem Rot und Braun zu sein. Sie wollte es sich näher ansehen und stellte sich vor, dass es schön wäre, sich mit solchen Farben zu umgeben. Doch noch während sie darauf zuging, erschrak sie. Es waren die gleichen erdigen Töne, die sich, seit Leo in Garz war, wieder auf seiner Palette zeigten. Die Farben seiner Landschaften. Abrupt wandte sie sich ab und ging in einer anderen Richtung weiter. Sie wollte nicht an Garz, nicht an Leo, nicht an seine Landschaften denken. Sie wollte keine Sehnsucht nach Leo haben.

Traurig schob sie sich weiter durch das Getümmel, an aufgehäuften Luftschlangen aus Kunststoffresten, einer mit Reißnägeln verzierten Wand und dreidimensionalen Comicfiguren vorbei, bis Daisy Car sie aus ihren dunklen Gedanken erlöste, ihr zuwinkte und mit ihrem Sekretär an der Seite durch die Menge auf sie zuschwebte. Rahel lächelte Leos New Yorker Galeristin an, sie begrüßten sich, und Daisy schloss sich ihr an. Rahel fragte, ob sie nachher noch zum Dinner käme. »Ist Leo denn auch da?«, fragte Daisy zurück. Leo, Leo, Leo, dachte Rahel und richtete auch Daisy Grüße von ihm aus, es ginge ihm sehr gut, er treffe in Garz letzte Vorbereitungen für die Ausstellung. Zurück am Stand schloss Max die kleine Frau in seine Arme, und Daisy flötete, wie unglaublich der Andrang dieses Jahr wieder sei. Sie würde sich freuen, wenn Max in zwei Tagen zur Eröffnung eines ihrer Künstler käme, alle Bilder seien jetzt schon verkauft. Max blätterte in seinem Kalender. Dann musste Daisy weiter, und Rahel verlor ihren schweren Pelzmantel bald aus den Augen.

Kurz vor neun ging der Pink-Grapefruit-Saft aus, und die amerikanischen Galeriesekretäre begannen, die deutschen Galeriesekretärinnen anzubaggern. Um halb zehn wurden die Lichter gelöscht, Rahel gab den verbliebenen Mitarbeitern Anweisungen sowie die Adresse des koreanischen Restaurants, in dem sie essen wollten, und ließ sich von Max am Arm hinausführen.

Nach dem langen Tag auf der Messe überprüfte Rahel im Taxi ihr Make-up mit dem Taschenspiegel und wechselte in die Schuhe von *Bergdorf*. Ständig klingelte Max' Telefon, beim vierten Mal war Andy Hinkeldey dran, einer von Leos Sammlern. »Andy! Wir sind jetzt auf dem Weg zum Koreaner. – Du musst kommen, schließlich hast du es versprochen! – Ich habe sehr nette Mädchen dabei. Gute Unterhaltung und schön anzuschauen.«

Andy brannte für schöne Mädchen aus Deutschland. Der Sammler gehörte zur Familie, wie Max seine besten Kunden zusammenfasste.

Eiseskälte fegte durch die Häuserschluchten. Nach einer halben Stunde saßen sie zu zehnt um den Restauranttisch, erhoben ihre Gläser auf den Abend und unterhielten sich lebhaft. Als Andy dazustieß, setzte er sich laut polternd ans Tischende neben Rahel, griff nach der letzten Reisrolle, die noch auf der Platte lag, und grinste kauend in die Runde. Andy trug einen hellblauen Kaschmirpullover, dazu Khakihosen, das morgenlange Telefonieren am Strand stand ihm auf die gebräunten Hände geschrieben. Immer wenn Rahel Andy Hinkeldey sah, phantasierte sie offene Terrassentüren mit wehenden Vorhängen, einen glatten Pool und aufgeheizten Sandstein mit dunklen Wasserflecken. Rahel wusste, dass Max die Kunstsammlung des Filmmoguls aus Los Angeles seit zwanzig Jahren betreute und er auf den Wartelisten der Galerie immer unter den ersten zehn war. Preise und Malerkarrieren konnte man nur steuern, indem man die richtigen Bilder an die richtigen Sammler verteilte, das hatte Rahel von Max gelernt. Sie fragte ihn: »Gibt es andere Dinge, die dich herführen, oder bist du nur für die Messe nach New York gekommen?«

Andy hob seinen Blick und sagte: »Kunst ist für mich immer Nebensache.«

Sie nickte. Max erhob sein Glas und begrüßte Andy offiziell in der Tafelrunde.

»Ich erinnere noch«, sagte Andy wieder zu Rahel, »wie Leo einmal in Unterhosen am Strand in Malibu an Eddie Byrons Terrasse entlangrannte.«

Rahel lächelte leise: »Das war es ihm wert. Einmal im Leben in Unterhosen vor Eddie Byrons Patio. Er spricht noch heute davon!«

»Eddie war begeistert«, ergänzte Andy.

»Zu Recht«, erwiderte Rahel, »Leo in Unterhosen ist ein unwiderstehlicher Anblick.«

»Ich will noch so eine Rolle, wo bleibt das Essen? Was war das für eine Rolle?« Andy zeigte auf die leere Platte. Rahel wusste es nicht, bemühte sich aber, den Kellner zu rufen. Andy zuckte mit den Achseln: »Der Wein ist gut, aber diese Rolle hat phantastisch geschmeckt.«

»Das Beste, was bisher auf den Tisch kam«, bestätigte Rahel.

»Das Beste, was mir heute überhaupt passiert ist!«, rief Andy mit übertriebener Geste.

Zwei Kellner tischten die Hauptspeisen und eine weitere Platte mit *Duck Roles* auf.

»Genau so gehört sich das. Asiatisches Essen ist einfach unschlagbar. Und es ist absolut krisensicher. Man sollte eigentlich nur noch in Asia-Restaurants investieren.«

»Ach ja?« Rahel spießte ein rohes Stück Rindfleisch auf. Das Fett zischte auf dem Rost.

»Klar, essen müssen die Menschen auch, wenn die Börsenkurse sinken.« Andy lachte dröhnend.

Der Ozean hatte Andy Hinkeldey an diesen Kunst-Strand gespült, jeder versuchte, ihn an Land zu ziehen, doch niemand konnte ihn halten, die Strömungen zogen ihn zurück in die Fluten. Obwohl sie das wusste, gab Rahel die Verführerische. Tatsächlich schwieg Andy zum ersten Mal an diesem Abend länger als drei Minuten und betrachtete mit den kleinen Augen hinter der großen Brille Rahels Beine und ihre schulterlangen Haare. Max gesellte sich zu ihnen. Sein Hemd hing aus der Hose, die Krawatte schief im aufgeknöpften Kragen, seine glasigen Augen leuchteten. Er legte Andy den Arm um die Schulter und erkundigte sich nach seinem Befinden. Rahel nahm ihre Gabel wieder auf und aß in Ruhe ein letztes Stück Fleisch.

»Also Max«, sagte Andy und erhob sich. Er klopfte ihm seitlich auf den Arm und fasste ihn an der Schulter, »was läuft zwischen dir und Daisy?«

Max lachte.

»Du warst mit ihr im Bett. Rück raus mit der Sprache, wie hast du sie gezähmt?«

Max sah hinab zu Rahel und sagte: »Ich verstehe mich gut mit Daisy. Ihre Allüren kümmern mich nicht. I grab her and say: Daisy, I love you. Das mag sie, das ist das ganze Geheimnis.«

Rahel konnte sich nicht vorstellen, dass er mit dieser Frau im Bett gewesen sein sollte. Als sie Daisy im letzten Winter das erste Mal begegnet war, war sie bei ihrem Anblick so erschrocken, dass sie nur mit Ja und Nein auf ihre Floskeln antworten konnte. Für die Gespräche zu Leos Met-Ausstellung hatte Rahel Max in Daisys Galerie im Meatpacking District begleitet. Als erstes Zeichen von Daisys Anwesenheit hatten sie ihre Absätze über das Parkett klappern hören. Seidiges schwarzes Haar floss auf ihre Schultern, in den kleinen Händen hielt sie eine Pelzkappe und ein Täschchen. Eine sehr spitze Nase saß in ihrem rosenzarten Gesicht. Gebleichte Zähne blitzten auf. Am Mittelfinger der rechten Hand funkelte ein Ring. Daisy lachte glatt, ihre Mimik war erstarrt, alles an ihr schien mit dem Skalpell modelliert. Manche Menschen hatten zu viel Haut im Gesicht, bei Daisy fehlten augenscheinlich einige Zentimeter. Sie sprachen über die Preise für Leos Bilder, dann beschlossen sie, essen zu gehen. In den Straßen türmte sich gelblicher Schneematsch auf den Gehsteigen; er war gesprenkelt mit schwarzen Kieselsteinen. Überall hatten die Passanten mit ihren Fußabdrücken tiefe Löcher hinterlassen. Daisy, an Max' Arm, stöckelte mit teuren Pfennigabsätzen vor ihr auf die Avenue of the American. Sie trippelte über die nasse Straße und die durchgezogene gelbe Linie, ihr Pelzmantel schillerte silbern im Mittagslicht. Im Restaurant entschied sich Daisy für Huevos Rancheros: »Ich bestelle hier nie etwas anderes. Es gibt kaum noch jemanden, der richtig gute Huevos Rancheros macht.« Sie stocherte in der dampfenden braunen Bohnenpaste mit den gebratenen Eiern in roter Salsa, den Schnitzen von Kartoffeln und Avocados. Laufend hob sie eine kleine Portion auf ihre Gabel und führte sie zum Mund. Unfähig, ihren Kiefer richtig zu öffnen, schob sie das heiße Essen zwischen die gepolsterten Lippen, nur wenig passte hinein, die Reste fielen ihr von der Gabel zurück in die Pfanne. Sie wiederholte die Prozedur, zog Käsefäden aus ihrem Essen und versuchte mehrmals, Bohnen und Ei aufzunehmen, bekam die Portion aber kaum von der Gabel. Im Keuschheitsgürtel ihrer erkauften Jugendlichkeit eingesperrt, versagten ihr die Kaumuskeln, und so schob sie sich weiter kleine Häppchen in den Mund und nippte am Wasser. Max schien das überhaupt nicht bemerkt zu haben, er hatte mit großem Appetit sein daumendickes Strip-Steak mit Knochen zersägt, mögliche Käufer für Leos Bilder erwogen und über den geplanten Katalog verhandelt, während Rahel Daisy sprachlos beobachtet hatte.

Daisy und Max – undenkbar! Neugierig wartete sie auf seine Erklärung. Doch Max hob nur die Augenbrauen und stieß mit Andy auf die Freundschaft an.

»Wer weiß, ob sie nicht ein Doppelleben führt«, meinte Andy.

»Jeder führt ein Doppelleben«, sagte Max.

»Sorg dafür, dass sie morgen zum Lunch kommt.« Andy setzte eine eiskalte Miene auf. »Sieh sie dir an«, sagte er und konzentrierte seinen Blick auf eine Mitarbeiterin von Max. »Ist das ihre natürliche Haarfarbe?«, fragte er.

»Ja!«, flüsterte Max.

»Nice hair, I love it. Wir haben viele Blonde in Kalifornien, aber es ist ein anderes Blond.«

»Aha?«

»Es ist nicht echt.«

Andy war nicht zu halten, er würde sich immer weiter treiben lassen, dachte Rahel und strich unter dem Tisch ihren Rock glatt. Sie war jedenfalls weder blond noch jung genug, um seine Aufmerksamkeit länger als ein paar Minuten zu fesseln. Dann schämte sie sich für ihre Gedanken.

Menschen in Gesellschaft. Ein Spiel. Aber wie lauten die Regeln? Wie verführt man? Mit Sex? Mit Cheesecake? Man übt sich in der Kunst, ein anderer zu sein, man selbst zu sein. Am Ende bleibt jeder alleine zurück.

Steintreppen führten vom ersten Geschoss bis an die Wohnungstür im dritten Stock, hinter deren Schlössern die Ginger D. Allens Collection hing. Die berühmte Sammlerin wohnte hinter einer stilisierten Schlossfassade, ihre Wohnung lag im Hauptgebäude zwischen zwei Seitenflügeln, mit Blick auf den immergrünen Innenhof. Sie betraten ein Labyrinth aus Marmor.

Champagne!

»Darf ich Ihnen den Mantel abnehmen?« Trompetenmusik und Stimmen drangen aus der Wohnung, ein Lichtviereck lag vor der Tür auf dem Steinfußboden des Flurs, darin stand eine Empfangsdame in schwarzem Hosenanzug, der Mann an der Garderobe trug hautenge Jeans. Rahel ließ sich von Max aus dem Mantel helfen, der Pelz glitt von ihren Schultern in seine Arme. Max nahm ihre Garderobenzettel entgegen und folgte Rahel ins Apartment. Gleich am Eingang tauschte sie Blicke mit einer jungen Frau in kurzem Kleid und erhielt einen zweiseitigen Papierbogen. »Willkommen. Fühlen Sie sich wie zu Hause. Kunst hängt überall, auch auf der Toilette.«

Sie traten ins Flutlicht des Raums. An der rechten Wand befand sich eine Bar, die aussah, als könne man sie lutschen. Im Flur gab es drei Durchgänge ins Büro, in das Wohn- und ins Esszimmer. Rechts und links neben dem Eingang stapelten sich Gemälde an der Wand. Rahel studierte den Papierbogen, der mit Nummern und einer Legende durch die Räumlichkeiten führte: *Entryway, Living Room and Dining Room, Library, Hallway 2, Den, Hallway 3, Master Bedroom and Bath, Kitchen, Office 1, Office 2* und *Hallway 1.*

Dann warf sie einen Blick auf Max. »Würdest du auch zugeben, dass du hier in deinem Element badest? Ich finde es einfach wunderbar. Eine ganze Wohnung voller Bilder. Und wir wissen, dass die Garnitur im nächsten Jahr anders sein muss«, raunte Rahel im zu.

Max lachte: »In der Tat. Gut fürs Geschäft!«

Menschen bevölkerten die Inneneinrichtung, Frauen in Miniröcken, junge Mädchen in gemusterten Seidenkleidern, Männer in rosafarbenen Hemden, Burschen in Jeans und weißem T-Shirt. In den Bücherregalen lauerten afrikanische Figuren und Masken, im Tafelsilber spiegelten sich die Kristalle des Kronleuchters an der Zimmerdecke. Auf dem Boden lag ein gähnendes Tigerfell, darauf eine Katze.

»… er kommt aus Bogota«, schwärmte jemand. Eine andere Männerstimme rief sehr laut: »There's nothing to it!«, und Rahel sah sich fragend um, im gleichen Moment sagte Max gelassen: »Steve van Exel. Du kennst ihn, Leo nennt ihn den Drogenbaron.« Sie gesellten sich zu seinem Kreis.

»Max from Berlin!«, rief Steve.

»Steve.«

Rahel rauchte und lächelte. In Steves Schritt war ein roter, fünfzackiger Stern auf den Stoff der Jeans gedruckt. Max stellte sie vor: »Rahel – Steve, Steve – Rahel, Leo's wife.« Hände, Küsse und der Duft von Sonnenöl auf Steves behaarter Brust. Eine Harley-Davidson-Silberkette verschwand im Ausschnitt seines aufgeknöpften Hemds, sein dunkles zurückgekämmtes Haar, der Bartflaum und die Brusthaare hatten die gleiche Tönung. Er lachte strahlend weiß. »Leo! Fantastic, how is he?«

»Great«, sagten Rahel und Max wie aus einem Mund.

»I cant' believe you are here«, sagte Steve. »How long are you staying?«

»Ein paar Tage, bis zum Ende der Messe«, antwortete Max für sie beide. »Und was treibt dich aus dem ewigen Sommer in diese Minusgrade?«

»Max, the Fair of course. It's like the passion for beautiful women«, hier warf er Rahel einen kurzen Blick zu, bevor er sich wieder an Max wandte. »I follow art to the end of the world. You know, just to take a look around. You've got something for me?«

»Ich habe Iwan Botzenhardt dabei, sonst nichts. Iwan eröffnet bald in Leipzig, Elliott Yudess in Berlin. Das wird ganz groß.«

»Yudess?«, fragte Steve und erkundigte sich nach dem Datum der Eröffnung. Er wolle endlich mal wieder nach Berlin kommen und sich Bilder anschauen, da er gerade ein neues Haus einrichte.

»Wollt ihr noch was trinken?«, fragte Max.

»Sure«, warf Steve ein, »get a bottle of champagne.«

»Für mich auch ein Glas.« Rahel riss ihre Augen von dem roten Stern.

Max bestellte: »Champagne, please!«, und hielt drei Finger in die Luft. »Wie geht es deinen Kindern?«, fragte er Steve dann.

»Wonderful.« Steve zog seine Brieftasche hervor und zeigte Fotos seiner drei Kinder. »Three little angels. Steve Junior, he's a real footballplayer in college, Tina's still in high school and the youngest one is kind of slow but a super kid.« Er steckte seine Fotos wieder ein und wandte sich an Rahel. »How are your kids?«

»Wir haben keine«, sagte sie und wunderte sich, dass Steve danach fragte, sie hatte gedacht, er und Leo wären gute Freunde.

»Oh, I'm so sorry. Well, well, see you in Berlin.«

»Daran solltest du dich gewöhnen«, meinte Max, »er fragt Leo auch jedes Mal nach euren Kindern.«

Zwischen den Fenstern zum Innenhof hing ein Bild von zwei Männergestalten mit grünen Haaren. Darunter saß auf einem Hocker ein junger Galerist im Streifenpullover mit einem Gin-Tonic in der Hand. Die Katze sprang von der Ledercouch auf die Schulter einer afrikanischen Kriegerstatue und von dort weiter auf das Fensterbrett, auf dem sie Platz nahm und sich die Pfote leckte. Rahel drang an Max' Seite weiter in den Dschungel vor und hörte Ginger, bevor sie sie sah. Eine Stimme schmeichelte: »Ginger, was für eine großartige Party, was für eine Kollektion, diese Bilder! Und was für ein göttliches Kleid du anhast.« – »Danke, Darling. Paris ist doch immer wieder eine Reise wert!« – »Du siehst phantastisch aus.«

Rahel sah das goldene Paillettenkleid im Durchgang. Beine steckten in weißen Strumpfhosen, blasse Arme ragten aus den Ärmeln; darüber strohblondes Haar, das rote Lippen, ein gepudertes Gesicht und groß geschminkte Augen einrahmte. Ginger war eigentlich nett, aber sie war so perfekt. Rahel überkam immer eine Gänsehaut, wenn sie diese Frau sah. Sie trank ihr Glas in einem Zug leer. »Max! How lovely to have you here.« Ginger küsste ihn auf den Mund. »Rahel! Where is Leo?« Ginger zog sie kurz an sich.

Wann hatte sie anderen Menschen das letzte Mal von sich erzählt? Ihr kamen, armselig genug, nur die Begegnungen mit Finn in den Sinn.

»Oh, du *musst* ihn von mir grüßen. Wie schön, dass ihr da seid!« Ginger zerriss ihr Gesicht zu einem Lachen.

»Ich lasse mir doch nicht die beste Show des Jahres entgehen, Ginger, das weißt du doch«, säuselte Max.

»Oh, es gibt so viele neue Sachen, habt ihr euch schon umgeschaut?«

»Wir sind gerade erst gekommen.«

Ein Tablett mit Häppchen schwebte herbei. »It's delicious.«

Vicious.

Sie standen vor Bild Nummer zehn: Der Künstler kam Rahel bekannt vor.

»Ich liebe diesen Carson«, sagte Ginger.

»Er ist gut«, meinte Max mit der tiefen Galeristenstimme, die Rahel so anziehend fand. Sie schalt sich für ihr Selbstmitleid. Natürlich war dies ihre Welt, sie kannte das Geschäft mittlerweile gut, besser als Leo, und im Gegensatz zu ihm mochte sie die Rituale der Kunst und ihrer Szene. Dieser verschwörerische Tonfall war üblich, wenn man über neue Bilder sprach, damit wollte Max Ginger das Gefühl geben, dass der Carson in einem Jahr doppelt so viel wert sein würde und sich der Kauf für sie gelohnt hatte. Rahel zuckte zusammen, als ihr die Katze um die Beine strich.

»Leo hängt im Schlafzimmer, du musst ihn sehen!«

»O ja.« Max nahm Rahel bei der Hand. Gemeinsam verließen sie den Raum.

Ihre Hände verloren sich, als Ginger Max am Unterarm fasste und ihn durch den Flur zog: »Hier lang«, winkte Ginger. »Hast du den Obrocki gesehen? Erinnerst du dieses Bild?«

Max nickte und streifte das Bild mit einem flüchtigen Blick. Sie drängten hinter Ginger durch die Tür ins Schlafzimmer.

»Es ist ein phantastisches Bild von Leo, eines meiner liebsten.« Ginger stand in dem kleinen Raum, über dem Bett hing eine Nackte von Leo Becker. Sie wirkte ergriffen. Wieder überkam Rahel Gänsehaut. Sie meinte, Leos Stift noch auf ihrer Haut spüren zu können, zahlreiche Skizzen lagen diesem Akt zugrunde. Sie hatte große Lust, Ginger den Champagner in den Rücken zu gießen, damit er an ihrer weißen Haut abperlte und in ihre Strumpfhose floss. Wie gerne hätte sie ihren Schrei gehört!

Ginger drehte sich zu ihnen um, als wäre sie soeben aus einem angenehmen Tagtraum erwacht. »Wollt ihr noch einen Drink?«, fragte sie und wandte sich an eines der Mädchen »Würden Sie noch mal Champagner nachschenken?« Dann war sie fort.

Rahel sah sich weiter um. Im Regal links vom Bett lauerten kleine geschnitzte afrikanische Krieger mit stierenden Augen und erigierten Penissen. Sie wollte Max auffordern zu gehen. »Komm«, kam er ihr zuvor und fasste sie um die Hüfte, »ich stelle dir jemanden vor.« Sie folgte ihm an seiner Seite durch das Gedränge auf den Flur.

»Warte«, sie hielt ihn auf, reichte ihm ihr volles Glas, »ich muss einen Blick in die Toilette werfen.« Sie suchte die Räumlichkeit in der Legende und fand unter *Bath* die Informationen zu Bild und Maler. Das Ölbild *Die chinesische Pflaume* hing über dem Spülkasten des Klos. In einem Korb waren arrangierte, orangefarbene Früchte zu sehen. Enttäuscht schloss sie die Tür.

»Brillant, oder?« Ein Mann stellte sich ihr in den Weg. »Ich bin ein großer Förderer junger Kunst.« Er trug Schwarz, paffte eine Zigarette und musterte aus dem Augenwinkel ihr Dekolleté. »Sie sind nicht von hier, oder? Wie gefällt Ihnen New York?« Sie beschloss, ihn zu ignorieren.

»Sie sollten am Freitag zu meiner Party kommen, in der Duane Street, die Leute kommen von überall her. Miami, Paris, Tokio, Bogota …«

Rahel ging weiter den Flur entlang. Max blieb verschwunden.

Mo Carson, C. Arbuckle, Norman Freifield, Elaine Schwartz, Florencio Flores, Reuben O. Erdmann, Olga Frackowiak, Fritz Sandhausen, Namie Davidson, Ela Noé, Joseph Brenning, Alexa Pine, Terry Veis, Tyler Brown, Otto Thabeault, Baxter Sullivan, Ted D'Agostino,

Matthias Spillmann, Hilda Olexievicz, Arthur E. Tressel, Joseph Pierce, Jan Zimmer, Peter McDermott. Die Blumen unserer Gesellschaft.

Rahel kramte in ihrer Handtasche nach Lippenstift und sah sich nach einer Sitzgelegenheit um. Nicht weit entfernt von ihr stand ein Mann vor einer Wand, an der unzählige kleine Skizzen und Aquarelle hingen. Er war sehr klein, sehr dünn, trug weiße Hosen und ein schwarzes Oberhemd. Rahel hörte, wie er einem anderen dünnen Mann erklärte: »Leo Becker, sehr berühmt. Das hier ist auch ein Leo Becker, er ist absolut phantastisch, und das da, auch Becker, das war richtig teuer, auch Becker, da kannte ihn noch keiner, einmaliges Bild …«

Rahel setzte sich auf eine Chaiselongue und zog sorgfältig ihren Lippenstift nach. Sie stützte sich mit einer Hand hinter dem Rücken ab, überschlug ihre Beine und sah zu den Aktzeichnungen, kleinen Lithografien und den mit schnell geführtem Strich gezeichneten Skizzen von Frauen an der Wand. Das Bild der Sammlerin im goldenen Kleid, die ergriffen vor der Nackten in ihrem Schlafzimmer stand, hatte sich ihr eingebrannt. Sie erinnerte sich sehr gut an die Zeit, in der Leo ihren Körper studiert hatte. Seine Finger, seinen Stift, hatte er, ohne zu sprechen, über jede Wölbung, jede Rundung, das Schlüsselbein und die Kniekehlen gleiten lassen. Heute war sie viel dünner. Sie hatte es geliebt, nur in Kniestrümpfen auf Leos Bett in den rot-weiß gestreiften Satinkissen zu liegen und zu lesen oder zu rauchen, während Leo sie fotografierte oder skizzierte. Er wolle die moderne Frau in historischer Pose, hatte er gesagt. Er schenkte ihr einen fliederfarbenen Morgenmantel und einen Bikini in Orange, den sie nie zum Schwimmen tragen konnte, da er gehäkelt war. Sie betrachtete die Silhouetten der Figuren an der Wand und hatte das Gefühl, mit der Rahel von damals nichts mehr gemein zu haben. Der Morgenmantel wurde in der Transportkiste auf dem Weg nach Berlin von Motten zerfressen. Bald würde der Erotikkalender erscheinen, dachte sie, sie erhob sich erschöpft von der Polsterliege, hielt an ihrer Handtasche fest, schob sich hinter zahlreichen Rücken durch den engen Raum und sah dabei immer wieder suchend in die Menge.

Kapitel 8

Leo taucht und zieht sich mit den Armen durch grünes Wasser. Er kommt an einen langen Strand, an dem Mädchen sitzen und Fische schuppen. Sie strecken ihm ihre Hände entgegen, in ihren Fingern liegen wie Perlenketten die Eingeweide der ausgenommenen Tiere. Er geht an ihnen vorbei, bis er einen Weg erreicht. Er durchwandert moosige Schluchten, spaziert auf weiten Ebenen und erklimmt die Gipfel schroffer Sandsteinfelsen.

Im Wachwerden erkennt er die Gipfel, er hat von der Sächsischen Schweiz geträumt. Als Kind unternahm er oft Wanderungen auf den Schrammstein und zu einer Raststätte am »Kuhstall«, einer Felshöhle, in deren Schutz die Bauern früher einmal ihre Kühe unterstellten. Manchmal fuhr er nach Bad Schandau und mit der Talbahn ins Kirnitzschtal, um Pilze zu suchen. Wenn er aus dem Grau des Dorfs kam, waren das Blaugrün der Fichtenwälder, das tiefe Grün der Felsen und die gelben und braune Streifen der Äcker zwischen den Wiesen intensiv und saftig. Pesterwitz war eine winzige Ortschaft nicht weit von Dresden, in der es, wie die Dresdner gerne behaupteten, »nichts zu sehen gab«. Dort, zwischen roh verputzten Häusern und verfallenen Backsteinruinen, war Leo aufgewachsen, es gab ein altes Rittergut, einen Kuhstall und einen Futterweizenspeicher. Jeden Tag wurden die Kühe über die Straße am Weinberg getrieben. Wenn er nicht mit seinen Freunden Verstecken am Berg spielte oder sie auf Fahrrädern die Serpentinen der Zauckeroder Straße hinabwetzten, verbrachte Leo die Nachmittage mit den Kindern seines Onkels in den Obst- und Weinplantagen. Von dort erstreckte sich das weite Tal der Weißeritz unter ihnen. Der Weinberg und die Apfelplantagen hatten einst Leos Großvater gehört, der die Hälfte seiner Ländereien in der DDR hatte abgeben müssen. Erst nach der Wende hatte die Familie das Land zurückerhalten, seitdem bewirtschaftete sein Onkel den Weinberg und war Eigentümer der Obstbrennerei, in der Apfelschnaps und Edelbrände hergestellt wurden. Wenn das Obst von Herrn Muschawecks Bäumen auf der Wiese liegen blieb und die Gärgerüche der verfaulten Birnen und Äpfel herüberwehten, roch es in Garz nach Pesterwitz. Auch die düsteren Blicke der Garzer glichen denen der Pesterwitzer, mit dem Unterschied, dass er in Garz noch misstrauischer angesehen wurde, er würde hier immer ein Fremdling bleiben.

Das breite »O« und Redewendungen wie »hoch die Straße« entlarvten ihn als Sachsen. Wenn er abends mal im Gasthof in Garz aß oder trank, musste er immer an den Pesterwitzer Gasthof denken, an den alten Weinkeller, den großen Biergarten und an Gerd, den Wirt. Gerd hatte oft von seinem Vater erzählt, der in Brüssel in Kriegsgefangenschaft geraten war. »Brüssel muss wunderschön sein«, beendete er seine Geschichten damals immer, aber er selbst wolle lieber nach Paris. Nach allem, was Leo wusste, war Gerd auch nach der Wende nie hingefahren. Vom Dorfplatz, wo es neben dem Gasthof noch eine Pension gab, das »Pesterwitzer Siegel«, führte die Pesterwitzer Straße mitten durch den Weinberg und über eine Brücke zu Leos Elternhaus. Unter der Brücke floss ein kleiner Bach, auf dessen einer Uferseite die Schafweide des Nachbarn lag. Hier standen auch zwei Pflaumenbäume, und der Boden war im Herbst mit zertretenen, verfaulten Pflaumen übersät. Mit seinem Cousin Jan hatte er einen Steg aus Kiefernstämmen gebaut, der über das Bächlein auf die andere Seite, zum Garten seines Elternhauses, führte. Durch ein Gartentor gelangten sie auf eine Wiese, auf der fünf knorrige Apfelbäume standen. Im Sommer bewaffneten sie sich mit langen Stöcken und den Deckeln der Komposteimer, dann kämpften sie im Dickicht gegen Indianer und jagten Bären. Von der Wiese konnte er sein Zimmerfenster mit den hölzernen Fensterläden sehen. Er hatte eine Schaukel in seinem Kinderzimmer gehabt.

Als Leo zwölf Jahre alt war, war seine Mutter an einer Lungenentzündung gestorben. Fast jeden Winter hatte sie »schlimmen Husten« gehabt und war sehr schwach gewesen. Eines Morgens kam sein Vater allein aus dem Krankenhaus zurück. Er erinnerte die Stille im Haus, die Unaufmerksamkeit des Vaters und dass es Abend für Abend Pellkartoffeln mit Schmand gab. Ohne sie wurde es sehr einsam in den Zimmern, obwohl sein Vater gut und stundenlang Geschichten erzählen konnte. Nach dem Verschwinden seiner Mutter wurde Leo immer trotziger. Abends zog er sich in sein Zimmer zurück und malte. In der Schule schlug er sich mit anderen Jungs auf dem Pausenhof. Er gehörte zu den Außenseitern, lief alleine nach Hause und durfte beim Fußball immer nur im Tor stehen. Nach der Schule ging Leo zu seinem Onkel Harald auf den Hof. Dort spielten sie gemeinsam Karten in der Küche, aßen selbst gebackenen Sandkuchen von seiner Tante Sylke und übten Diktate.

Haralds Familie lebte bis heute in Dresden, nur Leos Cousin Jan beschloss auszuwandern. In Südamerika, in Montevideo am Rio de la Plata, begegnete er seiner Frau, mit der er viele Jahre später in die USA einwanderte. Zuerst zogen die beiden an die Ostküste nach Pennsylvania, heute lebten sie in Kalifornien. Er hatte ihn lange nicht gesehen. Sein Vater hatte Jan vor ein paar Jahren besucht und ihm erzählt, dass sein Cousin noch heute die kleinen Knetfigürchen, die Leo mit acht Jahren geformt hatte, auf seiner Kommode neben einem Modellsegelboot aufgereiht hatte. Leo erinnerte sich noch genau an die Figuren, den Wikinger, den Römischen Krieger, den Dünnen Langen, den Cowboy und den kleinen in Blau gekleideten Adolf Hitler. Damals hatte Leo stundenlang Knetfiguren geformt und mit ihnen in den Mooslandschaften gespielt. Er hatte seinen Papierdrachen fliegen lassen, zu ihm aufgeschaut und sich gefragt, was der Drachen von dort oben wohl sah. Ihm war, als hörte er das Lachen und die Rufe. »Leo! Komm jetzt rein, es ist neun Uhr. Ab in die Badewanne!« Stundenlang hatte er sich draußen aufgehalten, mit unerschöpflicher Energie. Heute verdiente er sein Geld damit, sich, wenn er wollte und solange er wollte, mit Knetfiguren oder Malerei zu beschäftigen. Doch etwas fehlte, ihm fehlte die Zeit der Welt.

Leo streckte sich und stand auf. Ohne zu duschen, zog er sich an und ging, seinen Erinnerungen nachhängend, die Treppe hinunter. Noch bevor er sich Frühstück machte, holte er eine der Fotomappen, er hatte unzählige davon, aus einer Kartonkiste, die er im Holzschrank im Atelier verstaut hatte. Er suchte nach einem Bild seiner Mutter. Im Gehen schlug er die Mappe in der Mitte auf. Lauter Schwarz-Weiß-Aufnahmen aus New York steckten hinter den pergamentenen Folien. Sie zeigten ihn in einem zu großen Unterhemd, mit nassen, lockigen Haaren, halbgeschlossenen Augen und einer Zigarette in der Hand. Die Adern an den Unterarmen traten stark hervor. Andere Bilder hatte er auf der Dachterrasse seines Ateliers aufgenommen. Im Hintergrund verschwand die Skyline von New York im Dunst. Alte Fotos von Rahel waren darunter, wie sie in Kniestrümpfen auf Zehenspitzen durch das Atelier tanzte. Auf einem anderen, doppelt belichteten, wurde ihr ernstes Seitenprofil von ihrem lachenden Gesicht überlagert. Im Hintergrund standen Leinwände, die großen Fenster fielen ihm auf. Überall in seinem Schlafzimmer lagen achtlos hingeworfene Kleidungsstücke verstreut. Leo musste schmunzeln, als er das Foto von sich und dem Transvestiten in der Badewanne sah. Er blätterte weiter, bei Strandausflügen hatten seine Freunde für ihn posiert, und er hatte Aufnahmen von ihnen geschossen, die er später malen wollte. Leo setzte sich mit halber Pobacke auf die Kante des Esstischs und betrachtete die Bilder eines Freundes, der einen Handstand probierte, in den Liegestütz sprang oder mit hochgekrempelten Jeans in die Brandung rannte. Er blätterte zum Anfang zurück. Hier fand er die Aufnahme seiner Mutter am Ostseestrand. Noch eine Schwarz-Weiß-Aufnahme, doch er konnte sich genau an ihren gelben Badeanzug erinnern. Er hatte ihn nach ihrem Tod aus der Schublade ihrer Kommode genommen und bei sich aufbewahrt, bis er von zu Hause ausgezogen war.

Draußen vor dem Fenster hing der Himmel heute Morgen tief, unter einer blassen Decke von Regenwolken. Die Felder lagen in Rechtecke geteilt zwischen Waldrand und Landstraße. Auf der Wiese vor dem Atelier glich die Farbe des Matsches einer frisch aufgeschnittenen, gebratenen Leber. Schlieren schwammen in den Pfützen, in den Fugen der Steinplatten froren Grasbüschel im Wind. Leo blickte wieder auf das Buch in seinen Händen.

Er wusste noch genau, wie sie beim Sprechen mit ihrer Kette spielte, wie ihre Haut roch, wenn sie vom Schwimmen kam. Das Bild seiner Mutter stand ihm genau vor Augen, doch hätte man ihn spontan gebeten, wäre er mit Worten nicht fähig gewesen, ihr Gesicht zu beschreiben. Wo er auch hinzog, immer behielt er Fotos von ihr in seiner Nähe. Auf dieser Aufnahme musste sie Mitte zwanzig sein. Sie stand sehr gerade und stolz, und ihr Blick ging in die Ferne. Ihr Halbprofil war eine anmutige Linie, sie hatte langes glattes, volles Haar und große runde Augen.

Leo legte die Mappe beiseite, füllte den Wasserkocher mit kaltem Wasser, drückte den Schalter und wartete, bis es brodelte.

Immer wenn er in Berlin im Kaufhaus des Westens frische Rollmöpse kaufte, Hering, saure Gurken oder Sauerkraut, dachte er an sie. Sie hatte saure Sachen geliebt. Sie spielte Mundharmonika, und sie hielt sich sehr oft und lange in der Küche auf.

Leo rührte Honig in den heißen Kräutertee. Er schlürfte aus der Tasse und stapelte mit einer Hand Zeitschriften und Papiere auf dem Klapptisch zusammen. Gestern war eine Postkarte von Rahel aus New York gekommen.

Lieber Leo, New York ist toll, das Essen ist so gut! Es sind unglaublich viele Freunde zur Messe hier. Es wäre so schön gewesen, mit Dir hier zu sein. Ich hoffe, es geht Dir gut und die Arbeit geht voran. Ich ruf Dich an, wenn ich wieder in Berlin bin. In Liebe, Deine Rahel.

Er drehte die Karte einmal um und wieder zurück und legte sie auf den Stapel. Ein Gruß aus der Ferne, obwohl Rahel längst wieder da war. In ihrer Beliebigkeit unterschied sich diese Karte einzig darin von anderen, dass sie blank war. Rahel schickte immer nur blanke Postkarten. Seit ihrer Rückkehr aus New York hatten sie nur kurz miteinander gesprochen. Was hatten sie sich auch zu sagen? Leo war sich nicht sicher, ob sie sich erst seit seinem Geburtstag anschwiegen oder dieser Zustand nicht schon viel länger andauerte. Er wusste nicht, ob das Schweigen ein Waffenstillstand oder schon längst zur Gewohnheit geworden war, ob sich hinter ihren Belanglosigkeiten ihre Hilflosigkeit verbarg oder sie sich wortlos das Ende ihrer Liebe eingestanden. Auf seinen Fingernägeln klebte trockene schwarze Farbe, am Zeigefinger hatte er sich mit dem Messer geschnitten, das Pflaster war schon ganz braun. Er hatte ihr am Telefon gesagt, sie solle nicht nach Garz kommen, er müsse malen.

»Ein bisschen einsam ist es hier schon«, hatte sie gemeint, als sie das erste Mal vor dem Eisentor aus dem Wagen gestiegen waren. »Ich könnte einen Garten anlegen.«

»Mir gefällt's«, hatte Leo gesagt. Er hatte sich sofort in die Birke verliebt, die vor Herrn Muschawecks Zaun stand.

»Na ja, eine Umstellung wird es auf alle Fälle, weißt du, wo der nächste Supermarkt ist?«

Leo würde nicht vergessen, wie Rahel auf dem aufgeweichten Feldweg stand und einen Dreckspritzer von ihrer hellen Kaschmirjacke rieb.

Er hörte, wie ein Wagen vor dem Eisentor hielt, trat ans Fenster und spähte hinaus. Ein Mann griff etwas vom Beifahrersitz, steckte den Wagenschlüssel ein und betrat den schlafenden Vorgarten. Dieser Leupold oder wie er hieß. Leo fasste sich verärgert an die Stirn, er hatte den Interviewtermin vergessen. Widerwillig öffnete er die Terrassentür. Der Journalist trug ein angeknittertes, weißes Hemd, einen schmal geschnittenen schwarzen Anzug, einen Schal mit Paisleymuster, die Haare glatt zurückgekämmt und eine randlose Brille. Sein Handy klingelte im gleichen Moment, als Leo ihm öffnete, und er entschuldigte sich bei Leo, indem er den Zeigefinger seiner linken Hand hob, als sei ihm eine Idee gekommen, während er mit der rechten das Telefon ausschaltete.

Leo stand breitbeinig in der Tür. »Wie war noch mal Ihr Name?«

Der Mann zog sein Kinn zur Brust und schob seine Augenbrauen zusammen: »Leussink, Kajo Leussink. Von der Kultur. Ich glaube, meine Sekretärin hat den Termin mit Ihnen koordiniert?«

Leo schüttelte den Kopf, was spielte es schon für eine Rolle, wer den Termin gemacht hatte. »Na gut«, sagte er verärgert. Ach! Er war mit seinen Gedanken doch ganz woanders. »Kommen Sie. Hier rein.« Er legte Leussinks Mantel mit Innenfutter aus Seide auf eine Stuhllehne. Leussink schwieg für einige Sekunden. Er schien die Eindrücke abzuspeichern, also zeigte Leo erst auf sich selbst und sagte: »Maler«, breitete dann seine Arme in den Raum aus und sagte: »Öl.«

Leussink verwirrte Leo mit seinem zweideutigen Lächeln: »Ich bin beeindruckt. Eine kreative Werkstatt«, sagte er mit Blick auf das Durcheinander von Leinwänden, Pinseln und Lumpen. »Wie lange arbeiten Sie schon in diesem Atelier?«

»Zwei Jahre«, sagte Leo knapp.

»Sie kommen doch aus …?«

»… Dresden, genau. Dachten Sie an Leipzig?«

»Nein.« Ein Lachen, Herr Leussink hätte sich wohl fast geirrt.

Leo ging zum Esstisch. Eine Dose Zahnseide und eine Zahnbürste lagen herum, er nahm ein Holzschneidebrett und ein gebrauchtes Küchenmesser vom Tisch. Die Krümel wischte er mit drei Handbewegungen weg. Er schob Becher zusammen und steckte die kleinen Löffel, die verteilt auf dem Tisch lagen, in einen von ihnen. »Ich habe Rosinenschnecken von gestern.« Leussink stand noch im Atelier. »Oder Sandkuchen.« Leo ging zur Spüle und legte das Brett hinein.

»Wie es passt, ich habe unterwegs gegessen.«

Leo zuckte mit den Achseln und rieb sich die Hände an den Hosenbeinen ab. »Wo kommen Sie her?«

»Aus Köln.« Leussink nahm seine Krawatte ab. Leo fühlte sich beim Zubereiten des Tees beobachtet. »Oder wollen Sie Kaffee?«

»Ganz egal.«

Als Leo sich umdrehte, sah er, dass Leussink sich betont beiläufig im Atelier umschaute. Vielleicht versuchte er gerade, seinen Eindrücken eine erste Schlagzeile abzugewinnen. *Ruhe auf dem Land, Chaos im Kopf. Leo Becker über Sinn, Sex und Sandkuchen.*

»Ich mochte diesen Geruch von Ölfarbe schon immer«, bemerkte Leussink.

»Aha.« Ich rieche ihn schon gar nicht mehr, dachte Leo.

»Sind Sie gerne an der frischen Luft?«, fragte Leussink.

Leo stand, die Hand in der Hosentasche, im Raum. »Ja«, sagte er.

Kajo Leussink verschränkte die Arme vor der Brust: »Ich auch. Ich wandere.« Nach einer Pause sagte er: »Schöner Garten. Sind Sie der Gärtner?«

»Hat meine Frau angelegt.«

»Wo ist Ihre Frau?« Endlich eine Frage, die Leussink wirklich interessierte, dachte Leo. Leute wie Leussink und Brankamp bevorzugten Affären, im eigenen Leben und in dem anderer Leute. Sie gierten nach den schlüpfrigen Details und tarnten ihre Neugier als intellektuelles Interesse – schließlich ging es hier um die Kunst, nicht wahr? Leo ließ die lästigen Gedanken ziehen und schob seinen Trotz beiseite. Er richtete den Kuchen auf einem Teller an und betrachtete Leussink amüsiert.

»Meine Frau lebt hauptsächlich in der Stadt, hat sie Ihnen das bei der Terminabsprache nicht gesagt? Wollten Sie mit ihr über mich sprechen?«

»Nein! Ganz und gar nicht!«

»Schade«, sagte Leo.

»Haben Sie das alles selbst renoviert?«

»Einiges habe ich selbst renoviert, anderes renovieren lassen. Erst das Dach, dann nach und nach den Rest, ich bin aber noch nicht fertig. Bis zum nächsten Sommer soll es eine überdachte Terrasse geben.«

»Das kann ich mir sehr gut vorstellen.«

»Meine Frau auch.«

»Und oben sind die Schlafzimmer?«

»Ja. Zwei Zimmer, ein kleines Büro und ein Bad.«

»Haben Sie Kinder?«

»Nein.«

Leo bot ihm einen der Schaukelstühle im Atelier an. Er ging zum Archivschrank, schob mit dem Fuß den Wildschweinkiefer, der danebenlag, beiseite und zog einen großen umgedrehten Eimer hervor. Auf dem Boden des Eimers stellte er Tassen und Teller ab. Leussink schaute ihn aus dem Augenwinkel an. Leo fielen Haare in die Stirn und kitzelten ihn am Lid. Neben dem Mann im Anzug fühlte er sich verlebt und roh. Sah er genauer hin, lagen auch um Leussinks Augen die Ringe der langen Nächte. Er wirkte blass, und Leo stellte sich vor, wie Leussink bei künstlichem Licht und unzähligen Zigaretten hinter seinem Schreibtisch in der Redaktion saß und schrieb. Er beneidete ihn nicht.

Leussink ließ seinen Blick durchs Atelier schweifen. Er begann Fragen zu stellen, Leo begann zu antworten. Die Leinwand in Arbeit hatte er gegenüber der Fensterfront vorübergehend an die Wand gehängt: Ein Blick auf den Tresen einer Bar, hinter dem eine junge Frau steht. Das tiefe Dekolleté des Mädchens nimmt die Mitte der Leinwand ein, sie hat beide Handballen aufgestützt. Das Gesicht ist noch nicht modelliert, ihr Oberkörper nur eine Skizze. Die Wand in ihrem Rücken ist verspiegelt. Vorn, auf dem Marmortresen, stehen Gegenstände, von rechts nach links eine Wein- und eine Champagnerflasche, eine Vase mit zwei verblühten Rosen und eine hohe Glasschale, gefüllt mit Orangen. Das Kolorit des Gemäldes hat den dumpfen Ton vertrockneter Blumen. Ein rauchiger Schleier legt sich auf die nackten, rosigen Unterarme des Mädchens. Blau verrußtes Licht mit einem Gelbstich fällt von oben auf die pockennarbige Haut der Orangen und zerspringt eisig auf dem Stein des Tresens.

»Bleibt die Figur gesichtslos?«, fragte Leussink.

Ich weiß es nicht, dachte Leo, und ihn ergriff das bittere Gefühl, das Bild niemals vollenden zu können. Immer wieder setzte er den Pinsel an, immer wieder missfiel ihm das Ergebnis, immer wieder übermalte er es und versuchte es neu. Leussink sah ihn ahnungslos an und wartete.

»Ich weiß es noch nicht.« Er suchte nach einer unverfänglichen Antwort. »Ich weiß nicht«, wiederholte er dann und zuckte die Schultern.

»Wann wird Ihre Ausstellung im Metropolitan eröffnet?« Leussink blätterte in seinen Notizen.

»Im April.« Dann fragte er: »Ist was?«

»Die Bilder sehen, na ja – haben Sie denn noch genug Zeit?«

»Ja?«, sagte Leo, als wolle er sich vergewissern. Zweifelte er etwa daran? »Natürlich ist genug Zeit!«, versicherte er.

»Seit wann arbeiten Sie an dem Auftrag?«

Leo seufzte und schaukelte. »An diesem Auftrag«, er betonte »Auftrag«, »seit fast neun Monaten.« Vor etwa neun Monaten und ein paar Wochen hatte er mit Rahel auf den Erfolg angestoßen und sie nach Madrid eingeladen, er wollte sich inspirieren lassen, und er wusste, ihm würde ab Juli eine intensive Arbeitszeit in Garz bevorstehen. Sie war stolz auf ihn und auf sich, schließlich wäre der Auftrag ohne ihre unermüdlichen Bemühungen gar nicht zustande gekommen.

Er hatte eine Suite im Ritz gebucht. Rahel wollte mit der Vespa durch die Stadt kurven, Schuhe kaufen, Rotwein und spanischen Käse kosten und auf dem Rücken in der Sonne liegen. Sie wollten in den Museen staunen, wie damals in New York, als ihre Zukunft voller Versprechungen war.

Doch es regnete in Madrid. Vier Tage lang. Die Temperaturen erreichten keine fünfzehn Grad, Rahel fror und klagte über schmerzende Füße, das lange Stehen im Museum machte die Sache nicht besser. Das spanische Frühstücksgebäck war ihr zu fettig, vom Espresso bekam sie Herzrasen, und in den Schuhgeschäften hatte sie keine Lust, eine Nummer zu ziehen und in der Schlange zu stehen.

Am ersten Tag waren sie noch gemeinsam in den Prado gegangen. Mit Rahel an seiner Seite stand er minutenlang schweigend vor den Gemälden. Velázquez' Hand und Goyas Kopf, die weiche und lockere Malweise des einen, der ausdrucksstarke und heftige Pinselstrich des anderen, für Leo waren das, wie auch die Farbenlehre, die Skizzen und Studien von Delacroix, die er in Paris gesehen hatte, die Grundlagen der Malerei. Welche Meisterleistung wäre es, zu erreichen, was diese Maler auszeichnete: nichts als die Wahrheit zu malen. Alle drei ahmten, jeder auf seine Weise, die Wirklichkeit nach. *Ihre* Wirklichkeit. Sie fragten nicht, ob das Dargestellte schön oder hässlich, wichtig oder trivial war. Sie idealisierten nicht, sondern lösten sich von allen Regeln, ihr Pinselstrich folgte ihrem eigenen Blick auf die Welt und, vor allem, in ihr Innerstes.

Rahel begann, ihm Fragen zu stellen, und er begann, ihr die Techniken zu erklären, erzählte ihr, was er über die Bilder wusste, sein Wissen sprudelte nur so aus ihm heraus, aber er war nicht bei der Sache und verlor schließlich den Faden. »Wo war ich?«, fragte er sie.

»Bei Talent.«

Talent. Das Wort hallte in seinen Ohren. Dann verging es leise.

Im Hotel versuchte sie, ihn zu verführen. Doch er lag in Unterhose unter dem Kronleuchter, auf den großen Kissen mit Wülsten aus goldener Seide und starrte auf die wild gemusterte Tapete, auf die Sessel und Stühle, die mit Brokatstoff im gleichen Muster bezogen waren, auf das antike Beistelltischchen, um das sie gruppiert standen. Er spürte keine Erregung bei Rahels Küssen und ihren Berührungen. Er bat sie, aufzuhören, erhob sich, schob einen der schweren schwarzen Samtvorhänge vor den Fenstern beiseite und schaute in den Regen. Im ganzen Zimmer roch es nach gestaubsaugtem Teppich.

›Qual‹ schreibt sich zwar nicht mit S, hinterlässt aber das gleiche Gefühl wie ›Schlange‹. Manchmal begräbt mich mein eigener Mut. Er rollt wie eine Welle auf mich zu. Und ich weiß, den Moment zu fliehen, habe ich verpasst.

Leo hatte in dieser Nacht von Eseln und weinenden Pilgern geträumt. Am nächsten Tag bat er Rahel, sich erst am Nachmittag wieder zu treffen und vormittags eigene Wege zu gehen.

Wieder durchstreifte er den Prado, wanderte stundenlang in den Velázquez-Zimmern im ersten Stock umher. An vielen Stellen war die Farbe so dünn aufgetragen, dass die Leinwand durchschimmerte. Aus wenigen Pinselstrichen entstanden Formen und Oberflächen, sie schimmerten und glänzten, waren stumpf oder durchsichtig. Greifbar. Jeder Strich saß, war hingeworfen, als sei die Farbe nichts weiter als der Klang einer Stimme.

Velázquez ließ alle Details, die für den Rhythmus eines Bildes unwichtig waren, spielerisch in der Perspektive untergehen. So konnte sich das Auge des Betrachters ganz und gar auf das Essenzielle konzentrieren: den Arm, der den Griff des Hammers in der Hand der nächsten Figur gerade eben nicht berührte. Die Schwertklinge, die den Bauch einer weiteren Figur gerade eben nicht streifte. Jedes Bild von Velázquez war reduziert. Als habe der Maler Vertrauen in das, was im Bild nicht zu existieren brauchte. Kein Ziel, weder in seinem Leben noch in seiner Kunst, schien Leo so erstrebenswert wie dieses Paradoxon: das Maximum des Ausdrucks in der Reduktion auf das Minimum zu erreichen.

Er besuchte noch einmal die »schwarzen Gemälde« von Goya. Sie waren nicht mit Farben gemalt, schien ihm, sondern allein mit Licht. Sie waren das Gegenteil von schön und dennoch atemberaubend. Sie waren schief, verdreht und verrückt und gerade in ihrer Abweichung eindringlich. Es waren finstere und wolkenverhangene Bilder, sie zeigten Krieg und Wahnsinn, Verwüstung, Trunksucht und Niedertracht. *Hexensabbat, Judith und Holofernes* und *Saturn, der sein Kind verschlingt*, widersetzten sich jedem Anspruch von Ruhe und Harmonie. Goyas Welt strotzte von Leben und von Energie, sie war voller Widersprüche, und überall lauerten Teufel.

Die Bilder setzten Leo zu, sie zerrten an ihm, zeigten ihm den Abgrund auf, dem er sich wieder und wieder näherte.

Die Kraft dieser Malerei schüchterte ihn ein. Er war mit seinen Bildern reich geworden, doch diesen Malern konnte er nicht das Wasser reichen. Wo war sein Platz? Ihre Bilder blieben unerreicht, ein eigenes Universum. Und doch hatten sie etwas von einer Aufforderung, waren eine Übung in Eigensinn. Schließlich unterlagen Goya und Velázquez höfischen Regeln, dem Zwang des Repräsentativen. Aber das zentrale ästhetische Prinzip war bei beiden die Freiheit des eigenen Strichs: Ihr Spiel mit der Perspektive, ihr Streben nach Unabhängigkeit, besonders Goyas Mut zur Kritik, das alles imponierte Leo. Und er selbst? Wo war sein Eigensinn, wofür oder wogegen kämpfte er? Würde er den Regeln spotten können, die er bediente?

Leo schaute auf die schwarzen Umrisse von Rahels blankem Gesicht auf der Leinwand. Wenn er nicht fähig war, ihr Porträt zu vervollständigen, war die Leere alles, was von ihrer schönen Oberfläche übrig blieb. Leussink stellte weiter Fragen, abwesend gab Leo ihm Stichworte.

Er erinnerte sich, wie er im Círculo de Bellas Artes mit Rahel zu Mittag gegessen hatte. Rahel wollte an diesem Nachmittag Picasso sehen, insbesondere *Guernica*. Es hatte aufgehört zu regnen, auf dem Paseo del Prado gingen sie durch die Mittelallee zum Reina Sofía. Nachdem sie zwanzig Minuten in der Schlange gestanden hatten, schossen sie mit einem Fahrstuhl in die vierte Etage. Laute Stimmen hallten in den Gängen. Lauter Bilder und Zeichnungen umgaben sie, wirre Formen und Linien, schmutzige Farben reihten sich eingerahmt an der weißen Wand. Eine Schulklasse drängte sich in dem Raum, in dem weiß, grau und schwarz *Guernica* hing. Für Leo war es so kalt wie Eis. Es war abstrakt und es war kalkuliert, ihm fehlten der Abgrund und die Qual, der sperrige Eigensinn, den Goya zeigte, wenn er dem Leben und seinen Schattenseiten auf den Grund zu kommen suchte. Picasso barg keine Brüche, keinen Schrecken. Die schwarzen Striche taten Leo in den Augen weh. Er wandte den Blick ab und beobachtete zwei Jungs, die sich abwechselnd mit den Ellbogen in die Seiten hauten, der eine kicherte und schrie dann auf, mit dem Fuß kickte er seinem Kameraden ins Schienbein. Sie lachten und machten sich über etwas lustig. Eine Frauenstimme redete ununterbrochen auf Spanisch, alles, was Leo verstand, war immer nur: »Picasso, Picasso, …«

Ziellos ging er durch den Raum voller Menschen an Audio Guides, er konnte seine Augen nirgends ruhen lassen, überall hing ein *Picasso*. Seine Blicke verloren sich zwischen den Leinwänden und Blättern und blieben erst an einem farbigen Quadrat mit Augen hängen. Es schien über seine Oberfläche nicht hinauszugehen, keine Aussage zu treffen, es war inhaltslos. Picassos Thema waren nicht die Menschen, sondern die Formen. Leo fragte sich, welchen Wert eine solche Kunst hatte. War die Form nicht auch das Thema seiner Generation? Welchen Wert hatte ihre Kunst?

Als sie später in einem dreckigen amerikanischen Coffeeshop standen, wusste er nicht, was er bestellen sollte. Rahel bezahlte schließlich für zwei große Cappuccini.

Am Tisch telefonierte sie kurz und schrieb sich etwas auf einen Zettel. Dann schaute sie zu ihm auf und sagte: »Picasso war ein Genie.« Am Tisch neben ihnen unterhielten sich zwei amerikanische Mädchen. »Farbige Socken sind diesen Herbst wieder voll in Mode«, bemerkte Rahel. Als Leo nicht reagierte, fragte sie unsicher: »Ist was?«

»Nein. Nein.«

»Ich kenn dich doch. Was ist los?«

»Ich frage mich, ob es richtig war, den Auftrag anzunehmen«, sagte Leo, ohne sie dabei anzuschauen.

Rahel nahm seine Hand: »Es gibt kein Zurück mehr.« Und dann hatte sie gelacht. »Ach Leo, du schaffst das schon!«

Leo wandte sich wieder Kajo Leussink zu, der beim Reden unentwegt mit dem Fuß in der Luft baumelte. »... phantastisch, man könnte sagen, alles fügt sich zusammen. Was meinen Sie?«

»Was war noch mal Ihre Frage?« Leo musterte den Mann. Dessen Stimme klang etwas befremdet, als er fragte: »Welche Frage?«

»Was wollen Sie denn wissen!« Leo suchte in seinen Hemd- und Hosentaschen nach Zigaretten.

»Hat das Porträt ohne Gesicht einen Titel? Was bedeutet es Ihnen?«

»Es heißt *Die Bar*.« Leo wechselte das Thema. »Dieser Halbton für Fleisch ist durch Zufall entstanden«, begann er nach einer kurzen Pause. »Er besteht aus Orange und Weiß. Andere Farbtöne plane ich. Farbenmischen ist fast so, als müssten Sie zu einem Wort das Gegenwort suchen, es ist der Zusammenklang eines warmen Tons mit einem kalten. Farbe ist Harmonie und Gegensatz.«

»Welche Bedeutung hat die Farbe in der zeitgenössischen Malerei?«

»Sie fehlt ihr vollkommen, das ist es ja gerade!«

»Was fehlt Ihnen noch?«

»Dreck.«

»Dreck?«

»Sehen Sie, die zeitgenössische Malerei ist eine blutleere Angelegenheit. Alles ist clean, da fehlen die Brüche, der kritische Geist. Jede Sinnlichkeit ist verloren gegangen, die Kubisten haben sie abgeschafft. Picasso hatte Talent, aber er hat seine Seele an den Kubismus verkauft.«

»Kritisieren Sie Picasso?«

»Ich kritisiere eine Marke.«

»Er war ein Mann mit kreativer Energie – genau wie Sie«, hakte Leussink nach.

»Was er war und was aus ihm gemacht wurde, sind zwei unterschiedliche Dinge. Ich behaupte, die abstrakte Malerei sieht vom Studium der Gegenständlichkeit ab, sie missachtet das Rosa von Fingernägeln, das sich von graubraunen Fingern absetzt. Ohne Veränderung keine Entwicklung. Der Abschied vom akademischen Malen, die Revolution durch die Abstraktion war absolut nötig, doch das Ganze hat sich totgelaufen. Die Zeit des Umbruchs ist vorbei, wir sind im Mainstream angekommen.«

»Glauben Sie, dass es im Mainstream auch an Handwerk mangelt?«

»Handwerk!«, rief Leo aus und stand auf. »Die Malerei ist tot, und Sie fragen nach Handwerk? Handwerk ist Seele! Seele!« Er beruhigte sich wieder. »Handwerk bedeutet, zeichnen zu können, die Technik zu beherrschen und sie dann mit dem Talent zu verbinden. In einem Gemälde müssen Sie unter der durchsichtigen Haut Blut erkennen, das ist meine Meinung.«

»Sind Sie ein Verfechter des gegenständlichen Realismus?«

»Bilder müssen leben. Die Betrachtung eines Bildes sollte unterschiedliche Sinne anregen. Der Betrachter soll riechen, schmecken, hören können. Ganz gleich, ob das Schüsse auf einer Waldlichtung sind, Hammerschläge auf Eisen, das Knacken von zerplatzendem Holz in den Flammen. Selbst den Geruch von schimmelndem Käse, von Vergorenem, von verbranntem Fleisch können Sie malen. Ich finde, dass Bilder Geschichten erzählen sollten.«

»Was sonst vermissen Sie in der Kunst, außer dem Handwerk?«

»Was ich in der Kunst vermisse«, wiederholte Leo. »Ich vermisse Farben und Gesichter. Dinge, mit denen man sich als Betrachter identifizieren kann. Jeder sucht nach Identifikation. Ich finde es traurig, dass sich manche mittlerweile mit einem Haufen Hundescheiße identifizieren oder mit einem Turnschuh auf einem Sockel.«

»Ist das nicht ein Klischee?«, fragte Leussink und machte sich eine Notiz.

»Finden Sie? Ich male ja keine röhrenden Hirsche, es gibt noch eine Menge zwischen der Banalität und der inhaltsleeren Abstraktion. Nicht jede Abstraktion ist hohl.« Leo setzte sich wieder. »Wie ich bereits gesagt habe, war die Veränderung sicherlich nötig. Die amerikanischen Abstrakten haben sich befreit und Eindrucksvolles geschaffen. De Kooning, Clyfford Still, auch Pollock, wunderbar.«

Leussink sah ihn erwartungsvoll an.

»Die Welt hat sich verändert. Die Kunst hat sich verändert. Aber der Mensch nicht. Das ist beruhigend, und es ist traurig. Die Menschen sind genauso blind, genauso gierig und triebhaft geblieben, wie sie es immer waren. Wir alle suchen nach Idolen und Projektionsflächen, wir haben bloß keine Könige mehr, dafür haben wir andere Berühmtheiten. Man kann sich heute genauso wie früher den Kopf über die Dummheit und Geschmacklosigkeit des Menschen zerbrechen. Was sich verändert hat, ist unser Umfeld, sind die Umstände. Wir werfen keine Hexen mehr auf den Scheiterhaufen, und doch ist das Feuer, an dem die Menschen vor hundert Jahren saßen, das gleiche Feuer, vor dem wir heute sitzen. Der Mensch ist ein sehr seltsames Wesen – und ich bin eines von ihnen. Nicht zu fassen.«

Leo starrte auf die Tasse in seiner Hand und griff zur Kanne, um sich und Leussink nachzuschenken. Er betrachtete das satte Gelb, das in der Tasse golden schimmerte. Noch nie war es ihm gelungen, ein solches Gelb anzurühren. Da war sie, die Schönheit des Alltags, glatt, flüchtig, sie existierte nur für den Moment.

Leussink trank, dann fragte er: »Worin sehen Sie Ihre Aufgabe als Maler? Was wollen Sie den Kunstliebhabern vorsetzen?«

»Alles andere als Perfektion und sogenannte Schönheit. Wie sehr hat sich unser Auge an den schönen Schein der digitalen Fotografie gewöhnt. Die Perfektion in der Kunst ist ein Irrtum. Perfektion ist unmenschlich. Ich will mit eigenen Augen sehen. Wir sind verzogene Kinder der Moderne, leben in Idealen und alles, was nicht der Norm, der Maßeinheit entspricht, macht uns Angst. Manchmal bin ich selbst geblendet …«

»Wovon genau, wenn ich fragen darf?«

Leo zögerte, obwohl er die Antwort wusste: »Von der Oberfläche. Sie können sie aus der Distanz betrachten, aber wenn Sie die Oberfläche an sich heranlassen, ist sie nichts als eine blanke Fläche ohne Sinnlichkeit.«

»Kunst geht also im besten Fall tiefer«, schloss Leussink und stellte seine Tasse wieder ab.

»Ja, sie geht sehr tief, so tief, dass sie Sie vollkommen vereinnahmt und Ihr ganzes Leben beeinflusst. Sie müssen mit dem Zweifel leben, ob Sie ihr gewachsen sind. Denn sie fordert Sie, unabhängig zu sein, Ihr ganzes Leben, jeden Tag, mit jedem Pinselstrich. Eigensinn kostet Mut, vielleicht mehr Mut, als es uns kosten würde, in den Krieg zu ziehen und für unser Land einzustehen. Aber es ist der einzige Weg, um in der Kunst kreativ zu sein und im Alltag lebendig zu bleiben.«

»Haben Sie denn vor irgendetwas Angst?«

»O ja. Viele Dinge machen mir Angst, aber das geht Sie nichts an. Ich will malen, ich muss malen. So ist das nun mal.« Leo überlegte, wie oft er genau diese Worte schon gesagt hatte, egal, wie er sich dabei gefühlt hatte. Es war die Wahrheit, aber je öfter er sie abspulte, desto fremder wurde ihr inneres Echo. Er zündete sich eine Zigarette an. »Ich will nicht rauchen, aber ich muss – ich denke, das nennt man Sucht.«

»Ich empfinde Ihre Bilder als sehr klar und konzentriert.«

»Natürlich, weil sie auf den Moment der Betrachtung reduziert sind. Die Tage, Monate, bei manchen Malern Jahre–«, Leo unterbrach sich, »nun, diese Zeiten sind vorbei. Sagen wir, die Zeit, die ihrer Entstehung vorausgegangen ist, reduziert sich auf höchstens drei, wenn nicht zwei Minuten der Betrachtung.«

»Stehen Sie wegen der Ausstellung im April unter Arbeitsdruck? Behindert die Deadline Ihre Arbeit?«

»Ich stehe nicht unter Zeitdruck. Diese Auftragsarbeiten machen sogar richtig Spaß.« Leussink sah ihn weiter interessiert an und machte sich eine Notiz. Leo seufzte. »Sie geben der Freiheit, die man als Künstler genießt, so etwas wie eine Struktur. Außerdem ist es ein gutes Gefühl, wenn Menschen auf einen zukommen und etwas wollen. Wenn man bedenkt, dass die mittelalterlichen Maler hauptsächlich Auftragsarbeiten gemalt haben, scheint sich das heute zu wiederholen. Es hängt von einem selbst ab, ob man dem Druck erliegt oder nicht.«

»Ob man es sich leisten kann, ihm *nicht* zu erliegen.«

»Das zu schaffen, ist Aufgabe des Galeristen.«

»Woran orientieren Sie sich in Ihren Bildern, gibt es einen Fokus?«

»Was heißt hier Fokus? Ich mag es nicht, wenn auf einer Pizza nur in der Mitte Belag ist und der Rand trocken bleibt. Nein, das Bild ist überall.« Leo stand auf, er steckte die Hände in die Hosentaschen und zog sie wieder heraus.

»Würden Sie sich manchmal wünschen, etwas anderes machen zu können, als zu malen?«

Leo setzte sich wieder und nahm sich einige Minuten Zeit, um seinen Kuchen zu essen. Er aß das ganze Stück, ohne eine Antwort zu geben.

»In der Tat ist mir die Malerei manchmal zu eingeschränkt«, antwortete er dann. »Man bewegt sich immer in diesem verdammten Rahmen.« Leo sah den Journalisten an.

Herrn Leussink schien die Antwort zu genügen, er stand auf und trat an ein anderes Bild heran.

»*Faules Obst*«, wies ihn Leo auf den Titel hin. Auf dem Bild fehlte nur noch seine Signatur.

Auf der Leinwand ist ein Sandplatz mit Hügeln von aufgeschüttetem Kies zu sehen. Der Blick fällt als Erstes auf den herumliegenden Schrott: Stangen, Drahtgeflecht, Steinbrocken, halbierte Abflussrohre, vertrocknetes Buschgewächs, leere Tonnen und gespaltene Holzlatten. Rechts im oberen Drittel steht eine Figur in weißem Hemd und schwarzer Hose. Ihr Schatten fällt im rechten Winkel nach links spitz auf den Sandboden. Den Hintergrund bildet eine Fabrik- und Containerlandschaft. Telefonmasten ragen in einen blauen Himmel. Im unteren Drittel der Leinwand liegen zentral zwei hingeworfene Holzkisten mit einem Berg ausgekippter Früchte. Die Komposition ist wie ein Dreieck angelegt, dessen Spitze an dem Punkt der ausgekippten Früchte liegt, Figur und Betrachter markieren die Eckpunkte. Das Obst im Sand wirkt für sich allein wie ein Stillleben. Die Früchte schimmern grün von der Fäulnis und gelb von der Reife. Der Saft, der aus ihrer geplatzten, pelzigen Haut läuft, glänzt im Sand und verklebt ihn an einigen Stellen zu Krümeln. Man riecht die Gärung und den Staub, der sich mit dem pfeffrigen Geruch des Eisenrosts vermischt. Das Licht ist von der Hitze ausgetrocknet, es gibt keine Schatten, jeder Gegenstand erstrahlt in seiner vollkommenen Hässlichkeit. Die Natur in dem Bild beschränkt sich auf einen schmalen Streifen blauen Himmels und die faulen Früchte.

»Bleibt es bei dieser einen Figur?«

»Ja.«

Leo fand plötzlich, der Kopf der Figur sei zu groß für den Körper, das Bild war noch gar nicht fertig. Er nahm sich vor, es doch noch einmal zu verbessern. Sie schwiegen einen Moment, bis Leo sagte: »Man muss auf die Dinge vertrauen, die nicht dargestellt sind. Ich wollte diese Figur als Gestalt in einem Raum zeigen, dessen hervorstechendes Merkmal die Leere ist, nicht im gegenständlichen, sondern im inhaltlichen Sinn. Ich nenne das *nothing space*, ein australischer Maler machte mich darauf aufmerksam. Wie in den Bildnissen von Velázquez, in denen Hände, Kopf und Körper von Farbe und Licht umgeben sind – sonst nichts. Eine Figur – sonst nichts.«

Leussink nickte.

»Heute langweilt uns die einzelne Figur, es muss immer mehr von allem sein«, meinte Leo und sah Leussink an: »Gefällt es Ihnen?«

Leussink überlegte, dann sagte er: »Trotz der Hässlichkeit der Umgebung leuchten die Pigmente. Es ist ein sehr schönes Bild.«

Leo schmunzelte. »Ich finde, es ist eine beunruhigende Schönheit, sie ähnelt dem trügerischen Frieden unserer Zeit. Manchmal wünschte ich, wir würden vor einer Revolution stehen.«

»Sind Sie Revolutionär?«

»Ach Herr Leussink, *Kunst* ist Revolution.«

Dieses ewige Klischee, dachte Leo. Wie viele Künstler hatten genau diese Worte wohl schon von sich gegeben? Und doch, es bräuchte wirklich eine Revolution. Eine Schlägerei, ein Streit, ein Wutausbruch, eine Orgie würden den Knoten platzen lassen. Doch hier saß er, redete und machte sich selbst und diesem Journalisten etwas vor.

Eine Pause entstand. Leussink ging, sich das Kinn reibend, im Kreis. »Ihr Galerist, besucht er Sie hier regelmäßig?« Leussink setzte sich wieder.

»Einmal alle vierzehn Tage, wenn nicht gerade Messe ist. Eine Regel gibt es nicht. Er ruft an und ist dann ein paar Stunden später hier.«

»Ihre Bilder verkaufen sich in den Staaten ja zu horrenden Preisen. Innerhalb weniger Jahre sind Sie zum Superstar aufgestiegen und haben Ihren Ruf gefestigt. Was macht Sie in Amerika so populär?«

»Meine Popularität.«

Leussink schmunzelte.

»Ich habe keine Ahnung«, fuhr Leo fort, »wie viel mein Galerist an Schmiergeldern bezahlt hat, um mich dort hinzubringen, wo ich gerade stehe. Wie soll ich Ihnen die Frage beantworten? Ich habe diese Sache nicht in der Hand. Ich bin der Maler, was da draußen aus mir gemacht wird, wächst allein auf dem Mist der Galerie. Früher haben Sammler ihre Künstler mit Überzeugung groß gemacht, das ist vorbei. Die Galerie ist bei allem zwischengeschaltet. Der hautnahe Kontakt zwischen Kunstmäzenen – nennen wir die Selbstgekrönten einmal so – und uns Malern ist vorbei. Ich male, die Galerie verkauft, mit allem, was dazugehört.«

»Aber so haben Sie sich Ihren Namen gemacht und erzielen die höchsten Preise für deutsche Malerei der Gegenwart – wie profitieren Sie von Ihrem Boom in der Szene?«

»Wenn Sie mitkommen wollen, ich zeige Ihnen den Ferrari in meinem Schlafzimmer, das Traumschiff im Ententeich und die Mädchen in der Vorratskammer.«

Herr Leussink versuchte zu lachen.

»Ich profitiere nicht vom Boom, sondern von meiner Phantasie. Wenn Sie sich umschauen, sehen Sie die Werkzeuge, die mir für meine Arbeit zur Verfügung stehen, wenn Sie irgendwo Geld sehen … Das Gerede um die Preise ist unheimlich, es beeinflusst meine Arbeit in keiner Weise. Und es ist eine Zeiterscheinung.«

»Was?« Leussink schlug wieder die Beine übereinander. »Was ist eine Zeiterscheinung? Der Boom oder die Preise?«

»Geld. Geld ist eine Zeiterscheinung.«

»Ohne Preise kein Markt, kein Ruhm.«

Leussink sah ihn herausfordernd an, und Leo war sich nicht sicher, ob sein Interesse über irgendeine *Geschichte hinter der Geschichte* hinausging.

»Wissen Sie was«, sagte Leo, »wenn Sie über Geld reden wollen, sind Sie hier am falschen Ort. Scheißen Sie drauf.«

»Es ist selten, dass ein lebender Künstler – und dann auch noch ein Deutscher – die Möglichkeit hat, im Metropolitan Museum auszustellen. Wie gehen Sie damit um, Sie stehen am Zenit Ihrer Karriere.«

»Nun, wie würden Sie damit umgehen, eine große Reportage über das ›Weiße Haus Inside‹ zu schreiben? Sie würden sich doch nicht umbringen. Nein. Sie setzen sich an den Tisch und fangen an zu recherchieren. Sie gewöhnen sich an den Gedanken und setzen sich damit auseinander. Ich tue nichts anderes. Ich bestelle die Rahmen nach dem Modell des mir zur Verfügung stehenden Raumes und fange an zu arbeiten. Es ist ein komischer Zufall, dass sich das Personal für große Kunstmessen wie die Art Basel in den letzten Jahren verdreifacht hat. Bei mir bleibt alles beim Alten. Ich male. Das mache ich auch ohne Boom und Markt. Natürlich ist das Metropolitan eine tolle Sache, aber ich lebe trotzdem nur etwa achtzig Jahre, genau wie jeder andere auch.«

»Sie müssten wohl sechshundert Jahre alt werden, um Ihre Warteliste abzuarbeiten.«

»Sechshundert Jahre, damit sich jeder, der es sich wünscht, eine verdammte Nackte von mir ins Schlafzimmer hängen kann.«

Leussinks Augen leuchteten, und er fragte weiter: »Haben Sie Träume? Haben Sie jemals von diesem Erfolg geträumt?«

»Von Erfolg kann man nicht träumen, man muss ihn sich erarbeiten.«

»Hat er Ihr Leben verändert?«

»Inwiefern verändert? Ich muss mich abschotten, ja. Aber dafür sind meine Frau und die Galerie zuständig. Ich bin und bleibe nur der Maler.« Versunken hielt Leo Daumen und Zeigefinger an die Mundwinkel und stützte das Kinn in die Hand. Er wog in Gedanken ab, ob Leussink nach den Drogen, dem Alkohol, den Partys fragen würde. Vielleicht hatte er einen Punkt in seiner Karriere erreicht, an dem diese Dinge nicht mehr verkaufsfördernd waren. Als er noch ein junger aufsteigender Künstler war, war sein Hang zum Exzess ein Thema, nun war er so etabliert, dass ein Absturz erst in seiner Spätphase wieder richtig dramatisch würde.

Als er Leussink den Mantel reichte, fragte der Journalist: »Darf ich noch einige Bilder machen?«, und sah sich nach Motiven um.

»Nein. Lieber nicht.«

»Nicht?« Er zögerte.

»Rufen Sie in der Galerie an. Die haben genug Bilder.«

Leussink legte sich den Schal wieder um, und schon an der Tür stellte er seine letzte Frage, wann die Arbeit an einem Bild für beendet erklärt würde. Leo antwortete mit einem Zitat: »How do you know when you're finished making love?«

Leo gab Leussink zum Abschied die Hand und ergänzte: »Manche Maler sagen, ein Bild sei nie beendet, sie würden die Arbeit nur unterbrechen. Andere erklären ein Bild für beendet, wenn es an der Wand hängt. Meine Bilder sind beendet, wenn die Transportfirma kommt, um sie einzupacken.«

Dann war der Spuk vorbei, und Leo hörte im Atelier wieder das Summen des Kühlschranks. In der Stille klangen die Fragen nach. *Haben Sie das selbst renoviert*? Er sah zur Galerie hoch, nahm dann Leussinks halbgeleerte Tasse, die verkrümelte Kuchenplatte und stellte beides in der Küche ab. Er glaubte, Stimmen zu hören, glaubte zu spüren, wie ihn hundert fremde Augen beobachteten, glaubte, von hundert fremden Ohren belauscht worden zu sein, die nun sein Gerede ins große Gewimmel hinaustrugen. Er fühlte sich entblößt, dabei waren sie doch nur um Binsenweisheiten gekreist. Wen wollte er mit den immergleichen Worthülsen eigentlich noch beeindrucken? Für wen spielte er noch immer die Rolle des jungen Wilden? Von wegen Künstler!

Mit leeren Händen setzte er sich vors Haus in die Kälte und atmete tief ein und aus. Die Landschaft lag unbeeindruckt vor ihm. Er nahm einen Stein vom Boden und drehte ihn in den Händen. Auch das Drehen des Steins brachte seine Gedanken nicht zur Ruhe, er schleuderte ihn, so weit er konnte, ins Feld, stand auf und ging auf der Terrasse ums Haus herum, wo er an der Mauer Holz zum Verfeuern stapelte. Einige Scheite lagen ordentlich geschichtet an der Hauswand, Kiefern- und Birkenstämme, die er noch nicht zerschnitten hatte, türmten sich auf einem großen Haufen. Aus dem Schuppen, wo auch Rahels Gartengeräte verstaut waren, holte er die Kettensäge und eine Axt. Einige Male musste er an der Schnur ziehen, bis die Säge ansprang. Höllenlärm und eine graue Wolke stinkenden Benzins hüllten Leo ein. Er begann Geäst von den Stämmen zu sägen und dann einen nach dem anderen holzsplittersprühend in dicke Stücke zu teilen.

Geld, Geld, dachte er dabei, er empfand keine Genugtuung

darin, es zu besitzen, wäre es aber nicht vorhanden, würde er sich nach den Vorzügen des Wohlstands sehnen. Manchmal fürchtete er, es könnte seine Phantasie behindern. Siebenunddreißig Jahre war er alt: Seit er malte, war es ihm zu gut ergangen. Ihn überkam manchmal die Lust, sein Atelier in Brand zu stecken. Doch das würde seinen Marktwert nur noch steigern. Zwischendurch legte er die Maschine zur Seite und stapelte die zersägten Baumstücke, um sie später mit der Axt spalten zu können. Das Geäst warf er auf einen Haufen. Dann nahm er die Säge wieder auf und fuhr mit seiner Arbeit fort. Erst taten ihm die Hände weh, dann schmerzten seine Arme. Einige Zeit später musste er Benzin und Motoröl nachfüllen. Er trank einen Schluck Wasser und schmiss sein Hemd auf die Erde. Aus dem Schuppen holte er die beiden Plastikkanister. Mit geröteten, nackten Armen stand er im T-Shirt in der Kälte und kippte Benzin und Öl nach. Als er den Ölkanister wieder abstellen wollte, rutschte ihm der Henkel aus den geschwächten Fingern und kippte um. Sofort hob er die Öffnung wieder hoch, doch zu spät, um zu verhindern, dass sich eine Lache über das Gras und die Erde ergoss.

Leo fluchte. Er stellte den Kanister zurück, legte die Maschine beiseite und stapelte die letzten Holzstücke an der Wand. Das Öl versickerte im Boden und stank, er konnte es nicht einfach ignorieren. Sein erster Gedanke war, es auszuheben, doch dann würde ein hässliches Loch entstehen und wohin mit der Erde? Sich den Rotz von der Nase wischend, ging er zu seinem Nachbarn.

»Herr Muschaweck!«, rief Leo, da der Mann mit dem Rücken zu ihm im Stall hantierte. Herr Muschaweck trat unter dem Dach hervor, legte sein Werkzeug ab und stapfte auf den Zaun zu. »Ja?«, fragte er, eine Pfeife im Mundwinkel, skeptisch. Leo erzählte von seinem Missgeschick und musterte dabei die dicken, dunkelbraunen Haare, den krausen Backenbart und die rotgeäderten, eingefallenen Wangen des Bauern. Gemeinsam gingen sie hinters Atelier und beugten sich über das schwarz verklebte Gras.

»Anzünden«, riet ihm der Mann.

»Anzünden?«

»Anders kriegen Sie dat nich außer Erde. Machen Sie ein Feuer. Wenn Sie et anzünden, verbrennt dat Zeug, und die Erde auch, und dann kann Ihre Frau nächstet Frühjahr wieder Gras säen.«

Sie schwiegen. Herr Muschaweck kaute auf dem Mundstück seiner Pfeife.

Das Öl war nur zögerlich entflammt, und Leo hatte Benzin darübergegossen, um es verbrennen zu können. Als der Boden schließlich schwelte, hatte Leo ein paar Holzscheite auf die glimmende Erde geworfen. Nun saß er am lodernden Feuer und schürte es mit einem Stock. Er hockte und war auf einmal gar nicht mehr so weit weg von zu Hause. Er schaute in die Flammen und spürte die Hitze im Gesicht und auf den Knien. Eine seiner Malerreisen brachte ihn mit Ebba vor Jahren im VW-Bus von Bordeaux über Biarritz bis nach San Sebastian. Oft hatten sie sich morgens auf dem Markt oder in der Stadt Proviant für den Tag gekauft, waren weiter nach Süden gefahren und hatten irgendwo am Strand bis in die Nacht mit Grillhähnchen und Pfirsichen an Ebbas Lagerfeuer gesessen, um den Wellen und dem Wind in den Gräsern zu lauschen.

Auf der Weide schnaubte der alte Schimmel und schüttelte den schweren Kopf, kratzte sich am vorgestreckten Bein und schnaubte noch mal, bevor er karges Grün mit seinen gelben Zähnen aus dem Boden riss. Man macht keine Fehler, nur Erfahrungen, dachte Leo und scharrte weiter in der brennenden Erde.

Kapitel 9

Ebba saß auf dem Klavierhocker in ihrem Arbeitszimmer. Es war später Vormittag, in der rechten oberen Ecke des Fensters zur Straße stand die weiße Sonnenscheibe und ließ die blau gestrichenen Wände wirken wie eine Wasseroberfläche. Robert Louis Stevenson hatte auf Samoa ein blaues Arbeitszimmer, als Ebba ein Foto davon sah, besorgte sie sich blaue Farbe, rührte rote, gelbe und violette Pigmente ein und strich die Wände und Decken ihres Büros an einem Wochenende ganz blau. Neben ihrem Schreibtisch auf einem Sockel stand eine Wüstenrose und neben ihrem Sofa ein großer bunter, geflochtener Korb, in dem sie Kissen aufbewahrte, darüber hingen zwei gerahmte alte Fotografien von Indianern, die sie auf dem Flohmarkt gefunden hatte. Das eine Foto zeigte zwei SQUAWS, einen MEDICINE MAN und YELLOW DOG, wie die Inschrift unter dem Bild verriet. Auf dem linken war ein junger Krieger als Halbfigur abgebildet. Er hatte eine halbmondförmige Narbe auf seiner Wange. Er trug ein einfaches Stoffoberteil, zwei große, gerade Federn steckten als Kopfschmuck an seinem Hinterkopf, mehrere kleine, blattförmige waren in den Ansatz seines rechten Zopfs eingeflochten. Die beiden Zöpfe lagen rechts und links auf seiner Brust, sie waren von Fell umwickelt und mit Schnüren umbunden. Eine Kette aus kleinen, runden Muschelschalen, Ebba hatte vierzehn Reihen gezählt, lag um seinen Hals, an beiden Oberarmen trug er breiten Schmuck. Was Ebba an dem Bild faszinierte, war, dass sie noch immer rätselte, ob der junge Krieger nicht eigentlich eine Frau war. Sie wechselte ihre Meinung immer wieder. Heute schienen die Augen gütig zu lächeln, der Mund schien Trauer, Ernst und Stolz auszudrücken, und sie fand, dass es doch ein Mann sei. Unter dem Foto stand in Großbuchstaben

STANDING BEAR. Sie hatte sich das Bild sehr oft angesehen. Ebba schaute wieder auf das Skizzenbuch, das in ihrem Schoß lag. Die Kanten waren aufgerissen, und das Gummiband hing ausgeleiert über dem Deckel, sie schlug es in der Mitte auf. Seit ihrem Treffen in Berlin hatte sich Leo nicht gemeldet. Auch von Tobias hatte sie nichts gehört. Sie selbst hatte keinen von beiden angerufen, doch seit ein paar Tagen las sie wieder in Leos Notizbuch. Ob es damals ein Geschenk für sie war oder ob er es in der Hast seiner Abreise ohne Absicht bei ihr zurückließ, hatte sie nie erfahren.

Kuba ist wie Dresden, mit dem einzigen Unterschied, dass hier Palmen wachsen.

Sie waren auch deswegen nach Algier gereist, weil sie auf ihrem Wunsch bestanden hatte, einmal in ihrem Leben die Heimat von Albert Camus zu sehen. Dort angekommen, war auch Leo begeistert gewesen.

Das ist ein Licht für Maler. Die Frauen sind wundervoll. Duft von Orangenbäumen. Inmitten der fruchtbaren Natur ähnliche Empfindungen wie in meiner Kindheit.

Das war ihr genauso gegangen, in den Straßen hingen kräftige Gerüche von Zimt, Erde und Anis, im Wind roch sie gewaschenes und in der Sonne getrocknetes Leinen. Fliegen lauerten in Lichtflecken, auf Stoffen und Müll. Sie ritten mit Pferden durch die Landschaft, davon waren auch die Skizzen auf den nächsten Blättern inspiriert. Zurück im Stall waren sie Zeugen eines Hengstkampfes geworden. Als Leo darum bat, die Hengste sehen zu dürfen, und der Besitzer sie stolz vorführte, gerieten die beiden aufgekratzten Tiere aneinander. Sie bissen und schlugen mit den Vorderbeinen aufeinander ein. Aufrecht auf den Hinterbeinen waren sie aufeinander losgegangen. Vergleichbares hatte Ebba selbst in Filmen oder auf Gemälden nie zuvor gesehen. Nur durch größte Mühe und mithilfe von sechs Mann konnten sie getrennt werden. Seitenweise hatte Leo die Pferde skizziert.

Ich sehe lauter Dinge, die ich festhalten möchte, aus Angst, sie könnten mir entschwinden.

Ebba blätterte um, der Hocker knarrte, und als sie sich mit dem Ellbogen auf dem Klavier abstützen wollte, hämmerte eine Kombination von schrägen Tönen durch die Stille in ihrer Wohnung. Sie hatte offenbar nach dem Unterricht den Deckel nicht geschlossen und brauchte eine Sekunde, um sich von dem Schreck zu erholen, dann überlegte sie: Kuba, Algier, Frankreich … wo waren sie noch gewesen? Irland. Von der Wanderung um die Dingle-Halbinsel konnte sie im Buch gar keine Skizzen finden. Sie blätterte weiter, doch Leos Handschrift und seine Skizzen verschwammen vor ihren Augen, und Bilder aus ihrer Erinnerung tauchten auf.

Am vierten von sieben Tagen waren sie seit acht Stunden gewandert, ein leichter Regenschauer war vergangen und der Himmel aufgerissen. Fächerartig durchbrachen die Sonnenstrahlen die dicken Sahnewolken und breiteten sich auf den Wiesen aus, wo Schafe weideten und Fleckvieh graste. Vor ihr lag eine kilometerlange Straße, die sie zum nächsten Bed & Breakfast führen sollte. Ebbas heiße Füße und die mit Blasenpflaster verbundenen Zehen schmerzten, der Rucksack drückte auf den Schultern, bei jedem Schritt schoss ein stechender Schmerz durch ihr rechtes Knie. Vor ihr ging Leo, leichtfüßig. In seiner Hand ließ er eine Plastiktüte mit gesammelten Muscheln vom Strand baumeln. Er sah sich nicht nach ihr um und bemerkte ihre Erschöpfung nicht. Ebba plagte der Hunger, sie wollte eine Pause einlegen, ihr Körper verlangte nach einer heißen Badewanne und nach Schlaf. Griesgrämig zwang sie sich weiterzugehen, ermutigte sich immer wieder selbst mit der Aussicht, dass es so weit nicht mehr sein konnte. Sie rief sich Kriegsflüchtlinge in Erinnerung, die tagelang ohne Wasser und Nahrung wandern mussten, und redete sich ein, sie habe keinen Grund zu klagen. Was Leo konnte, konnte sie auch. Durchhalten.

Er pfiff eine einfache Melodie.

Noch immer verschwand die Straße am Horizont, sie sah

nichts als Himmel, Wiesen und Hügel. Sie schnallte ihren Rucksack noch mal enger und band ihr Haar neu zusammen. Als sie aus der Flasche trank, rann ihr das Wasser aus den Mundwinkeln übers Kinn. Mit dem Ärmel ihres Holzfällerhemdes rieb sie sich die brennenden Lippen. Sie setzte die Sonnenbrille wieder auf und sah, dass sie auf eine kleine Brücke zugingen. Tränen der Erschöpfung steckten in ihrem Hals, und sie entschloss sich trotz eines letzten inneren Widerstands, auf der Steinmauer eine Pause einzulegen. Sie hatte keine Lust mehr, weiterzugehen. Das war doch ohnehin eine Autostraße, irgendjemand würde schon vorbeikommen und sie das letzte Stück mitnehmen. Als sie die Brücke erreichte, ließ sie den Rucksack achtlos von der Schulter fallen. Die Wasserflasche knallte auf den Boden. »Leo!«, rief sie ihm hinterher, als er nicht stehen blieb. »Ich will nicht weitergehen!«

»Soll ich dich tragen?«

Beleidigt wehrte sie ab.

»Ist es nicht herrlich? Komm, das letzte Stück noch, da hinten ist das Haus. Also ich laufe.«

»Dann geh du doch. Ich fahre per Anhalter.«

»Ebba«, lachte Leo und schwang die Tüte wie ein Lasso in der Hand, »dich nimmt doch keiner mit. Hier kommt niemand vorbei.«

O doch!, sagte sie sich. Für *sie* würde ein Auto kommen, *sie* würde ihren Rucksack auf die Rückbank wuchten und triumphierend an Leo vorbei die letzte Strecke zum Beefburger, den Fries und dem kühlen Bier fahren. »Geh doch alleine! Ich laufe nicht weiter!«, rief sie und scheuchte ihn weg.

Ein paar Meter ging Leo vor, stand dann an der Straße, wartete auf sie und blickte zu den fernen Hügeln.

Ebba wurde stinksauer. Warum setzte er sich nicht neben sie? Es war die größte Schmach, vor Leo aufzugeben. Ein Auto kam. Ebba stand vom gemauerten Brückengeländer auf und streckte ihren Arm aus. Der Wagen fuhr vorbei. Leo hatte sich nicht vom Fleck gerührt und blickte in die entgegengesetzte Richtung.

»Mistkerle! Diese alten Leute haben kein Herz«, fluchte Ebba. Alle Verwünschungen und Schimpfworte, die ihr in den Sinn kamen, murmelte sie leise vor sich hin. Ein zweiter Wagen fuhr heran. Und fuhr vorbei. Sie wollte nicht mehr laufen! Sie konnte nicht mehr, und dabei würde sie bleiben! Sie schwor sich, einer würde sie mitnehmen, sie würde ihren Rucksack auf die Rückbank wuchten und triumphierend… Fünfundvierzig Minuten verstrichen. Leo stand unbewegt. Ebba saß zusammengesunken, hungrig und durstig in der warmen Sonne. Kein Auto weit und breit. Eine Fliege setzte sich auf ihren Handrücken und ließ sich nicht vertreiben, ein ums andere Mal kehrte sie träge wieder, sobald Ebba sie abgeschüttelt hatte. Ausgezehrt von Wut und Scham fing sie stumm zu weinen an. Sie riss den Rucksack hoch, schulterte ihn und marschierte nicht links, nicht rechts schauend an Leo vorbei. Mit einem Abstand von fünfhundert Metern gingen sie die Straße entlang, Ebba voraus. Sie weinte, spürte seine Blicke in ihrem Rücken und presste die leeren Hände zu Fäusten. Verfluchter Dickkopf, warf sie sich vor. Wenn Leo sie wenigstens angeschrien hätte, »Weiterlaufen!«, wenn er sie hätte sitzen lassen, wenn er mit ihr gestritten hätte. Doch das war nicht seine Art.

Die Sonne war hinter Wolken verschwunden, und es war dunkel im Zimmer, als Ebba aufblickte. Sie klappte das Buch zu, stand auf und schaltete die Stehlampe neben dem Sofa an. Sie legte das Notizbuch auf ihrem Schreibtisch ab, warf noch einen Blick auf den schwarzen Bucheinband, fuhr mit dem Finger über den Gummizug und zupfte am Leseband.

Dann setzte sie sich wieder ans Klavier und schlug mit der rechten Hand ein paar Tasten an. Sie spielte die Melodie eines Liedes, so gut es ging, nach dem Gehör. Die ewig gleichen Klassiker, die sie mit ihren Schülern spielte, hingen ihr zum Hals heraus. Elise, Elise, Elise, sie konnte es nicht mehr hören, aber mehr brachten die meisten ihrer Schüler nicht zustande. Sie hatten keine Zeit zum Üben, sie hetzten vom Ballett zum Reiten zur Englischstunde zum Turnen zum Klavier. Nicht einmal den Kindern blieb mehr Zeit zum Träumen. *Bring a good man down.* Sie nahm die linke Hand hinzu, musste wieder von vorn beginnen und tastete sich weiter zur richtigen Akkordabfolge vor. Leise fing sie zu summen, zu singen an. *Tell me what you're gonna do now, ain't nobody perfect 'cause ain't nobody free.* Sie folgte der Melodie und schlug den Rhythmus mit dem Fuß. *Keep your nerves together, baby.* In ihrem Magen spürte sie den Bass, in ihrem Nacken Leos Atem, er stand hinter ihr, und seine Hände lagen auf ihren Schultern. *They say he left you all alone – he's got another woman now hanging on his arm.* Leo saß neben ihr und spielte Mundharmonika. *That old fool.* Sie rief die Zeilen, so laut sie konnte, in den Raum und schlug die linke Hand drei Mal tief an. »Nein!«, rief sie, zog mit der rechten Hand einmal quer über alle Tasten und verscheuchte den Song in alle Winkel ihrer Wohnung. Sekundenlang schwangen die Töne nach.

Sie sprang auf, schlüpfte im Flur aus den Filzpantoffeln in ihre Turnschuhe und nahm den Mantel vom Bügel. Im Treppenhaus traf sie auf Frau Engels mit den violetten Haaren, sie lief grußlos an ihr vorbei, unten an der Treppe wäre sie fast mit dem Postboten zusammengestoßen, mit der Hand, an der unzählige Gummibänder hingen, hielt er ihr die Tür auf. Ebba stürzte an ihm vorbei auf die Straße und rannte bis zur nächsten Ecke. Sie durfte nicht zulassen, dass Leo ihr noch einmal wehtat, sie wollte nicht auf diese Art an ihn denken. Was in ihr machte es möglich, dass sie das Risiko eingehen *wollte,* sich wieder von ihm verletzen zu lassen? Ihr Körper erinnerte sich an so vieles.

Sie musste raus aus der Stadt, sie würde mit der S-Bahn in den Grunewald fahren und einen langen Spaziergang machen. Draußen im Wald konnte sie am besten nachdenken, dort konnte sie ihre Gedanken ordnen und zur Ruhe kommen.

Beim Gemüsehändler kaufte sie sich Wasser, Nüsse, einen Apfel und eine Banane. Der libanesische Verkäufer wog die Nüsse ab, drückte viele Knöpfe auf der Tastatur der Kasse und fragte sie, wie immer, nach ihrem Ehemann. Ebba zeigte ihm, wie immer, ihre leeren Hände. Sie ging an der Bushaltestelle vorbei und betrat das Bahnhofsgebäude. Überall waren Menschen, aber niemand sah sie an. In der verdreckten Unterführung stand ein unbegabter Geigenspieler, oben auf dem Bahnsteig vertrieben sich Jungs in hängenden Hosen und Baseballmützen die Zeit, sie trugen große Jacken und alle die gleiche Schuhmarke, an ihren Hüften lehnten Skateboards. Während sie sich unterhielten, gestikulierten sie mit den Händen und spielten mit scheppernden Schlüsselketten. Am Getränkeautomaten angelte jemand vorn übergebeugt nach einer Flasche Limonade, auf der Bank neben dem Automaten saß ein Mann, der alles mit rot unterlaufenen Augen beobachtete, die knittrige Hand hatte er auf seinen Stock gestützt. Eine Frau mit fünf kleinen Hunden an fünf glitzernden Leinen stellte sich neben sie, las in einer Zeitschrift und kaute laut Kaugummi. Ebba spähte nach dem Zug. Die Lautsprecheransagen wiederholten sich ständig.

Durch all die Möglichkeiten, die uns gegeben sind, leben wir ständig in der Ungewissheit, ob jene, die wir ergriffen haben, die richtige, die wahre, die erfüllende ist. Die Schnur, an der ich mich festhalte, führt unter einem bewölkten Himmel über ödes Land.

Kapitel 10

Der März ging zu Ende und fraß mit seinen wärmeren Tagen die Pfützen von der Erde. Herr Muschaweck sprang wieder jeden Morgen zur Kneippkur in sein Wasserbecken. Im Garten blühte der Haselnussstrauch, und die Tür zum Geräteschuppen stand offen. Rahel hockte am Rosenbogen, arbeitete Dünger vom Kompost in die Erde ein und rupfte gleich die Wildtriebe mit aus, die schon aus dem Boden schossen. Seit Tagen antwortete Finn nicht auf ihre Anrufe oder Briefe. Ein Steinplattenweg führte von der Terrasse unter dem Rosenbogen hindurch und trennte den Blumengarten vom Gemüsebeet, wo der Rhabarber allmählich auszutreiben begann. Eine Trockenmauer grenzte den Garten von der Weide ab. Dahinter verlief ein ausgetretener Pfad, eine helle Linie, die zu den Feldern führte. Im Sommer, wenn die Rosen tiefrosa blühten, saßen sie in manchen Nächten mit Freunden auf der Terrasse an dem langen Holztisch. Rahel war es oft zu einsam in Garz. Noch seltener als früher, vielleicht einmal ein Wochenende, verbrachte sie Zeit hier draußen. Sie kannte sich in der Umgebung nicht aus und war froh, wenn die Sommernächte lau wurden, dann freuten sich Berliner immer über eine Einladung zum Grillen aufs Land. In kleineren und größeren Runden saßen sie an dem großen Tisch, bis garantiert einer der Städter begeistert ausrief: »Schaut mal, der Sternenhimmel!«

Seit letztem Jahr wollte Leo die Terrasse überdachen.

In Garz selber kannte Rahel neben Herrn Muschaweck und Wehndorfs eigentlich nur noch »Graf Heinz«, wie Leo ihn nannte. Er trug immer admiralsblaue Socken, schrieb Bücher über Königshäuser und gab Sittenkurse. Rahel mochte ihn. In seiner Gesellschaft wurde ihr nie langweilig, er wusste alles über England und erzählte ihr oft von der Zeit, als er als Kutscher in den Königlichen Ställen am Buckingham Palace gearbeitet hatte.

Sie richtete sich auf, stützte sich auf die Gartenkralle und wischte sich mit dreckigen Händen über die dreckigen Knie. Dann bückte sie sich nach den Tannenzweigen, die im Winter als schützende Decke auf den Wurzeln gelegen hatten, und warf sie in einen Bottich. Ihre Stiefel waren schwer vom Dreck. Als sie den Boden gesäubert hatte, nahm sie die Gartenschere aus dem Werkzeugeimer und begann, das trockene Holz der Rosen zu schneiden und die Triebe zu kürzen. Es stach durch den Stoff ihrer Handschuhe, Zweige verbissen sich in ihren Haaren, und die Dornen hielten ihr grobes Hemd fest und rissen Löcher in den Stoff. Einige der Triebe würde sie neu anbinden müssen. Sie steckte kurz entschlossen die Schere in den Hosenbund und ging zum Schuppen, um Bastschnur zu holen. Durch die großen Fenster sah sie, wie Leo auf der Plastikfolie im Atelier hin und her lief.

Sie wickelte Schnur ab und hielt einen der kräftigeren Triebe hoch, um ihn an einer Bogenstrebe festzubinden. Wind streichelte ihren von der Arbeit erhitzten Rücken, als sie den Knoten festzog. Sie bog den nächsten Trieb mit beiden Händen zurück, langte mit der Fußspitze nach der Rolle, die sie neben sich hatte fallen lassen, drückte sie dabei aber in die Erde. Rahel musste mit einer Hand die Rose halten und streckte die andere nach der Schnur. Ihr fielen die Haare ins Gesicht, sie schüttelte den Kopf und blickte in den weißen weiten Himmel. Sie fingerte nach dem Bast, wandte sich um, erhob sich, da ritzte ihr ein Dorn eine Feuerspur quer über die Wange. Verärgert ließ sie den Trieb los, der sich ihr in seiner Trägheit wieder zuneigte. Sie zog die Handschuhe von den Fingern, schüttelte die losen Strähnen aus dem Gesicht und steckte den Zeigefinger in den Mund. Mit der Spucke rieb sie über die Schramme, ein paar Minuten stand sie im schwachen Wind und atmete die süßliche Luft.

Leo stand am Fenster, sie winkte ihm zu, doch er schien sie nicht zu bemerken, sondern wandte sich wieder um. Eigentlich hatte ihr Berufsleben erst mit ihm richtig begonnen. Durch ihn hatte sie eine Arbeit gefunden, die ihr Spaß machte. Klar, sie hatte im Goethe-Institut gearbeitet und dort schon mit Kunst zu tun gehabt, so jedenfalls hatte sie es immer dargestellt, aber in Wahrheit hatte sie vor allem die Ablage erledigt, am Telefon gesessen oder am Kopierer gestanden.

Leos Namen hatte man bereits in der Berliner und New Yorker Kunstszene gehört, in der sich auch Rahel abends bewegte. Sie hatte ihm nie erzählt, dass sie ihn erstmals aus der Ferne in einer Bar gesehen hatte, wo sie sich mit Freundinnen zur Happy Hour traf. Sie schüttelte gedankenverloren den Kopf. Eine barbarische Aura hatte ihn umgeben. Ein Mann, der *lebt,* hatte sie gedacht. Genau deswegen war sie nach New York gegangen, um zu leben, sie wollte frei sein, alle Regeln verachten. Leo schien diese Freiheit zu verkörpern und war zu einem Zeitpunkt in ihr Leben getreten, als sie sehr unter dem Gefühl gelitten hatte, in New York ihr altes Leben unter anderen Vorzeichen fortzuführen. Im Job sortierte, stapelte und stempelte sie Papiere, kämpfte gegen bürokratische Windmühlen und hielt sich an irgendwelche Vorschriften, die irgendjemand erdacht hatte. Genauso gut hätte sie in Deutschland bleiben und die Wünsche ihrer Eltern erfüllen können, vor deren Kleinbürgerlichkeit sie geflohen war. Ihr Arbeitsalltag hatte mit Kultur im Grunde nicht das Geringste zu tun, Tag für Tag war sie meilenweit von der Welt entfernt, von der sie geträumt hatte. Aber sie fand alleine nicht die Kraft, zum Befreiungsschlag auszuholen, zu kündigen, ganz gleich, was dann passieren würde. Leo Becker war das Versprechen jener weiten Welt, die sie in New York gesucht hatte.

Als Max sie bei Daisy Car einander vorstellte, war sie so aufgeregt gewesen, dass sie irgendein Filmprojekt als Vorwand erfand, um Leo ihre Visitenkarte zu geben. Sie blieb an seinen Lippen hängen, obwohl er erst gar nicht so viel sagte. Er hatte große Hände und er passte nicht recht in diese Abendgesellschaft. Später brachte er ihr ein Bier, wollte viel von ihr wissen, scherzte und brachte sie zum Lachen. Irgendwann lud er sie ein, von der Party zu verschwinden, er wollte ihr Bars zeigen, sie gab sich gelassen. Als sie nach Stunden am Hafen ankamen, sie im Kreis der Arbeiter das Pokerspiel gewann und Leo sie völlig betrunken auf die Seifenkiste zog, hatte er sie längst erobert.

Von da an ließ sie sich von Leo vereinnahmen und tauchte mehr und mehr in seine Welt ein. In den Nächten liebte er sie mit einer Kraft, der sie sich ganz und gar hingab. Die Tage verbrachten sie, wenn sie nicht in der Stadt unterwegs waren oder mit Leos Freunden an den Strand fuhren, im Atelier, wo sie Leo bei der Arbeit zusah. Sie nahm sich fast immer ein Buch mit, aber sie las nur wenig. Selbst wenn sie es zur Hand nahm, blätterte sie kaum eine Seite um. Stattdessen lauschte sie seinem Pinsel auf der Leinwand oder dem Auslöser der Kamera, wenn er nebenbei Fotos von ihr machte. Er vermittelte ihr ein neues Gefühl für Farben und brachte sie dazu, selbst Stift und Papier in die Hand zu nehmen. Es machte ihr Spaß, von ihm zu lernen. Sie gab sich Mühe, so präzise wie möglich zu sein, und konnte lange mit ihm über Lichteinfall und Faltenwurf diskutieren. Einmal aber arbeitete und schliff sie tagelang an einem Porträt, bis sie es endlich gut genug fand, um es Leo zu zeigen. Sie stellte die Zeichnung vor ihm auf die Staffelei und ließ sie ihn betrachten. »Der Hals ist zu dick geworden«, war alles, was er nach wenigen Sekunden sagte, dann wandte er sich ungehalten wieder seinen eigenen Skizzen zu. Als hätte sie sich die Finger verbrannt, nahm sie das Blatt wieder weg, faltete es zusammen und warf es weg.

Rahel schlug die Handschuhe an ihren Oberschenkeln aus, schlüpfte wieder hinein und machte sich weiter daran, die Rosen zu beschneiden. Inzwischen bereute sie, dass sie die Zeichnung weggeschmissen hatte. Seine Bemerkung verletzte sie heute mehr als damals. Leo schien nicht einmal bemerkt zu haben, dass sie seitdem mit dem Zeichnen aufgehört hatte. Sie hatte widerspruchslos akzeptiert, wie brutal er sie zurückgestoßen hatte. Seitdem hatte sie sich auf die Dinge gestürzt, mit denen sie seine Arbeit unterstützen konnte, ohne ihm zu nahe zu kommen.

Rahels Einfluss auf Leos Kunst war immer deutlicher geworden. Auf seinen Leinwänden tauchten immer öfter locker gezeichnete Figuren auf, statt der stillen Landschaften begannen nackte Glieder auf ihnen zu leuchten. Die Veränderung seiner Farbpalette, ins Violette, ins Rötliche, der frische Geist, der von nun an Leos Arbeiten durchzog, begeisterten auch Max. Die weibliche Figur sollte Leos Karriere prägen.

Hätte sie damals einen wie Finn getroffen, sie hätte sich am nächsten Tag gar nicht mehr an ihn erinnert. Sie ließ sich gerne von anderen Männern umschwärmen, von Galeristen, Künstlern, Journalisten – aber es war ein Spiel, ein flüchtiges Glücksgefühl. Bis Leo ihr einmal aus heiterem Himmel vorwarf, sich von einem anderen anmachen zu lassen. Sie wusste gar nicht, wie sie mit seiner Eifersucht umgehen sollte, sie hatten doch vereinbart, sich gegenseitig nicht einzuschränken. Sie hatte das Ganze fast verdrängt, bis es zu dem neuerlichen Eklat mit Finn kam, der dem damaligen Vorfall sehr ähnlich war. Es war ein Sonntag, an dem sie sich mit Freunden, die ebenfalls in Brooklyn lebten, Fahrräder gemietet und eine Tour zum Central Park gemacht hatten. Der eine von ihnen, Neil, trug rote Jeans, über die Leo sich schon zu Beginn ihres Zusammentreffens lustig machte. Sie nahmen sich ein Boot und ruderten über den See, alles war locker und witzig, bis Leo ihren Freund wütend anherrschte, er würde ihr, Rahel, ständig unters Kleid schauen, ob er sich an sie heranmachen wollte? Neil und Rahel lachten nur und machten weiter ihre Scherze. Da begann Leo das Boot hin und her zu schunkeln. Neil klammerte sich an seine Bank und bat Leo, damit aufzuhören. Rahel befürchtete, dass ihr Freund nicht schwimmen konnte. Doch Leo dachte gar nicht daran, aufzuhören, im Gegenteil, er stand auf und stampfte das Boot abwechselnd nach rechts und links ins Wasser, bis kleine Wellen über den Rand schwappten. Neil bekam Panik und schrie ihn an, auch sie rief, er solle damit aufhören. Leo nahm ein Ruder und stach damit ins Wasser, drehte das Boot um die eigene Achse, verlor das Gleichgewicht und fiel auf die Kante des Bootes, wodurch es fast gekentert wäre. Neil machte sich tatsächlich in die Hose und flehte Leo an, er wolle ans Ufer. Leo lachte, erschöpft, über Neils nasse rote Hosen und meinte, wenn er nicht schwimmen könne, solle er sich nie wieder mit ihm in ein Boot setzen und seine Frau anfassen.

Leo konnte wirklich ein Scheusal sein, dachte Rahel. Sie hatten sich danach fürchterlich gestritten, Leo hatte getobt und sich an einer Schrankwand die Hand gestaucht. Erstmals hatte sie in seiner Gegenwart Angst bekommen. Aber trotz ihrer Wut fühlte sie sich ihm, als er sich wieder beruhigt hatte, näher als je zuvor.

Der Umzug nach Berlin musste kommen, doch es fiel ihnen nicht leicht. Sie wollten beide nicht dorthin zurück, wo Erinnerungen an die Zeit vor »Rahel und Leo« lagen. Es war fast die natürliche Fortsetzung ihrer Gemeinsamkeit, als Leo ihr kurz vor der Abreise eines Abends einen Antrag machte. Rahel fühlte sich ohnehin zu Leo berufen. Wenn man jemanden traf, ohne den man nicht mehr leben zu können glaubte, heiratete man ihn, dachte sie damals. Welche Bedeutung hatte die Ehe sonst?

Voller Erwartungen sah sie der neuen Zeit in Berlin entgegen. Sie wurde »Leos Frau«, und ihr Selbstbewusstsein wuchs. In Berlin kamen die Aufmerksamkeit und das Geld. Rahel lernte die Vorzüge des Wohlstandes schnell schätzen, sie investierte in die Renovierung des Ateliers, in die Inneneinrichtung, in ihre Garderobe. Sie bewegten sich nun immer öfter in der Öffentlichkeit. Leo lernte immer mehr Sammler kennen und reiste häufig nach Miami und L.A., sie veranstaltete Partys und Abendessen und bemühte sich um ein offenes Haus.

Doch je besser die Aufträge wurden, desto höher wurde der Druck. Irgendwann wurde ihr klar, wie versunken Leo in seine Arbeit war.

Rahel glaubte immer, man müsse sich unterscheiden, um sich ergänzen zu können, doch bald bedeuteten die Differenzen auch Distanz. Leo dachte darüber nach, mit seinem Atelier von Berlin aufs Land zu ziehen. Zu zweit suchten sie nach einem

Haus, tauschten sich über die Besichtigungen aus, und Rahel hielt bei jedem Objekt nach einem Lebensraum für sich Ausschau. Sie tat alles, um an seiner Entscheidung teilhaben zu können. Gleichzeitig hoffte sie, er würde nichts finden und ihr vorschlagen, wieder nach New York zu ziehen. Dann stieß Leo auf Garz. »Er will tatsächlich weg von mir«, fürchtete sie. Ihm gegenüber blieb sie gelassen, ganz im Geist der gegenseitigen Unabhängigkeit, die sie sich geschworen hatten. Aber wo verlief die Grenze zwischen Freiheit und Gleichgültigkeit? Das Barbarische, von dem sie sich so angezogen gefühlt hatte, fand sie immer öfter brutal und fürchtete die Gewalt, die darin lag. Freunden gegenüber vermittelte sie nach seinem Umzug den Eindruck, Leo täglich zu sehen, und gab vor, immer über den neuesten Stand seiner Arbeit informiert zu sein. Doch Garz blieb ihr fremd. Es war sein Raum, er nahm ihn sich rücksichtslos und verteidigte ihn energisch. In Berlin wirbelte sie für ihn und traf ständig Leute, bei denen sie um Aufmerksamkeit für ihren Ehemann warb, den sie für den besten jungen Maler in Deutschland hielt. In Berlin strahlte sie Zuversicht und Erfolg aus. Aber wenn sie einmal die Woche für eine Nacht in Garz blieb, fühlte sie sich schwach und hilflos, wie damals in New York, als sie Leo kennengelernt hatte. Sie fror erbärmlich in Garz, ganz unabhängig davon, ob die Sonne schien oder nicht, egal, ob sie die Heizung aufdrehte oder nicht, als würde ihr die klamme Kälte in die Knochen kriechen, sobald sie einen Fuß auf die lehmige Erde setzte.

Rahel spürte, dass eine Zeit zu Ende ging. Leo stand noch immer im Mittelpunkt ihrer Gedanken, doch in der Zwischenzeit hatte Finn sich in ihre leere Seele geschlichen. Sie hatte sich von den Dogmen ihres familiären Umfelds befreit, hatte die Sprüche ihres Vaters, ein solches Künstlerleben sei ein egoistischer Witz, ignoriert. Sie war auf die besten Schulen gegangen, ihr wurde die beste Ausbildung ermöglicht, doch das hatte sie nicht vor der Einsamkeit geschützt. Niemand hatte ihr beigebracht, ein freies Leben zu führen. Was hatte sie sich vom Leben mit Leo versprochen?

Glaubte sie damals, Leo würde sie in einer schwarzen Limousine durch die Gesellschaft kutschieren und ihr alle Tore öffnen? Nun befand sie sich in einem Lebensentwurf, von dem sie sich viel erhofft hatte, in dem sie aber die stumme Eintönigkeit einholte, der sie zu entkommen suchte. Und sie fand sich konfrontiert mit ihrem sehnlichen Wunsch nach Familie. Damit hatte sie nicht gerechnet.

Sie sehnte sich nach Sicherheit, suchte das Gespräch, wollte ernst genommen werden in ihren Gedanken. Finn hatte ein Maß an Anstand, hielt ihr die Tür auf und half ihr in den Mantel, sah sie an, wenn er mit ihr sprach, er begehrte sie und drückte sie, traurig oder glücklich, an seine Schulter. Als sie sich zum ersten Mal alleine getroffen hatten, genoss sie seine Aufmerksamkeit, spürte sie, wie sehr die Kunstszene sie nach all den Jahren ausgehöhlt hatte. All die falschen Freunde, der Druck, immer und überall als Leo Beckers Frau aufzutreten, immer über die neusten Entwicklungen in der Szene und auf dem Markt informiert zu sein, sie hinterließen, wenn sie nachts alleine war, ein Gefühl von Verlorenheit. Finn gegenüber glaubte sie, nichts erfüllen zu müssen, er verlangte nichts von ihr, er antwortete auf ihre Fragen und er wollte mit ihr schlafen. Sie mochte sich, wenn sie mit ihm zusammen war: Selbstsicher, klug, schlagfertig und unbeschwert konnte sie mit ihm sein, so, wie bei Leo nur noch, wenn sie Alkohol trank. Mit Finn schienen die Dinge leichter. Sie fürchtete einzig, dass sie sich zur sehr daran gewöhnen, dass Finn zur Sucht werden könnte, denn es war ja nicht Liebe, die sie mit ihm verband. Oft meldete er sich über Tage nicht, dann rief er wieder an: »Was machst du gerade? – Du fehlst mir. – Ich vermisse dich. – Lass uns treffen, ja?« Oder schickte ihr Zweizeiler aufs Handy. Sie wusste nicht, woran sie mit ihm war. Oder was sie eigentlich für ihn empfand.

Rahel stand in der Erde und in lauter Widersprüchen. Und wenn sie Leo von Finn erzählte? Wie würde er reagieren? Sie ahnte, dass Leo auf dem Geburtstag gar nicht ihretwegen so wütend geworden war. Es ging um mehr, es ging auch um ihn und die Sackgasse, in die er geraten war. Etwas musste passieren, sie konnte seinen Zustand, sein Schweigen ihr gegenüber, seine Abwesenheit nicht länger ertragen. Ein Habicht stürzte sich vom Himmel kopfüber in den Acker, schlug Bruchteile vor seiner Landung die Flügel auf und erhob sich, mit Beute im Schnabel, wieder kreisend in die Luft. Rahel sah ihm nach, bis er sich auf einen einzelnen Baum im Feld setzte. Sie stellte die Eimer zusammen und warf die Handschuhe auf die Tannenzweige. Sie ging auf die Terrasse, zog die Stiefel aus und stieß die Fenstertür auf, die nur angelehnt gewesen war.

Die gehackten Zwiebeln trieben Rahel Tränen in die Augen, das Messer in ihrer Hand wog immer schwerer. Sie legte es hin und drehte sich um. Leo saß am Tisch, hatte seine Füße auf einen Stuhl gelegt und rauchte.

»Widerwärtig.« Leo blickte konzentriert zur Decke und stieß hörbar den Rauch seiner Zigarette aus. »Der Kerl ist zu alt für dich, und er ist widerwärtig.«

Sie sah ihn fassungslos an.

»Nicht, dass es mich überrascht, aber ist der nicht unter deinem Niveau?«, fragte Leo.

Rahel brachte kein Wort heraus.

»Die Vorstellung, dass du und er –«

»Hör auf damit!« Ihre Stimme klang verzagter als beabsichtigt, krampfhaft verschränkte sie die Finger ineinander. Wie konnte er so über Finn reden. Als wäre es eine gewöhnliche Affäre. Als würde der Altersunterschied irgendeine Rolle spielen.

Leo musterte sie feindselig: »Womit soll ich aufhören?«

Ein Gefühl der Ohnmacht machte sich in ihr breit. »Ich will, dass du mir zuhörst«, sagte sie, so bestimmt sie konnte, »es geht doch nicht um Finn, sondern um uns.«

»Ach komm, Rahel. Es ist deine Affäre. Du bist doch erwachsen. Soll ich mich um deine Probleme kümmern? Du bist immer sehr gut alleine zurechtgekommen.«

Ihre Lippen zitterten, die Verletzung an ihrer Wange glühte. Seine Gleichgültigkeit brannte.

»Du begreifst gar nichts!«, brach es aus ihr hervor.

»Das ist nicht wahr.«

»Doch!« Sie hatte geschrien, Wut und Tränen stauten sich in ihrem Hals. »Was ist mit uns, Leo? Warum schlafen wir seit Madrid nicht mehr miteinander? Wir reden nur noch darüber, dass du mir Fotos deiner Bilder schicken sollst, wer alles zu deiner Eröffnung eingeladen wird, wie dies und jenes organisiert werden soll. Du siehst mich kaum mehr an. Wenn du in Berlin bist, kommst du nicht nach Hause. Ich halte das nicht mehr aus.«

»Rahel, es reicht. Dieser Typ ist unter deinem Niveau, aber es ist deine Entscheidung.«

»Du hörst mir nicht zu«, sagte Rahel.

»Doch, ich habe sehr gut verstanden. Du hast eine Affäre und gibst mir die Schuld daran.«

»Darum geht es doch überhaupt nicht!«, schrie sie erstickt, sie fühlte sich machtlos, er war längst aus ihrer Reichweite verschwunden. Er kam ihr vor wie ein Fremder. Er trug eine Jeans, darüber zwei gerippte Unterhemden, seine blonden Haare waren unfrisiert. Sie hasste ihn für die Selbstgefälligkeit, mit der er da saß, die Überheblichkeit in seinem Blick, die Herablassung in seiner betont ruhigen Stimme. Es war kaum zu ertragen.

Zitternd schob sie eine Strähne aus der Stirn: »Ich trage die Verantwortung für das alles hier allein. Du kannst doch kaum für dich selbst Verantwortung übernehmen.«

»Du *wolltest* die Verantwortung übernehmen. Ich habe dich zu nichts gezwungen.«

»Ich bin aber nicht mehr wie damals in New York. Ich habe mich verändert. Du lebst nur in der Gegenwart. Ich mache mir Gedanken darüber, wie mein Leben in zwanzig Jahren aussehen soll.«

»Wer weiß schon, was in zwanzig Jahren ist, das tut überhaupt nichts zur Sache.«

Rahel schüttelte stumm den Kopf. »Wie wäre es, wenn wir nicht geheiratet hätten?«

Leo schwieg.

»Hätten wir dann noch Sex? Hättest du dann diesen Auftrag bekommen? Wären wir jemals zurück nach Berlin –«

»Hätte, hätte, hätte«, rief Leo und nahm seine Füße vom Stuhl. »Scheiße!«, schrie er. »Es ist, wie es ist.«

»Aber dieser Zustand ist doch keine Ehe! Wir kennen uns doch gar nicht mehr, und was immer ich tue, du ignorierst mich.«

»Schluss! Diese Unterhaltung kotzt mich an!«, rief Leo und schmiss seine Zigarette weg.

»Leo –«

»Schluss!« Leo nahm seine Zigarettenschachtel vom Tisch und hielt sie zwischen Daumen und Zeigefinger vor sich in die Luft, er drehte sie um und wieder zurück, zerquetschte sie in seiner Hand und schmiss sie dann wieder auf den Esstisch. »Lass mich einfach diese Bilder fertig malen. Ich habe gerade keine Nerven für solchen Kleinkram.«

»Hör doch einfach zu«, flüsterte sie und holte tief Luft. Sie war noch nicht bereit, aufzugeben. »Weißt du, als wir uns kennengelernt haben, habe ich geglaubt, ich könnte wie du sein, im Hier und Jetzt leben, jeden Tag so nehmen, wie er kommt. Aber ich kann es nicht. Ich habe es nie gelernt. Ich will eben doch ein Zuhause, feste Freunde, eine Familie – einen Ruhepol.«

»Aber du bist es, die immer durch die Weltgeschichte reist. Du flüchtest genau *davor*.«

Rahel stöhnte: »Ich flüchte doch nicht, ich suche.« Vorsichtig löste sie ihre Finger aus der Verschränkung und zog sich die Reißverschlussjacke enger um die Schultern. »Ich weiß nicht mehr, wohin. Ich möchte bleiben. Ich möchte gehen.« Wieder kamen ihr die Tränen, sie wandte sich ab und trat ans Fenster. Draußen hatte sich im Rasen, wo Leo das Benzin und das Holz verbrannt hatte, eine schlammige Pfütze gebildet, die im blassen Abendlicht glitzerte. Sie hörte, wie Leo seinen Stuhl rückte, mit den Fingern auf dem Tisch trommelte, sie hörte das Knirschen der Tabakblätter im Aschenbecher. Es war absurd, solche Diskussionen zu führen.

»Rahel, du kannst mich so kurz vor New York nicht im Stich lassen.«

In Leos Stimme schwang etwas mit, was ihr neu war. Angst? Sie sah zu ihm hin, er saß zusammengesunken, über die Tischkante gelehnt.

»Alles, was ich brauche, ist Ruhe, um zu arbeiten.«

Sie schwieg. Sie wollte weg von ihm. Mit Finn konnte sie wenigstens einen kurzen Fluchtversuch unternehmen, und wenn es nur zwei Tage waren.

»Rahel, die Kunst ist so eifersüchtig, dass sie einen ganzen, freien Mann verlangt.«

Für einen Augenblick klammerte sie sich an die Hoffnung, dass er sich nach New York, wenn der Druck von ihm abgefallen war, ihr wieder zuwenden würde. Nein, dachte Rahel, seine Unabhängigkeit würde ihm in zwei Monaten nicht weniger wichtig sein. Er würde in zwei Monaten nicht weniger gleichgültig sein. Nichts ließ er an sich heran. Sie war zu erschöpft, zu verletzt, um einen weiteren Versuch zu unternehmen, sich zu erklären.

Es war spät geworden. In der Dunkelheit klingelte das Telefon. Leo und Rahel sahen sich um, es lag am Eingang auf dem Sofa und blinkte vergeblich. Es klingelte noch fünf oder sechs Mal und hörte dann auf.

Leo sah sie an. Sie sagten beide nichts. Rahel ergriff einen Gedanken, der ihr durch den Kopf ging, und sprach ihn langsam aus: »Wenn du tot bist, werden sich alle an dich erinnern, aber glaubst du, es wird ein Wort über mich fallen?« Sie war ein Nichts. Wieder würde sie als Ehefrau von Leo Becker ihre Ansprüche und sich selbst zurückstellen. Morgen Abend würden sie gemeinsam zur Eröffnung von Yudess gehen, dann kam New York, und danach, vielleicht, der Mut.

Kapitel 11

Rahel war nicht gekommen. Leo hatte vor der Galerie auf sie gewartet, dann war er hineingegangen und hatte nach ihr Ausschau gehalten. Aber auch unter den zahlreichen schwarzen Silhouetten vor der weißen Galeriewand konnte er sie nirgends entdecken.

Er würde den Abend alleine bestreiten müssen. Wie üblich würden sich alle spreizen, ihre Schönheit, ihren Reichtum oder ihre Macht anpreisen wie Waren auf einem Jahrmarkt. Dabei waren sie alle nicht mehr als Statisten. Betrat man die Galerie, fiel der Blick als Erstes in ein rotes Zimmer, in dem eine Frau in weißer Unterwäsche lustvoll mit dicken Brocken einer dreistöckigen Hochzeitstorte um sich warf.

Die Szene wirkte spielerisch, aber im Blick der Frau war keine Verspieltheit zu erkennen, fand Leo, es war ein kalter Blick, der die Lust an der Zerstörung, aber auch Wut, ja Rachsucht, verriet. Vielleicht kam es ihm auch nur so vor. Erst vor wenigen Tagen hatte er geträumt, dass er in Smoking und weißem Hemd auf einer riesigen Hochzeitstorte thronte. Über ihm blitzte etwas im Licht der enormen Neonröhren, die ihn von oben blendeten, obwohl der Zylinder auf seinem Kopf das Licht abschirmte. Es war Rahel, sie trug ein blassgrünes Kleid und hielt ein riesiges Messer in der Hand, das sie zur Torte führte. Sie kam immer näher, setzte zum ersten präzisen Schnitt an, und vergeblich versuchte er auszuweichen. Er bewegte sich nicht einen Millimeter, stattdessen ging bei seinem Fluchtversuch ein Riss durch seine Arme und Beine, ein heißer Schmerz, er konnte nichts tun, er war in dieser bescheuerten Haltung erstarrt, dazu verdammt, unbeweglich auf die glänzende Klinge zu warten. Im gleichen Moment, in dem er das Geräusch des Stahls hörte, das den Filz seines Zylinders durchsägte, war er aufgewacht.

Ausgerechnet mit der Fotografie eines solchen Sahneungetüms eröffnete Elliott Yudess die Ausstellung in Max' Galerie, und es war, als gälte die Fotografie ihm, als sollte ihm auf absurde Art noch einmal Rahels kalte Zerstörungslust vor Augen geführt werden.

Leo kannte Yudess aus New York, wo der Fotograf lebte und sie von der gleichen Galeristin vertreten wurden, später hatte Max auch Yudess' Vertretung in Berlin übernommen.

Im Eingang sah er Max mit dem Verleger des Katalogs. Hinter der Plexiglasscheibe in ihrem Rücken schien die Sonne auf schwarz-weiße Kühe, und eine Frau im Dirndl, das über ihren prallen Brüsten zu platzen drohte, goss sich mit geschlossenen Augen und leicht geöffneten roten Lippen aus einer Zinnkanne frische Milch über das auf einen Melkschemel gestellte Bein.

Elliott Yudess erschien in Begleitung seiner Muse Lilli Gold, einer vollbusigen Transvestitin mit kalkweißer Haut. Sofort wurden sie umschwärmt, immer wieder sah Leo durch die schwarze Menge Lillis Seidenkleid grün aufblitzen.

Alle hielten elegante Cocktailgläser in den Händen, es gab Cosmopolitan. Im Gedränge stieß jemand Leo am Ellbogen, der Alkohol schwappte aus seinem Glas und rann über seine Hand und den Ärmel der Anzugjacke. »Entschuldigung«, meinte der Unbekannte und wandte sich wieder seinem Gesprächspartner zu. Leo schüttelte verärgert den klebrigen Saft von seiner Hand. »Guten Tag, Herr Becker«, sagte jemand, und Leo sah auf, in ein Gesicht, das ihm nur vage bekannt vorkam.

»Mein Name ist Otto Schlesinger.« Der Herausgeber einer großen deutschen Tageszeitung, fiel Leo wieder ein. Rahel hatte in den letzten Jahren die Kontaktpflege übernommen, er hatte sich daran gewöhnt, dass sie ihm auf solchen Veranstaltungen Leute vorstellte, mit denen er Gespräche führte, die er nach dreißig Sekunden wieder beendete. Sie waren ein eingespieltes Team, Rahel traf die Auswahl, und er nickte ihr zu, wenn er damit einverstanden war, dass sie einen Interviewtermin oder Atelierbesuch vereinbarte. Alles in ihm sträubte sich, selbst herauszufinden, ob dieser Schlesinger wichtig für seine Karriere sein könnte. Dennoch unterhielt er sich kurz mit dem Mann, dann entschuldigte er sich ohne einen Vorwand und drängte weiter durch die Menge.

Die meisten hier waren Teil der Glaubensgemeinschaft, die Abend für Abend bei Cocktail und Aspirin mit starren Blicken in die ewig gleichen Gebete einstimmten. Ja, ich werde in New York sein, ja, ich werde in Venedig sein, ja, ich werde in Münster sein, in Kassel, in Basel, in London.

Amen.

Wenig später pilgerten alle zur Eröffnungsparty in »Wallys Spektakel«, die Türen zum Spiegelsaal waren geöffnet, es war aufgedeckt. Auf einer kleinen Empore spielte ein Streichquartett, schluchzende Geigen. Einzeln traten die Gäste ein, Rahel war noch immer nicht darunter.

Innerhalb kürzester Zeit wurde Elliott von seinen Jüngern umzingelt, sie strömten ihm zwischen den Tischen im Saal unter dem abgeschlagenen Putz, den vergitterten, von Spinnweben verklebten Lüftungsschächten zu. Lilli Golds Lippen waren sehr groß und rot geschminkt, an ihrem Hals schimmerten blaue Adern, und mit dick lackierten Fingernägeln überprüfte sie den Sitz ihrer blonden Locken. Ihre glasigen Augen leuchteten giftgrün.

Leo setzte sich den beiden schräg gegenüber und beobachtete, wie Elliott nach der Weißweinflasche griff. Max trat hinter Yudess, fasste ihn mit beiden Händen an den Schultern und flüsterte ihm etwas ins Ohr. Elliott nickte und füllte sein Glas zu drei Vierteln mit Wein, dann bot er Leo die Flasche an. Auf Yudess' rechter Hand standen auf vier Fingern vier Buchstaben tätowiert: LORD. Heute trug er eine Schiebermütze und ein matschfarbenes T-Shirt mit V-Ausschnitt. Leo fand, dass er etwas von einem groß gewordenen Huckleberry Finn hatte. Sein Gesichtsausdruck wirkte in einem Moment offen, im nächsten orientierungslos, manchmal sinnlich, dann wieder zügellos.

Die Mischung aus Wodka, Gin und Wein, die Leo über den

Abend verteilt zu sich genommen hatte, begann ihre wohltuende Wirkung zu entfalten. Sollte Rahel doch machen, was sie wollte.

Der Katalogverleger erhob sich und lobte den Künstler, dann stand auch Elliott auf. »Ich glaube«, begann er beschwörend, »ich glaube noch immer daran, dass Zeitschriften die besten Galerien der Welt sind. Und wenn meine Bilder an euren Kühlschränken hängen, dann erst bin ich glücklich.« Lilli sah Leo mit ihren giftigen Augen durchdringend an, er prostete ihr zu, die Feier ging weiter.

Zwischen zwei Scheiben Toast wurde die Geigenmusik zerquetscht. Wo Leo auch hinhörte, explodierte Gelächter. Die Frauen standen mit schweren Ketten behängt an seinem Tisch, sie beugten sich zu ihm hinab, und Leo zog eine von ihnen auf seinen Schoß, sie schlang ihm die Arme um den Hals. Auch Elliott boten sie sich an, Leo kam es vor, als hätten sie dem Künstler am liebsten ins rohe Fleisch gebissen. Sie ergatterten aber schließlich nur eine Unterschrift von ihm. Elliott kritzelte mit einem Edding auf das Etikett der Weinflasche, er drehte die Flasche zu Leo, er las: *Go To Church Often*. Elliott sah zufrieden aus.

Auf Leos Teller lag unangerührt eine Lammhaxe, er war viel zu sehr damit beschäftigt, die Frau auf seinem Schoß zu balancieren. Wenn man ihn ansprach, nickte er oder tat erstaunt, je nachdem, dann versuchte er über den Kopf der Frau hinweg seine Tischnachbarin mit der Schilderung zu provozieren, dass er an Elliotts Stelle Lilli in einen Python-Overall kleiden und ohne ihre Perücke an die Leine nehmen würde. Sie kicherte. »Oder sind diese Locken etwa echt?«, fragte er. »Sie wirken so bieder, finden Sie nicht?« Die Tischnachbarin kicherte lauter. Leo wandte sich ab und trank von seinem Wein, unsanft schickte er die Frau auf seinem Schoß weg. Warum ging er nicht einfach? Was hielt ihn denn? Hatte er es wirklich nötig, hier den Bohemien zu spielen? Hatte das irgendetwas mit ihm, mit seiner Kunst zu tun?

Erst als er Lillis Blick spürte, bemerkte er, dass er reglos vor sich hin gestarrt haben musste, er wusste nicht, wie lange. Lilli fing seinen Blick ein, schmollte mit ihren künstlichen Lippen, hob demonstrativ ihre grobe Hand und schob sie in Elliotts Schoß.

Leo leerte sein von Fingerabdrücken verschmiertes Glas, schob den Teller von sich und erhob sich von seinem Platz. Noch im Gehen wählte er Rahels Nummer, doch wegen der Lautstärke, den Stimmen und der Musik, konnte er kaum das Freizeichen hören. Er presste das Telefon an sein Ohr, lächelte einem bekannten Gesicht zu und schob sich genervt an einer hysterisch lachenden Frau vorbei. Rahel nahm nicht ab. Er ging die Treppenstufen hinunter und wählte die Nummer noch mal. Es klingelte. Auf der Treppe kam ihm ein kleiner Thailänder entgegen, er war auffällig geschminkt und trug viel Schmuck am Arm. Leo drückte den Klingelton ab und ging nach draußen, wo sich die Gäste zum Rauchen versammelt hatten. Er ging die Liste der gespeicherten Rufnummern durch.

Ebba Blum.

Vielleicht würde sie noch etwas mit ihm trinken gehen.

Er sah kurz auf, um ihn herum standen Männer in Jeans, Krawatten und Baseballmützen, Mädchen mit spitzen, nackten Ellbogen und wirren Haaren. Sie rauchten und unterhielten sich gedämpft. Ein Mann fiel aus der Tür. Er stolperte auf Leo zu und fragte nach Feuer. Leo signalisierte, dass er gerade telefonierte. »Oh, sorry«, meinte der Typ, ohne sich zu rühren, er hatte einen Schnauzer, trug einen weißen Anzug und ein lachsrosa Hemd, das bis unter die Brust aufgeknöpft war, und grinste ihn an. »Was willst du noch? Haub ab!«, fuhr Leo ihn an. Der andere trollte sich endlich.

Leo ging ein paar Schritte über den Hof, sein Handy leuchtete wieder auf. Er hätte nicht gewusst, was er Ebba sagen sollte. Wie war er überhaupt hier gelandet? Früher hatte er sich auf solchen Veranstaltungen amüsiert, weil er sich über die anderen lustig gemacht hatte. Gehörte er nicht längst dazu? Die Leute priesen sich an wie auf einem Fleischmarkt, jedes Stück wollte, ja musste eine Besonderheit sein. Ihre Einzigartigkeit um jeden Preis atmete Einsamkeit aus jeder Pore. Leo spuckte auf das Pflaster. Er schaltete sein Telefon ab, ging noch einmal die Treppen hoch, der Musik entgegen, ließ sich an der Garderobe die Jacke geben und verließ die Party.

Am nächsten Morgen fuhr Leo auf der Autobahn von Berlin Richtung Hamburg. Rahel hatte er nirgends erreichen können. Er hoffte, sie würde sich an ihre Vereinbarung halten, er würde New York alleine nicht durchstehen.

Leo parkte vor dem Edeka in Garz und marschierte durch die Schiebetüren. Es nieselte. Er besorgte Bier, Jack Daniel's, Würstchen im Glas, Brot und Butter und stellte alles im Korb aufs Laufband. Die Dame an der Kasse sah ihn ausdruckslos an und drückte ihm das Wechselgeld in die Hand.

Später, als er den letzten Rest von Frau Wehndorfs kalter Lasagne gegessen hatte und ein melodisches Wehen die zarten Blätter im Garten bewegte, machte er sich wieder an die Arbeit. Er wollte sich vom Vorabend ablenken, wollte das Opening vergessen, aber es gelang ihm nicht, sein Unbehagen zu verdrängen. Berlin hin, Berlin her, es fraß seine Tage auf und vergiftete seine Gedanken. Wieder und wieder sah er nach seinem Telefon.

Er fragte sich, ob er überhaupt noch etwas zu empfinden vermochte. Hatte sich die Gleichgültigkeit, mit der er Rahel bei ihrem Streit begegnet war, nicht schon längst seines ganzen Lebens bemächtigt? War Rahel nicht nur das Spiegelbild dessen, was aus ihm geworden war? Aus ihrer Liebe? Sie hatten sich korrumpieren lassen, indem sie Teil jener Gesellschaft wurden, von der sie lebten. Er wusste, er war nicht gerecht. Er wusste, dass Rahel mehr war als die glatte Oberfläche, als die sie sich darbot – und zu der er sie gemacht hatte. Zum ersten Mal ahnte er, dass ihre Verzweiflung, ihre Einsamkeit der seinen in kaum etwas nachstand. Aber es war zu spät, sie konnten nur mehr die Form wahren, mehr nicht.

Er strich den Pinsel am Hintergrund von *Windstoß* ab und betrachtete nachdenklich das unfertige Porträt von Rahel.

Nachmittags aß er Würstchen und fühlte sich einsam, er griff zum Telefon. Tobias ging nicht ran. Leo blätterte in Zeitschriften und überlegte, während er noch ein Bier trank, im Gasthof von Garz noch einen »Strammen Max« zu essen. Doch eine Stunde später saß er noch immer am Tisch.

Der Jack Daniel's schmeckte ihm überhaupt nicht, aber er sorgte für Ruhe in seinem Kopf. Ab und zu trat er an eines seiner Bilder, strich Pinsel ab, mischte Farben.

Es dämmerte und wurde schließlich Nacht. Leo saß mit der halbleeren Whiskyflasche draußen auf der blauen Holzbank, wartete, dass ein Stern vom Himmel fiel, damit er sich etwas wünschen konnte, und versank in der klaren Nacht.

Durch die Mauerreste einer Klosterruine folgte er einem Mönch über sandigen Boden und staubige Schotterwege, durch etliche Tore und verfallene Räume. Vor einer Eisenpforte überreichte der Mönch Leo einen Gegenstand, nicht größer als sein Daumen, der so schwer in seiner Hand wog, dass er ihn kaum tragen konnte! Schließlich standen sie auf einer Sanddüne, unter ihnen erstrahlten am Horizont dicht an dicht die Dächer der Häuser in edelstem Gelb, die Kuppeln der Moscheen und Synagogen leuchteten golden. Die Helligkeit der fremden Stadt setzte sich vom nachtschwarzen Himmel ab, er besaß die Farbe einer Feigenhaut.

Feuerwerk zerfiel unter dem Firmament, Gesänge und Musik ertönten. Schellen und Glockengeläut drangen zu ihnen hoch. Über den sandigen Boden wankten Kamele, behängt mit Schmuck, bunten Tüchern und roten Stricken wie in einer Zirkusmanege hintereinander im Kreis. Auf dem belebten Marktplatz tummelten sich unzählige Dunkelhäutige und Mohren, sie waren in weißes Leinen gehüllt; in den langen Gewändern sahen die Männer wie Frauen aus, der Bartwuchs verhüllte ihre Lippen und Konturen. Diejenigen, die Violine spielten oder ein Tamburin schlugen, hatten die Ärmel ihrer Kleider bis zum Bizeps hochgekrempelt, die meisten trugen über die Schultern gelegt einen roten Kaftan, braune Kordeln dienten ihnen als Gürtel. Kinder spielten im Sand, schwenkten gelbe Taschentücher und tanzten zur Musik. Fackeln verschwanden, von dunklen Gestalten getragen, in den engen Gassen. Leo empfand ein überschwängliches Glücksgefühl. Begeistert stolperte er die Sanddüne hinab auf den Platz und erkannte im Gewühl der Menschen eine junge in goldene und violette Tücher gekleidete Frau. Sie hatte wunderschöne Augen. Die dunkle Silhouette eines Mohren wirbelte vorbei. Leo erspähte eine Gestalt mit hohem Turban, stolze uneitle Männlichkeit ausstrahlend. Ein anderer mit kurzer Nase hockte am Rand der Gesellschaft auf der Erde, er hatte die Beine zum Schneidersitz verschränkt und seine spitzen Schuhe neben sich in den Sand gestellt. Suchend lief er umher, er lachte, und dann fand er seine Eltern. Seine Mutter kam auf ihn zu, aber es war nicht seine Mutter, es war Ebba, natürlich, endlich erkennt er sie, er läuft zu ihr hin, er will sich bei ihr bedanken, er muss sich von ihr verabschieden, nimmt sie in den Arm und– : »Herr Becker! Herr Becker, stehen Sie auf, Sie sind ja vollkommen erfroren«, hörte er eine Stimme.

Leos steifer Nacken schmerzte, als er den Kopf von der Armlehne hob. Er blinzelte in weißes Tageslicht. Frau Wehndorf stand über ihm. »Was machen Sie hier draußen? Es ist nass, es ist kalt, Sie holen sich noch den Tod.«

Leo ächzte, dabei glitt ihm eine Glasflasche aus den Fingern und schlug auf den Stein.

»Los, stehen Sie auf, ich helfe Ihnen.« Er fühlte Frau Wehndorfs Griffe, sie versuchte, seinen Oberkörper aufzurichten. Mühsam stellte er sich auf die Füße und legte seinen Arm, so gut es ging, über ihre Schulter. Er schleppte sich mit ihrer Hilfe zur Tür, zwang sich, die Treppen hochzugehen, und legte sich in sein Bett. Frau Wehndorf nahm ihm die Schuhe ab. Er verfolgte mit aufgerissenen Augen, wie sie sie auf den Heizkörper stellte und das Ventil ganz aufdrehte, und sank zurück in sein Kissen. Frau Wehndorf stopfte die Decke unter seine Beine und Arme und legte eine Wolldecke darüber. Leo starrte stumm an die Zimmerdecke, die Traurigkeit drang wie Wasser in seinen Körper und zog ihn allmählich in die Tiefe.

»Ich mache Ihnen Apfelessig mit Honig, das hilft Ihnen zu schlafen und einen klaren Kopf zu kriegen.« Er gab keine Antwort. Frau Wehndorf verschwand und, so kam es ihm vor, stand schon im nächsten Augenblick wieder an seiner Bettkante. Mit trockenen Lippen nippte Leo am Glas, führte es, von seinen geschwollenen Fingern umschlossen, immer wieder zum Mund. Dann übermannte ihn die Traurigkeit, und heiße Tränen füllten seine Augen. Frau Wehndorf nahm ihm das Glas aus den Händen und redete auf ihn ein, er müsse jetzt schlafen. Leo biss sich krampfhaft auf die Unterlippe und versuchte zu formulieren, er habe zu viele falsche Entscheidungen getroffen. Er habe so viele Fehler gemacht.

»Sie müssen ein bisschen schlafen«, hörte er ihre Stimme, die vom Klingeln eines Telefons unterbrochen wurde. Frau Wehndorf eilte fort, zum Apparat, und er hörte, wie sie sich meldete. »Er ist nicht da, er wollte einen langen Spaziergang machen.«

Leo erwachte am frühen Nachmittag, Herr Muschaweck mähte seinen Rasen. Als Erstes schleppte er sich unter die Dusche, sein Schädel donnerte und seine Nase lief. Neben vier Stück Schokoladenkuchen auf der Küchenablage fand er Frau Wehndorfs Zettel mit der Nachricht, Max käme morgen um elf zu ihm, um über die Bilder zu sprechen. Im Stehen aß er zwei Stück Kuchen, wanderte zu seinen Bildern und war erstaunt, wie unfertig jedes einzelne war. Gleichgültig musterte er seine Werke, dann fiel sein Blick auf *Zerstörtes Zimmer*.

In einer großen Diagonalen, die von oben links nach unten rechts verläuft, liegen ein der Länge nach gekipptes Bett mit verschlissener Matratze und ein umgeworfener Tisch mit weißer Tischplatte. Daneben, im Vordergrund, liegt zersplittert das Gebein eines Holztisches. Als Leo mit dem Bild begonnen hatte, wollte er die Selbstzerstörung einer Gesellschaft malen, der er sich nicht zugehörig fühlte. Aber inzwischen sah er es mit dem Gefühl an, dass er der Zerstörung genauso unterlag, ja, sich ihr unterworfen hatte. Mit Abscheu betrachtete er sein Bild, die auf dem Boden zerstreuten Schuhe, Perlen, Kleider, bunten Tücher, Sonnenbrillen, den Hut, die Handtaschen und den zerbrochenen Parfumflakon. In die linke Ecke des Raums hatte er eine Kommode gemalt, alle Schubladen sind geöffnet, Stoffe quellen aus den Fächern. Die Tür ist aus den Angeln gerissen, neben dem Türrahmen hängt schief ein Spiegel, an der Rückwand klafft eine abgerissene Tapetenstelle. So hinterließen die Menschen die Feste, auf denen sie ihre Helden feierten, dachte Leo. So musste es ausgesehen haben, nachdem sich der assyrische König Sardanapal im Schlafgemach seines Palastes in Ninive eingeschlossen hatte, um seinen eigenen Kriegern zu entkommen. Als er einer Verschwörung zum Opfer fiel, ließ der Herrscher, der in übertriebenem Luxus gelebt hatte und für seine Genusssucht und Lüsternheit bekannt war, einen Scheiterhaufen errichten, sein herrschaftliches Bett darauf stellen, legte sich hinein, sah zu, wie seine Wachen auf sein Geheiß seine Kurtisanen, eines seiner Pferde, seine Lieblingshunde und seine Pagen töteten, und ließ sich von dem Mundschenk einen Krug Gift bringen. Leo hatte das Gefühl, ständig in Sardanapals Gemach zu leben.

Wieder regte sich in ihm ein dominant rotes Gefühl. Im Haufen der übereinandergeworfenen Tücher stach ein blutiger Stofffetzen hervor, Leo hatte den Eindruck vermitteln wollen, als klaffe in der Leinwand ein blutiger Schnitt, wie von einer Axt. Seine aufkeimende Zerstörungswut erschreckte ihn. Stumm versuchte er, sich aus dem zertrümmerten Zimmer herauszubewegen, sich dem Zugriff der Geister zu entziehen. Er wollte nicht verzweifeln, er wollte hoffen, er wollte malen. Er wünschte sich, er könnte die Tür zu jenem Chaos schließen und vernageln, könnte ein Fenster ins Bild malen, durch das er den Himmel sah. Er wollte nicht zu dieser Gesellschaft gehören, er wollte sich nicht zugehörig fühlen, und doch konnte er sich nur von ihr distanzieren, indem er zu ihrem Betrachter wurde und sie malte. Eine Distanz, die nicht gelang. Er war in ihrem Sog. Er musste sich abgrenzen, um sich ungebunden zu fühlen.

Er schob alle wütenden Gedanken beiseite, zog sich die festen Schuhe an, nahm sich noch einen Apfel und das letzte Würstchen und schloss die Terrassentür hinter sich. Mit festen Schritten ging er auf den Waldrand zu. Er wollte die Axt, mit der er *Zerstörtes Zimmer* gemalt hatte, aus den Händen legen und stattdessen einen Stift zur Hand nehmen, mit dem er wieder weiche Linien zeichnen konnte.

Wieder und wieder fühlte er das Telefon in der Jackentasche. Warum rief er Ebba nicht einfach an und fragte, ob sie zum Porträtsitzen nach Garz kommen wolle?

Unsinn, er hatte gar keine Zeit für so etwas.

Was sollte er ihr auch sagen? Ebba führte ihr eigenes Leben, genau wie er. Nur war er sich plötzlich nicht mehr sicher, ob dies das Leben war, nach dem er sich immer gesehnt hatte. Der Erfolg hatte einen schalen Geschmack bekommen. Er hatte gar keine Lust auf Gesellschaft, sehnte sich aber nach einer klugen Unterhaltung.

Er wollte Ebba malen. Der Wunsch begleitete ihn schon seit, ja seit wann eigentlich? Seit ihm seine Frauenfiguren so laut, so bunt, viel zu grell gerieten. Ebbas Bild war wieder aufgetaucht. Er dachte an Ebba im Nachthemd mit offenen Haaren, er dachte an Ebba im Kleid, die sich die Schuhe band, er dachte an Ebba in Latzhosen und Gummistiefeln, er dachte an Ebba beim Baden. Er wollte tausend Skizzen von ihr anfertigen, nur um ihr nahe zu sein, nur um sie berühren zu können. Doch sie war nicht da, sie war nur eine stechende Vorstellung.

Leos Telefon klingelte, und er zog es aus der Tasche in der unsinnigen Gewissheit, dass es Ebba sein würde, dass sie ihn nach all den Jahren noch immer spürte, dass sie um seine Verzweiflung wusste. Er beeilte sich, den Anruf entgegenzunehmen, Max war dran, er wollte wissen, ob er seine Nachricht bekommen hatte.

Erst als es zu dämmern begann, kehrte er von seinem Spaziergang zurück. Er arbeitete bis zwei Uhr morgens, legte sich auf die Couch, stellte den Wecker auf sechs Uhr und schlief sofort ein.

Am folgenden Tag, mittags, lief Max – das Telefon in seiner rechten Hand – im Kreis durch die Licht- und Schattenquadrate, die auf dem Fußboden des Ateliers lagen. Immer wenn er etwas sagte, was Leo sich zu Herzen nehmen sollte, schnitt er den Satz mit der Handkante in Scheiben. Er deutete auf *Zerstörtes Zimmer*.

»Hast du was gegen unaufgeräumte Zimmer?«, fragte Leo, der im Schaukelstuhl saß.

Max stand breitbeinig mit dem Rücken zu Leo. Sein Telefon ließ er mal in der Hosentasche verschwinden, mal zog er es wieder heraus, um mit dem Gerät auf die Leinwand zu zeigen.

»Eine zerstörte Schaufensterauslage«, sagte Max, wandte sich um und fuhr fort: »Ich überlege nur, was dem Bild fehlt. Es könnte den Sammlern zu chaotisch sein. Wer lässt sich so was schon freiwillig ins Wohnzimmer hängen?«

»Dir fehlt die nackte Frau.«

»Na ja«, Max stutzte, »das ist es, was sie wollen, es verkauft sich eben besser. Ich meine, vielleicht kommst du auch auf eine andere kleine Idee. Etwas Geistreiches, ein Schmunzeln.« Er rieb sich das Kinn. »Ja, warum nicht? Vielleicht versuchst du, noch irgendwo etwas Sex reinzubringen oder etwas, was man später als eine intime Wunschvorstellung entziffern könnte.« Er lachte: »Das war ein Spaß.«

»Und das ist eine Lüge.«

Max musterte Leo: »Ich finde die Vorstellung amüsant.«

Nach einer Pause setzte Leo ein: »Du meinst, sie wollen ein Bild, keinen Spiegel. Oder?«

»Sooo kann man es auch sehen«, sagte Max gedehnt. »Mal einen kleinen Witz rein.«

»Meine ich doch!« Leo war genervt.

»Wie wäre es mit einer jungen Frau, die zwischen den Trümmern ihren letzten Atemzug aushaucht? Du solltest noch mal den Delacroix aufgreifen, der dich zu dem Bild inspiriert hat.«

»Es ist so verdammt selbstverständlich geworden, nur noch an sich selbst zu denken, sich eine Identität zusammenzukaufen, als bräuchten wir Schmuck, Schuhe, Sonnenbrillen und Taschen zum Leben. Als könnten wir uns damit unserer eigenen Vergänglichkeit widersetzen! Wir spielen uns zu selbstsüchtigen Herrschern über Leben und Tod auf, genau wie Sardanapal, der zu feige ist, sich seinen Soldaten zu stellen. Wir werden doch am Ende alle vom eigenen Militär überwältigt. Wir glauben daran, dass Glück, Erfolg und Geld machbar sind, aber wir können unser Schicksal nicht kontrollieren.« Leo setzte nach einer Pause an: »Ich habe nicht den Moment *vor* der Zerstörung, sondern den Moment *nach* der Zerstörung festgehalten. Alles, was zurückbleibt, ist das Material. All die kostbaren Dinge sind am Ende wertlos, egal welche Rolle sie für uns gespielt haben.«

Max sagte: »Und zuletzt gehen die Musiker.«

Leo lächelte. Einen Moment schwiegen sie. Leo wollte sich eine Zigarette anzünden, doch er ließ es bleiben. Er hatte eine Idee, wie er in dem Bild noch etwas ergänzen könnte, etwas musste die Schlacht überleben, eine zarte Figur, eine kleine Tänzerin vielleicht.

»In zehn Tagen kommt die Spedition.« Max blätterte in seinem Taschenkalender.

»Wie bitte? Zwei Wochen?«

»Zehn Tage.«

»Das ist zu schnell! Wie soll ich die Dinger trocken kriegen?«

»Mach dir doch darüber keinen Kopf, die transportieren auch feuchte Bilder. Oder kauf dir im Eisenwarenladen einen Ofen.«

»Ich bräuchte mindestens vier Öfen!«

»Ich schick dir welche aus Berlin.«

Zehn Tage! Von Beginn an hatte er sich von den Konditionen und der Zeitspanne einschnüren lassen. Wie viel Zeit brauchte er, um zwölf Bilder zu malen? Er zweifelte an seiner Arbeit, und Wut überkam ihn, nicht mehr die Zeit zu haben, jedes einzelne noch mal zu überarbeiten, die Arbeit an ihnen abzuschließen. Erst im langsamen Entstehen erhielten seine Bilder Tiefe und Gehalt;

setzte er das Wesen seiner Malerei aufs Spiel? Wenn er es in neun Monaten schaffte, produzierte ein Nächster für doppelt so viel Geld in vier und wieder ein Nächster in drei Monaten die gleiche Menge an Bildern.

Doch der eigentliche Wahnwitz war, dass er in den nächsten fünf Jahren kaum würde malen dürfen, um die Rarität seiner Bilder zu gewährleisten. Er durfte nicht über den Bedarf hinaus malen, musste verknappen, um nicht zu riskieren, dass seine Werke auf dem Kunstmarkt an Wert verloren.

Das machte doch keinen Sinn; alles, was um ihn herum hing, schien überschattet von zu vielen fremden Interessen. Mit Leos Verständnis von Malerei hatte das alles nichts mehr zu tun. Grimmig sah er auf die Spitzen seiner Cowboystiefel.

»Morgen ist Steve in Berlin. Wir gehen was essen, kommst du dazu?«, fragte Max. »Bevor du dich die letzten Tage wegschließt, kannst du ja noch mal gesittet auf den Putz hauen.«

Leo setzte sich wieder und schaukelte im Stuhl. Er dachte darüber nach, ob er sich vollends der Pflichterfüllung unterworfen hatte, ob er überhaupt noch *frei*schaffend war. Quatsch, er malte aus Überzeugung, natürlich war er ein Maler. Er überlegte, ob ein schlechtes Bild tatsächlich auffallen würde, und kam zu dem Schluss, dass sich ohne die schlechten Bilder die guten von den schlechten nicht abheben könnten. Er erinnerte sich, dass die Abendessen mit Steve immer eine gute Ablenkung gewesen waren. Max unterbrach ihn in seinen Gedanken und sagte: »*Courtesy* hat angerufen, wegen eines Termins für das Shooting mit dir und dem Fotomodell.«

»Sie sollen zur Hölle fahren, ich habe dir gesagt, das mache ich nicht.«

Max wurde streng: »Wir haben kaum noch Zeit bis zur Ausstellung! *Die* amerikanische Zeitschrift fällt auf die Knie, um dich zu bekommen.«

»Sie könnten auch auf dem Bauch robben – Max, ich mache keine Modeaufnahmen.«

»Du wertest das Interview einfach als Modeaufnahme ab! Es geht nicht darum, ob sie dich einkleiden, es geht um Publicity.«

»Als hätte ich nicht schon genug davon!«

Max lachte: »Es gibt keine Maßstäbe da draußen. Glaubst du, einer von denen behauptet, du hättest *zu viel* Publicity?«

Leo schwieg.

»Leo, es reicht, dass du Rahel aufs Spiel gesetzt hast. Sie ist dein Kontakt nach draußen, du brauchst sie. Rahel arbeitet zwar noch, aber du solltest sie mal in der Galerie sehen! Sie ist unglücklich, ihr fehlt jeder Elan. Was ist bloß mit euch los?«

»Ist meine Frau jetzt etwa auch Teil meines Marktwerts geworden? Oder wird demnächst auch unser Privatleben versteigert?«

»Was ich sagen will, ist, dass du es dir nicht leisten kannst, alle vor den Kopf zu stoßen. Das Interview abzusagen ist, als ob … als ob du, was weiß ich, die Ausstellung im Met absagen würdest. Das ist Dummheit!«, fuhr Max energisch fort.

»Dummheit!«, schrie Leo. »Was bist du nur für ein Arschloch! Dumm ist es, sich einkleiden zu lassen, für Modedesigner zu werben und neben sich ein Model drapieren zu lassen.«

»Dann machen wir es ohne Model.«

»Ich mache es überhaupt nicht.«

»Herrgott Leo, bist du naiv! Dein Ruhm wächst nicht einfach so auf dem Misthaufen!«

»Ich weiß nicht, warum er immer noch mehr wachsen muss. Und überhaupt ist *Courtesy* ein Glanzmagazin für arrogante Arschlöcher.«

»Es ist eine superplatzierte Fotostrecke in *dem* Heft schlechthin. Uns geht eine Riesenauflage durch die Lappen! Wie sonst willst du so viele Menschen da draußen erreichen?«

»Aha, rückst du doch endlich raus mit der Sprache, du willst mehr Käufer an Land ziehen.«

»Ja verdammt, das ist mein Job!«, rief Max. »Du willst doch verkaufen, damit du malen kannst.«

»Die Rechnung geht nicht mehr auf, das weißt du doch selbst.«

»Du begreifst einfach gar nichts. Du begreifst wirklich nichts!«, wiederholte Max. Nach einer Pause setzte er neu an: »Leo, das sind die Grundsätze des Marktes. Glaubst du, die kaufen dich, weil du malen kannst? Glaubst du an Talent? Verstehst du denn nicht, dass es darum gar nicht geht? Der Name Leo Becker basiert auf einer Strategie. Wir sind im Krieg – in vielerlei Hinsicht. Da draußen verbinden sehrsehrsehr wenige etwas mit Schlachtszenen von Delacroix. Wir sprechen doch nicht über einzelne Bilder, über *Zerstörtes Zimmer*, über *Forsthaus in Weissenbach II, The Tea Cup* oder *Woman Sag Harbour*. Mit Titeln kann keiner mehr was anfangen. Wir reden über Namen, über Marken wie *den* Klimt, über *den* Pollock und *den* De Kooning. *Den* Leo Becker. Sie wollen dich als Person. Ich rate dir, mach das Shooting.«

»Ja, und dann?«, fragte Leo.

Max wurde sofort wieder lauter. »Dann steigt dein Marktwert. So einfach ist das. Ja, so platt, so funktioniert die Welt.«

»Die Welt oder der Krieg?«

»Die Welt ist Krieg«, sagte Max.

Kapitel 12

Rahel schaute auf die Spiegelungen in der weiten Fläche des Meeres, und ein schmeichelnder Wind strich über ihre Haut. In einem roten Kleinwagen fuhren sie mit heruntergelassenen Fenstern an unberührten, grünen Flecken vorbei, auf denen Büsche und Bäumchen wucherten. Der Weg zog sich in engen Serpentinen den Berg hinauf.

Sie waren auf dem Weg nach Es Cubeles, wo Ernst Bliemel wohnte. Sie hatte Finn ein bisschen von ihren früheren Begegnungen mit dem Sammler erzählt. Großer Reichtum hatte es ihm ermöglicht, eine Kerbe in den Fels schlagen zu lassen, auf dem nun sein Haus stand, nur, um vor jedem Gast behaupten zu können: der teuerste Blick in ganz Europa! »Ernst mag mich sehr«, schloss sie stolz.

Finn sah sie belustigt an, dann achtete er weiter auf die enge Straße.

»Er wartet schon seit Jahren auf ein Bild von Leo.« Sie biss sich auf die Lippen. Sie hatte sich fest vorgenommen, in diesen Tagen nicht an ihn zu denken, nur von ihm zu sprechen, wenn es sich gar nicht vermeiden ließ. »Magst du Trüffel?«, fragte sie Finn, um ihn von ihrer Bemerkung abzulenken.

»Nicht besonders, aber ich esse sie, wenn es nicht anders geht.«

Früher hatte sie Trüffel auch nicht gemocht, doch in den letzten Jahren hatte sie sich an den erdigen Geruch und den staubigen Geschmack gewöhnt. »Nun, es würde mich nicht wundern, wenn es heute welche gibt!« Rahel drehte das Fenster weiter runter. Seit dem Streit mit Leo hatte sie in Berlin das Gefühl gehabt, zu ersticken, sie war früher nach Ibiza gereist als geplant, Finn war nachgekommen. Sie schloss ihre brennenden Augen und atmete tief ein. Das Salz auf ihren Lippen schmeckte gut.

Finn sicherte den Wagen auf dem Kehrplatz, und Rahel stieg aus. Sie genoss den Ausblick und stellte sich vor, aufs Wasser hinaus zu segeln, bot sich mit erhobenen Armen der Brise an. Sollte Ernst ruhig mit seinem teuren Haus angeben, es war wirklich einer der schönsten Orte, die sie kannte! Sie ließ ihre Arme wieder sinken und ging mit Finn über trockene Pinienzapfen zur Pforte. Sie rüttelte an der Klinke, doch das schwere, schwarze Tor ließ sich nicht öffnen. Durch die Eisenstäbe schaute sie auf Wasserspiele und Blumenbeete, die den Weg auf die Terrasse säumten. Eitle Blüten zierten die Beete, die Büsche und kleinen Bäumchen waren ordentlich zurückgeschnitten, ihre wilden Formen mit der Gartenschere gestutzt. Anthrazitfarbene Metallputten mit Musikinstrumenten schmückten einen plätschernden Brunnen. Nirgends sahen sie einen Menschen, und Finn fragte, ob sie sicher sei, dass man sie heute erwartete. Doch da trat Bliemel aus der Sandsteinkulisse. Rahel winkte und rief: »Das Tor ist kaputt!«

»Ach ja – ja, ja«, sagte Bliemel, als er gemächlich auf sie zukam. »Seit zwei Tagen, es klemmt ein bisschen, nicht schlimm«, und mit einem gewaltigen Ruck riss er das Tor von innen auf. »Man muss von außen dagegentreten, dann geht's.« Er schob die Sonnenbrille ins schüttere Haar zurück. Rahel fiel auf, dass er sich verändert hatte, seit sie sich das letzte Mal gesehen hatten. Als hätte sein früherer lauter Charme durch das jahrelange Nichtstun endgültig an Glanz verloren. Er empfing sie mit offenen Armen und pflanzte ihr zwei Küsse auf die Wangen. »Leo hat nicht nur in der Kunst einen guten Geschmack«, schwärmte Bliemel. Rahel versuchte zu lächeln, überreichte ihm eine Schachtel Zigarren als Geschenk und stellte Finn vor.

Zu dritt schlenderten sie den Weg zum Haus entlang, während sich hinter ihnen das Tor automatisch wieder schloss. Bliemel trottete wie ein müder Hund neben ihr her und fabulierte über die Herkunft des roten Kamelienstrauchs vor der Villa. Rahel lauschte seiner Stimme und ließ ihre Blicke an den Mauern hochklettern. Von der Dachterrasse kam das Kläffen eines Hundes.

Bliemel führte sie um das Haus herum an die Steinbrüstung, von der man hundertsiebzig Meter in die Tiefe blickte, wo lautlos die Brandung brach. Als hinter ihnen eine Stimme ertönte, drehten sich alle um. Bliemels Frau kam mit einem großen »Hallo« durch die Terrassentür auf sie zu, und ihr Mann trottete ihr entgegen. Rahel tauschte Blicke mit Finn, der sich über Ises auffällige Aufmachung zu amüsieren schien. Ihr Schmuck war genau auf die Sonnenbrille abgestimmt, und ihr gelber Pullover harmonierte perfekt mit der Färbung der Haare. Rahel beachtete Finn nicht weiter und ging ihr ebenfalls entgegen. »Sag mal!«, begrüßte Ise sie. »Wie lange warst du nicht mehr hier? Wie geht es dir?« Sie schlug die Hände zusammen.

»Gut geht es mir. Das ist Finn, ich habe euch von ihm erzählt, er hat schon viel von eurer Sammlung gehört und würde sie sich gerne einmal näher ansehen.« Finn führte Ises Hand an seine Lippen, was Rahel völlig übertrieben fand, er war doch kein Bittsteller.

Sie hörte das Bellen eines Hundes und Bliemel, der »Vincent, ist gut!« rief. Ein Dackel kam eine Steintreppe heruntergerannt, er wedelte mit seiner langen Rute. Als er an Rahel hochsprang, sah sie, dass er nur noch ein Auge hatte. »Lasst uns reingehen!«, lud Bliemel ein. »Ich würde sagen, wir gehen erst durch die Sammlung und setzen uns dann zum Essen.« Rahel hatte sie vor etwa eineinhalb Jahren mit Max besucht, sie hatte sie nicht sehr begeistert. Bliemel besaß aus »seiner New Yorker Zeit«, was man damals in der Szene erwarb: eine Auswahl der sechs Top-Galeristen in Manhattan. Als sie die Treppe hochgingen und in ein weites, helles Zimmer traten, zeigte ihr Bliemel stolz seine »deutsche Ecke«, wo er seit Langem einen Platz für Leos Bild freihielt. Er dankte Rahel noch einmal ausdrücklich für die Zigarren, die er mit beiden Händen umklammerte, richtete sich an Finn und erzählte ihm, wie er an seinen Jan Klippgen gekommen war. Das Tierbild sei ursprünglich an einen deutschen Sammler gegangen, der habe es nach L.A. weiterverkauft, wo es bald in einer Auktion gelandet war. Nur dank seiner »guten Spione« habe er davon erfahren. »Der Hammer ging für mein Gebot nieder, und dann hing es in meinem New Yorker Büro. Aber hier habe ich natürlich viel mehr Platz für meine Deutschen.«

»Haben Sie auch eine amerikanische Ecke?«, fragte Finn.

»O nein, das lohnt sich momentan nicht«, erwiderte Bliemel nüchtern, »die jungen Deutschen sind gerade ganz oben. Dort«, sagte Bliemel zu Rahel, die eng an Finns Seite stand, »kommt dein Mann hin!« Er deutete mit seinem Zeigefinger auf die leere Stelle an der Wand und warf ihr einen Blick zu, bei dem sie sich nicht mehr sicher war, ob Bliemel sie wirklich mochte. Meinte er etwa, dass er schneller an ein Bild von Leo herankam, indem er sie zum Essen einlud? Verwirrt und peinlich berührt senkte sie sekundenlang ihren Blick, dann hörte sie sich weiter an, was Bliemel ihr zu erzählen hatte.

»Weißt du, Liebes, es ist schon etwas ganz Besonderes, lebende Künstler zu sammeln – es gibt nichts, was aufregender, aber auch nichts, was frustrierender wäre. Es ist so unberechenbar! Adrenalin pur – nie kannst du sicher sein, ob ein Künstler eingeht, seinen Malstil ändert oder gar aufsteigt! Immer wenn ich an meinem Klippgen vorbeigehe, frage ich mich, wann er sich den vierfachen Wert erhangen hat. Das ist einfach besser als die Börse.« Bliemel sah sie an. »Aber nun sag schon, wie geht es Leo?« Er klang besorgt.

»Gut! Sehr gut. Sehr, sehr gut«, Rahel löste sich von Finn und trat zu Bliemel. »Er arbeitet, er hat doch bald seine große Eröffnung in New York. Du kennst ihn, er ist sensibel und setzt sich selbst oft zu stark unter Druck.«

Bliemel blickte zur Decke, und seine Stimme wurde ganz warm: »Ich sehe ihn schon an der Wand. Ich sehe ihn schon!«

Rahel schoss ein Bild von Leo in den Kopf, wie er im Berliner Atelier saß, in seinen Lieblingsjeans, und stundenlang schweigend vor seinen Bildern gesessen und Zwiesprache mit ihnen gehalten hatte. Sie schüttelte es ab und verließ mit Finn hinter Bliemel den hellen Salon mit Blick aufs Mittelmeer. Er führte sie durch ein grünes Zimmer, an einer großen Zimmerpalme in einem antiken Ölfass vorbei, sie folgten ihm durch einen breiten Flur, in dem links und rechts Fotografien, Tuschezeichnungen, ein Ölbild und ein Druck hingen, alles berühmte Namen. Finn hörte nicht auf, überflüssige Bemerkungen zu machen. Er fragte nach den Preisen der Bilder und spielte sein Interesse für die Kunst unnötig auf. Rahel hatte so viele Sammlungen gesehen, der Kunstgeschmack anderer Leute war immer weniger mitreißend geworden. Sie hatte gerade einfach nicht die Geduld, sich jedes Bild einzeln anzuschauen.

»Wie gefällt dir dieses Bild? – Ein Hong Oyama.« Bliemel blieb stehen.

»Ist nicht schlecht«, meinte Rahel nach einem flüchtigen Blick, »er braucht wohl noch ein Jahr, um groß zu werden.«

»Genau das wurde mir gesagt. Ein Freund von mir leitet das Visual Arts Department an der Columbia Universität.«

»Ist das nicht«, Finn überlegte kurz, »Gareth James?«

»Ja genau. Sie kennen ihn?« Bliemel schien begeistert.

»Ich habe vor ein paar Monaten ein Interview mit ihm geführt, sehr sympathischer Mann.«

Bliemel stellte sich neben Finn und gestikulierte mit einer Hand: »Er informiert mich über die Hochschulabgänger, die es lohnt, früh zu kaufen. Rahel«, lobte Bliemel, »einen interessanten Freund hast du mitgebracht.«

Sie nickte. Interessant, in der Tat. Bisher war es einfach immer »lange hin« gewesen, bis sie sich wieder gesehen hatten. Kurz sehen, lang vermissen, so funktionierte das. Noch nie hatten Finn und sie so viel Zeit miteinander verbracht wie an diesem Wochenende. Noch nie war er ihr so fremd gewesen.

»Dieses Ding«, Bliemel führte sie weiter zu einer blau angemalten Holzskulptur in seinem Büro, »muss ich verkaufen. Ich habe es schon zu lange, es langweilt mich. Aber viel werde ich dafür wohl nicht mehr bekommen. Das war eine andere Zeit.«

»Ernst hat sich nämlich in den Kopf gesetzt, einen Tisch von John Walton zu kaufen.« Ise trat ins Zimmer und legte ein tragbares Telefon zurück auf ein Ladegerät.

»Herzchen«, sagte Bliemel mit abwesendem Blick, »er *ist* schon gekauft.« Er wandte sich zu Rahel: »1,9 Millionen, über Lars Van Veen. Ein richtig guter Deal für einen einmaligen Tisch.« Bliemel tippte sich mit dem Finger an die Lippe. »Walton macht einfach ganz besondere Arbeiten.« Er lachte: »Ich muss jetzt erst einmal schauen, wie ich den Tisch hier reinkriege«, strich sich eine glänzende Schweißspur von der Schläfe und schien wiederholt das Zimmer mit seinen Blicken auszumessen.

Ise stellte sich neben Rahel und legte sich die Hand aufs Haar: »Er passt womöglich nicht einmal in den Fahrstuhl.«

»Ise und ich hatten eine kleine Meinungsverschiedenheit.«

»Das Ding ist einfach zu teuer!«, ärgerte sich Ise. »Du wirst, wenn dieses Zwei-Meter-Stück erst einmal hier drinnen steht, nicht mal mehr Platz für einen Schreibtischstuhl finden.« Und zu Rahel sagte sie: »Da haben wir extra den breiten Fahrstuhl für die großen Bilder und dann so was.«

»Schatz, du regst dich unnötig auf, dann kommt er eben über die Treppe.«

»Das Ding wiegt eine Tonne!«

Bliemel winkte ab.

»Wenn es um Kunst geht, ist er auf beiden Ohren taub«, sagte Ise kopfschüttelnd.

Die Zigarren von Rahel und den Katalog von John Walton unterm Arm, verließ Bliemel sein Büro und meinte, er sei hungrig. Sie stiegen die Marmortreppen in das von Licht durchflutete Erdgeschoss hinab. Rahel hörte, wie Ise Finn das Interieur erläuterte. Sie griff nach einem faustgroßen Glaskristall, der dekorativ auf dem Tisch lag, und drückte ihn Finn in die Hand. »Sehen Sie mal, eine Sonderkollektion von Rosenthal. Da konnte ich nicht widerstehen. Sind die Engel nicht reizend?« Rahel sah, wie Ise Finn mit einem Ausdruck anlächelte, der frischer Verliebtheit ähnelte. Finn zog ihr den Stuhl zurück, damit sie sich setzen konnte, Rahel schämte sich ein bisschen für ihre Missgunst. Sie mochte Ise nicht, aber sie war trotzdem zu bemitleiden. Sie musste sich sehr einsam fühlen in dieser Kunstfestung über dem Meer.

Als Vorspeise wurde Gänsestopfleber mit Splittern von schwarzem Trüffel serviert.

»Oh, Trüffel«, schwärmte Finn, »ich liebe Trüffel«, und legte sich die Serviette auf den Schoß. Rahel sah ihn ungläubig an.

Bliemel dekantierte den Wein, während Vincent hechelnd unter dem Tisch herumlief. »Ich sterbe für Gänsestopfleber«, hatte er gestanden. »Kunst und Gänsestopfleber – Herr Brankamp, richtig? Auf Sie erhebe ich mein Glas.«

Rahel wollte Bliemel von der Messe in New York berichten, aber Ise kam ihr zuvor.

»Ich wollte auch schon immer ein Buch schreiben«, verkündete sie völlig zusammenhanglos. »Die Landschaft und der Blick aufs Meer regen meine Kreativität an.«

»Und was wäre das für ein Buch?«, fragte Finn mit einem kurzen ironischen Blick zu Rahel, als habe er Spaß daran, Ise zu blamieren.

»Ein Buch über mein Liebesleben mit Ernst. Der Blick und das Meer inspirieren mich zu den besten Ideen, doch dann fehlen mir auf einmal die Worte.«

Rahel sah zu Bliemel, er schien zu schwitzen, denn er tupfte sich mit der Serviette die Stirn ab. Er ignorierte seine Frau und wandte sich, vermutlich, um das Gespräch schnell in eine andere Richtung zu lenken, mit lauter Stimme an Rahel: »Du weißt doch, dass dieser alte Schulfreund von mir auch Kunst sammelt? Er hat sich ein Haus mit extra hohen Decken bauen lassen, um all seine großen Stücke hängen zu können.«

»Er ist umgezogen?«, bemerkte Rahel.

»Ja, ja!«, sagte Bliemel und leckte sein Messer ab. »Herrje.« Er seufzte und tupfte sich den Schweiß von der Backe. »Aber ich ziehe nicht um, ich bin hier glücklich, mit meinem Klippgen. Das war ein guter Kauf.«

»Das ist wahr«, bestätigte Rahel.

»Was kostet ein Bild von Klippgen?«, fragte Finn interessiert.

»Ich habe es für 175.000 gekauft.«

Rahel ergänzte schnell: »Es ist auch wirklich das beste Bild aus seiner *Roten Serie.* Jans liegender Akt ging in der Auktion für eine halbe Million an einen Russen. Nichts im Vergleich zu Leos Akten, aber der Preis ist für einen Maler wie Jan schon sehr ordentlich.«

»Eine halbe Million!« Ernst legte seine Gabel ab.

»Sex verkauft sich auf dem freien Markt immer besser, die Bilder gehen doch gleich mit einem höheren Startpreis in die Auktionen. Es gibt Sammler, die ausschließlich Akte kaufen«, mischte sich Finn wieder ein.

»Wirklich?« Ernst zerteilte sein Tatar. »Das war mir nicht bewusst.«

»Männer hängen sich eben gerne die eine oder andere Vagina an die Wand«, sagte Finn.

»Nein!«, rief Ernst aus und vermischte sein Tatar mit mehr Senf.

Finn setzte nach: »Sex sells. Dumm, aber so funktioniert die Welt.«

Rahel hätte sich fast am Toast verschluckt und spülte das trockene Brot diskret mit einem Schluck Wein hinunter.

»Das heißt, die nackte Frau von dem Russen ist jetzt mehr wert als mein Tierbild aus der *Roten Serie*?«, fragte Ernst.

»Rahel?« Finn und Ernst schienen eine Antwort zu erwarten.

»Na ja, schon«, Rahel hüstelte. »Obwohl beides gute Bilder sind, ohne Frage.«

Sie bemerkte, wie Bliemels linke Hand zu zittern begann, als er seine Gabel zum Mund führte. Ihr fiel auf, wie knapp sein Hemd saß, die Nähte würden bald an den Schultern platzen, wenn er nicht ein paar Kilo abnahm. Sein Hals verband sich nahtlos mit seinem Kinn, der Bauch lag schwer auf seinen Oberschenkeln. Sein Haar war dünn geworden. »Wie geht es dir gesundheitlich?«, erkundigte sie sich.

»Gut!«, sagte Bliemel. Mit siebzig denke er nicht mehr so oft an die Zukunft, sondern erinnere sich lieber an früher, an Bälle, Kreuzfahrten und Urlaube in Arabien, das waren noch Zeiten! Manche seiner Kunstwerke würden ihn schon seit über zwanzig Jahren begleiten, sinnierte er dann und hielt sich mit der rechten Hand an seinem Weinglas fest. Er träume schon lange von einer Galerie in einem Museum, wo er die Bilder nach seinem Tod ausstellen könne. Wie Andy Hinkeldey, sein Vorbild. Dann rief Bliemel nach der Köchin, bat sie, abzudecken und den Fisch mit der Sahne-Senfsauce zu servieren. Er musste wirklich Gefallen an Finn gefunden haben; er prostete ihm erneut zu.

Als vor Rahel der Teller des Hauptganges abgetragen wurde, versank am Horizont die Sonne im Meer. Der Himmel färbte sich blassrosa, das Abendlicht nahm jeden Glanz von den Weingläsern und den Kristallen, und alle Umrisse verschwammen, als die Dunkelheit hereinbrach. Die Stimmung in der fortschreitenden Dämmerstunde wurde ruhig und gelassen. Trotz allem fand Rahel es schade, dass der Nachmittag an diesem besonderen Ort so schnell vergangen war. Beim Abschied standen sie draußen vor den Fenstern und schauten in die schwarzblaue Nacht. Jemand hatte Fackeln angezündet, der Dackel kroch im Halbdunkel umher und bellte die Nachtigall an. Bliemel gab Finn freundschaftlich die Hand und küsste Rahel feucht auf die Wangen.

Im Auto fing Finn zu sprechen an: »Ich mag dich. Ich mag es, ein bisschen verrückt zu sein.«

»Ja«, sagte Rahel verhalten. Nach dem Tag bei Bliemels schien es ihr abwegiger denn je, dass sie mit diesem Mann mehr als eine flüchtige Affäre verbinden sollte.

»Obwohl Bliemel Kunst sammelt wie ein Eichhörnchen Nüsse vor dem Wintereinbruch.« Finn lenkte den Kleinwagen weiter, der

Kegel der Scheinwerfer zog sie durch die Dunkelheit über den Kamm ins Dorf hinab zur Bucht, wo sie ein Meer aus hellen Lichtpunkten empfing.

»Na und? So hat eben jeder einen anderen Geschmack. Hauptsache, er umgibt sich mit schönen Dingen«, antwortete sie knapp und verachtete sich dafür, dass sie Bliemel verteidigte. Aber wie sollte sie sonst auf Finns Kritik reagieren, nachdem sie so mit Bliemels Zuneigung geprahlt hatte? Sie hätte sich eingestehen müssen, dass sie in Bliemels Villa nicht mehr als ein Accessoire war. Sie hätte sich eingestehen müssen, dass ihr auch sonst niemand einfiel, für den sie mehr als nur hübsches Beiwerk war. Sie wünschte, sie würde jemandem begegnen, bei dem es anders war. Sie wünschte, sie würde einen Gefährten finden. Vielleicht, dachte sie, hatte Leo recht. Finn war ein Fehler. Und Leo?

Sie hielten an einer roten Ampel, und Rahel schaute auf zwei kleine Männer am Straßenrand, die im Licht einer Laterne Sand von der Straße fegten. Der Mond nahm zu und lag schief im schwarzen Himmel.

Kapitel 13

Für Leo war es, als lägen Yachten in der dunklen Spree vor Anker. Neben sich sah er andere Männer über die Brücken stolzieren, in ihren gestreiften, engen T-Shirts und den weißen Jeans sahen sie aus wie Matrosen. Inmitten ihrer stöckelnden Entourage gingen sie die Treppenstufen zum Meat District hinab. Mit dem Losungswort »Reservierung« öffnete sich ihnen die Glastür, und auch Leo wurde von goldorangenem Licht empfangen. Links an der Bar standen Gäste mit Prosecco und streng frisierten Haaren, die sich zu ihm umdrehten und ihn von oben bis unten musterten. Die Empfangsdame küsste Leo mit strahlendem Lächeln, schwang ihr schulterlanges Haar und stellte ihren Charme zur Schau. Mit gehobener Brust führte sie ihn durch die Gänge aus Tischen und Stühlen. Für ihn gab es immer einen freien Platz. Hinter dem Fensterglas zur Küche rauchten die heißen, fettigen Pfannen, eine Holsteiner Kuh aus Holz, nicht größer als ein Dackel, stand herum, und ein ausgestopfter Pfau mit angelegtem Federkleid kackte auf den Holzsockel, auf dem man ihn ausgestellt hatte.

Seit es in Mode war, schwul zu sein, waren die Männer bei Weitem in der Überzahl. Nur vereinzelt saßen Frauen an den Tischen und versanken in dicken Stoffpolstern. Die meisten von ihnen trugen Trägertops oder Seidenkaftans, sie entblößten ihre Haut und betonten ihre Formen, als wollten sie jeden Zweifel darüber, was an ihnen echt und was gefälscht war, aus dem Weg räumen. Ihre nackten Oberarme waren mit funkelnden Reifen geschmückt, und ihre vollen Lippen hinterließen dunkle Spuren auf den bauchigen Gläsern, aus denen sie viel zu teuren Wein tranken.

Leo setzte sich und bekam Champagner serviert. Unter der Serviette lag ein Sauerteigkrustenbrot, das aussah wie ein Designobjekt. Lange unterhielt er sich mit dem Maitre de Table, bis er sah, dass Max an der Bar aufgetaucht war. Er steckte gerade etwas in die Tasche seines Sakkos und folgte einem Mann, der mit extrem großen Schritten durch das Restaurant kam. Steve. Er hatte fünf selbstzufrieden lächelnde Frauen im Schlepptau.

»Leo!«, begrüßte ihn der Sammler, der zu einem offenen Hemd eine Krawatte mit aufgesticktem Totenkopf trug. »How are you son of a bitch? Painting?«

Leo stand auf. »Just sex«, sagte er. Steve umarmte Leo, er schien redselig und sagte, er habe seit sechsunddreißig Stunden nicht geschlafen. Er stellte seine Frauen vor: »These are love potions number one through five.« Sie tänzelten herum und bewunderten das exquisite Brot, lachten über einen Gast, der um Hilfe schreiend in seiner berggroßen Portion Kopfsalat ertrank, und schwärmten vom argentinischen Filet. Leo freundete sich mit der Oberfläche von Love Potion Nummer eins an, während Steve auf der Toilette verschwand. Bis er mit aufgerissenen Augen zum Tisch zurückkehrte und Leo ins Ohr flüsterte: »Oh my god! There is a woman in front of the men's room. She's a cabbalist and shouts Americans are pansy!«

Leo lachte und beruhigte ihn, das sei die Toilettenfrau und sie würde weder schreien noch ihm etwas antun, wenn er ihr genug Trinkgeld gäbe. Leo bot an, Steve auf die Toilette zu begleiten, und stieg über die Polsterstühle. Magere, langbeinige Marionetten verschwanden mit ihnen in der jadegrün gefliesten Sanitäreinrichtung. Im Blaulicht der hinterleuchteten Fotografie eines sterbenden Nilpferdes bot Steve Leo zwei rosa Pillen an. »XTC keeps you fit, makes you creative and saves marriages«, sagte Steve. »This is good shit.« Leo vermutete, dass Steves Dealer keinen Müll vertrieb. Nachdem er den Stoff mit Wasser geschluckt hatte, spülte er seine Arme kalt ab und stieß beim Rausgehen auf den Geschäftsführer eines Pressehauses. »Herr Becker! Sie im District!« Der Mann hielt ihm die Hand hin. Leo starrte auf das riesige Zifferblatt der Militäruhr an seinem bleichen Handgelenk. »Ich will ein Bild von Ihnen!

Sie sind das Talent unserer Zeit, Sie sind mein Held.« Leo wich der Hand aus und unterbrach ihn: »Ich bin nur ein weiteres, malendes Arschloch. Schönen Abend.« Steve kam, legte der Toilettenfrau einen Zweihunderteuroschein in die Schale und stieß Leo wieder in die Hitze des Restaurants.

»So, what do we do after midnight?«, fragte Steve, als ihm Nummer zwei den Fleischsaft von der Oberlippe küsste. Leo schlug vor, ins Green Castle, ebenfalls am Spreeufer gelegen, zu gehen.

Unter der gewölbten, verspiegelten Decke des Green Castle spielte eine Live-Band reichen, vollen Jazz Funk. An der Bar erkämpfte sich Leo einen Gin Tonic mit Gurkenscheibe und warf sich dann im Spiegel eines konvexen Bullauges in die Umlaufbahn seines Rausches. Die erste Dosis – es waren nach Aussage von Steve nur Fünfzig-Milligramm-Tabletten – katapultierten Leo auf einen roten Planeten aus Fleisch, auf dem die Frauen tanzten. Seine Wahrnehmung wurde geflutet, und eine Fontäne goldener Begierde und saftiger Blüte schoss aus seinem nüchternen, kanalisierten Selbst. Aus fünf Love Potions wurden schlagartig zehn, und jede verlangte nach ihm, Leo schälte ihre Pfirsichhaut mit gierigen Blicken ab. Er redete, bis ihm Speichel von den Lefzen tropfte. Die Musik machte ihn euphorisch, blaue Coolness trieb ihm die Hitze zwischen die Beine. Leo tanzte, bis sein Blut aus den weiten Poren seiner nassen Haut quoll. Irgendwann konnte er die Sehnsucht nach mehr Nähe zu den Frauen nicht mehr halten und fragte Steve, in welchem Hotel er wohne.

Steve wohnte am Bebelplatz, wo Leo in Zimmer 133 die dritte Pille nahm. Sechs Neon-Stunden waren nach Einnahme der ersten beiden auf der Toilette des District vergangen. Mit gleichbleibend hoher Geschwindigkeit schoss er in immer engere Kurven, ihm wurde heißer. Das gestreifte Teppichmuster im Flur und die schwarzen Rhomben auf grauem Grund im Zimmer weigerten sich, in die runden Öffnungen seiner ekstatischen Blicke zu passen. Das Bett in der Suite war groß, aber zu klein für sieben Personen, die Lampen waren zu pompös, die Vorhänge zu dick, die Rollos zu gestreift. Steve setzte seine Sonnenbrille auch hier nicht ab. Fünf Flaschen Champagner, Wodka, Gin und Whisky standen auf dem rot lackierten Holz der »Private Bar«. Nummer drei verschwand im Badezimmer und ließ Wasser in die Wanne laufen.

»Steve, mach Musik an, ich verstehe nichts von Technik!«, sagte Leo, sank in die schwarzen Kissen des Sofas und ließ sich die Schuhe ausziehen. Steve ließ den Korken knallen, Nummer zwei schob auf dem Tisch vor dem Sofa alle drei Zeitschriften zur Seite, um sich vor Leo niederzuknien.

»Steve, mach die verdammte Musik an!«

Leo sah mit geweiteten Blicken, wie Steve die Fernbedienung aus der Plastikhalterung griff – eine Talkshow sprang an. Immer wieder schlug er die Fernbedienung in seine Handfläche: »Fucking batteries!«

»Steve, mach Musik!« Leo versank in zinnoberroten Lippen und soff Champagner aus dem Chromstahl-Zahnputzbecher.

»Fuck that!«, fluchte Steve und schmiss Leo das Plastikteil in den Schoß, als sei es ein Skorpion. Leo schaltete benommen durchs Menü zu »International Pop«. Er wählte irgendetwas aus, das sich in den nächsten Minuten sechs Mal wiederholte. »I hate Celine Dion«, fluchte der nackte Steve, packte die Fernbedienung erneut und wechselte zu Bon Jovi. Endlich entriss ihm eines der Lebewesen aus Gold den Apparat und wählte eine »Playlist« aus.

»Cheer up, Leo! You know what they say!«

Leo fegte rücklings drei Bücher der *Everyman's Library* vom Tisch.

»If life seems jolly rotten there's something you've forgotten«, kam es aus den Lautsprechern im Fernsehen. »And that's to laugh and smile and dance and do drugs!«, rief Steve.

Manche Dinge im Leben waren einfach beschissen, dachte Leo, Kunst und Frauen trieben ihn in den Wahnsinn. Leo debattierte lauthals über das rote Kolorit des Kissens, verfluchte die Malerei mit Kraftausdrücken und erzählte Nummer drei, wie er damals in Paris aus einem Hotel geschmissen wurde und zwölftausend Dollar Bargeld vom Verkauf einer Skizze unter der Matratze vergessen hatte. Während ihm Nummer eins das Hemd aufknöpfte, fragte er Nummer drei weiter über die Kunst aus, worauf Nummer drei ein Tattoo auf ihrer rechten Pobacke entblößte. »Ain't … always look on the right side of life.«

Leo saugte an der Champagnerflasche und kratzte sich hysterisch am ganzen Körper, bevor er aufstand und die Frau im grauen Gras aufhob, um sie am silbernen Apfelbaum aufzuknüpfen. Sie blieb lebendig, zog ihn in die graue Grotte ohne Schatten und setzte ihn in die Badewanne, nahm ihm die Flasche aus der Hand und goss ihm die eiskalte Flüssigkeit über das Gesicht.

»Always look on the right side of death.«

Leos Körper lag, der vom Alltag befleckten, schmutzigen Wäsche entledigt, ausgestreckt in der Badewanne. An ihm klebte der Fluch der Droge, er raste auf dem Asphalt seiner endlosen Gedanken. Er sang und erzählte, woran er sich nicht erinnern konnte. Flüssig und klar schwamm das Wasser um die Ufer seines Körpers, er versuchte sie, die über ihm schwebte, zu würgen, doch seine nassen Hände bekamen ihren Hals nicht zu fassen. Sie beschoss ihn langsam mit ihren Küssen. Ohne dabei zu atmen, verschlang er ihre Schönheit. Sie mischte sich unter seinen Körper. Alles an ihm war Haut. Ihre Haare hingen wie Glasperlenschnüre herab, der Wind bewegte sie wie Zweige, er liebte sie mehr als alles auf der Welt. Lauter und lauter schrie sie, ihre Rufe hallten in der Grotte, bis Leo ihr seine Hand auf den Mund presste. Knotig, kaum lebendig wand sie sich im Glibber und starrte ihn aus gelben Augen an. Musik schmetterte, jemand zog ihn aus der Wanne. Schließlich fand er seine konturlose Masse auf dem Bett wieder, wo er an fünf Unterhöschen zerrte, um im weiblichen Sumpf nach Perlen zu tauchen. Eine der Nummern stürzte über das hohe Fußende zu Boden, eine andere trat durch die Stratosphäre und überwältigte seine Sinne mit ihrem Duft, er konnte plötzlich wieder atmen und denken: Sein Leben war ein Stück Scheiße, er kam aus dem Nichts, er war ein Nichts und er würde sterben wie jeder andere auch. Was hatte er zu verlieren? »Nothing!« Er schrumpfte und wuchs zugleich, er wuchs über sich hinaus, bis die Venen in seinem Fleisch bis zur Dicke eines Kugelschreibers angeschwollen waren.

Steve dachte wohl, er sei ein Marienkäfer, und zählte mit dem Zeigefinger Punkte auf seinem Körper. Mit verschwitzten Haaren legte sich Leo auf die Couch und halluzinierte Blut an den Wänden des Palastzimmers, es tropfte von der Decke, und er versuchte, die Tropfen mit der Zunge aufzufangen. Glockenschläge kamen aus den Lautsprechern. Leo sah auf Strumpfbänder und auf die von ihnen eingeschnürten dicken Schenkel, er konnte das Zischen ihrer Stimme vom Blinken der Silberfische in den Spiegeln nicht mehr unterscheiden.

Obwohl Leo jede von ihnen sofort geheiratet hätte, schmissen sie die Frauen aus dem Fenster auf den Bebelplatz und starrten mit geweiteten Pupillen den wehenden Haaren hinterher. Die Glocken der Sankt-Hedwigs-Kirche schlugen die volle Stunde und riefen zum Trauergottesdienst, den Rausch zu bestatten. Benzingeruch stand unter den Achseln der Männer, die Splitter der gestörten Wahrnehmung zerstoben wie Asche unter dem laschen Gefühl schwerer Müdigkeit. Leo sprach Flüche am Fließband aus, weil Millionen Ratten durch sein Gefäßsystem rannten. Steve schlug ihm vor, zwei Tabletten Diazepam einzunehmen, um runterzukommen. Leo stand mit nacktem Oberkörper vor dem Spiegel und beobachtete, wie er nach der unendlichen Vervielfältigung wieder in sich zusammenschrumpfte. Superman entwich aus dem blaugelben Latex, übrig blieb eine schlaffe Hülle ohne Saft. Als die Schlaftabletten zu wirken begannen, nahm ihm der rasende Puls im Hals den Atem, alles schwang sich im Kreis, aus dem rechteckigen Waschbecken stolperten Kröten, und vor der Wand der Badewanne wurde eine Kokosnuss zerschossen, Füße trampelten ihn auf den Steinfliesen nieder und Nummer vier ohrfeigte ihn im Sekundentakt, zitternd erlag er dem Geklimper des Münzgeldes in der Kasse, dann drangen nur noch Schreie an sein rauschendes

Ohr: »Fuck! Get the ambulance! He's dying! Fuck, get him to the hospital, I put up some collateral on one of his paintings!«

Als ihn jemand vom Fußboden aufhob, fiel Leo die Zunge aus den blauen Lippen, er sah sie violett auf den Badezimmerfliesen, seine Haut fühlte sich vom Sauerstoffmangel ausgelutscht, jedes Glied hing im Scharnier seiner streikenden Gelenke und Muskeln. Er schwebte durch eine Landschaft, deren Berge und Wiesen mit Tigerfell überspannt waren, und schoss dann wie eine menschliche Kanonenkugel in einen schwarzen Tunnel.

Als er erwachte, blickte er an seinem von Schläuchen durchstochenen Körper herab, im Rhythmus piepsender Geräte schlief er wieder ein.

»Herr Becker, wir beobachten Sie seit gestern. Es besteht Grund zur Annahme, dass Sie Drogen genommen haben. Haben Sie an dem Abend des Vorfalls Drogen genommen?« Der Arzt stand an seinem Bett.

»Nein, nicht dass ich wüsste!«, antwortete Leo. »Ich hatte einen abgefahrenen Abend mit einem Kunden von mir.«

»Wenn Sie sich nicht erinnern können, werden wir Ihnen Blut abnehmen müssen.«

»Stehen Sie unter Schweigepflicht?«, fragte Leo den Arzt.

»Ja, das tue ich.«

»Meine Frau wird also davon nichts erfahren?«

»Sie wird so viel erfahren, wie Sie ihr erzählen.«

Leo nickte.

In seinem Blut wurden Spuren von Amphetaminen nachgewiesen, die Kombination von Ecstasy und Valium hatte zu einer Herzrhythmusstörung geführt. »Nun, Herr Becker, willkommen zurück. Es war knapp.«

Zwei Tage später verließ Leo das Krankenhaus.

Kapitel 14

Am Ende bleibe ich mit einer Geschichte zurück. Ich und die Geschichte, immer die Geschichte, immer ein Lauschen, ein stummes Ich in der lauten Welt.

Gegen Mittag saß Ebba am Küchentisch und schälte Obst.

Am Abend war sie zum ersten Mal seit Jahren wieder auf einer Jamsession gewesen. Der beste Auftritt war der eines Mannes gewesen. Um seinen kräftigen Hals trug er eine Holzperlenkette, und in seinen Augen lag ein Ausdruck, als müsse er sich für immer von jemandem verabschieden. Er sah aus, als wäre er oft betrunken, aber er wirkte dennoch zufrieden. Als er am Mikrofon stand und sein Gesangssolo auf der Gitarre begleitete, zeichneten sich die Adern am Hals unter der dicken Haut ab. Er sang rau und tief, als könne er seiner Liebe nie entkommen.

Sie hatte sich lange mit einem Saxofonisten aus New Orleans unterhalten, der von New York nach Berlin gekommen war und in Kreuzberg einen Buchladen für alte englische Bücher aufgemacht hatte. Sie sprachen über Literatur und die Einbindung des Menschen in den Kosmos. »*It's all energy*«, hatte er ihr noch zugerufen und dann selbst auf der Bühne gestanden. Sie teilte Zigaretten mit den Musikern, es gab Drinks, und niemand fragte sie nach ihrer Vergangenheit. Im Morgengrauen ging sie müde und mit heiserer Stimme zum Taxistand. Bevor sie einstieg, schwor sie sich, bald wieder hinzugehen.

Heute fühlte sie sich, als habe sie jemand über Nacht zur Ader gelassen, schwach, aber ihr Körper füllte sich mit neuem Blut. Die Musik heilte und nährte ihre ausgehungerte Seele.

Sie biss in ein Stück Apfel, als das Telefon klingelte.

»Leo!«

»Ebba.«

»Wo bist du?«

»In Berlin. Wie geht es dir?«

»Mir geht es gut. Was tust du in Berlin?«

Leo antwortete ausweichend, dann beklagte er sich, er käme mit der Arbeit nicht voran und habe einen unkreativen Tag. Sie hatten seit dem Abend in der Bar nichts mehr voneinander gehört. Es war seltsam, seine vertraute und doch fremd gewordene Stimme am Telefon zu hören. Er klang genau wie früher, sogar, was er sagte, kam ihr bekannt vor, obwohl sie sich kaum auf den Inhalt konzentrieren konnte. Plötzlich unterbrach er sich, und seine Stimme klang verändert, fast schüchtern, wie ein kleiner Junge, obwohl er weder leiser noch lauter als vorher sprach: »Aber das sind nur dumme Selbstzweifel. Ebba, können wir uns treffen? Ich meine, hast du Zeit?«

»Wie, jetzt gleich?«, fragte sie und legte den Apfel beiseite.

»Ja. Können wir uns auf einen Kaffee sehen? Ich könnte zu dir kommen.«

Sie zögerte. Warum wollte er sie sehen? Und warum wollte er sie nicht in einer Bar treffen, sondern in ihre Wohnung kommen? Sie wusste, dass er sie um mehr bat als um ein bloßes Treffen. Wollte er wieder in ihr Leben treten, so wie er vor Jahren daraus verschwunden war? Er wusste nichts mehr von ihr, von ihrem Leben, von ihrem Alltag als Klavierlehrerin, aus dem sie alle Ambitionen, ihren Ehrgeiz, ihre Träume, verbannt hatte. Es war ein durchschnittliches Leben, aber es war ungefährlich, und sie hatte sich gut darin eingerichtet. Jedenfalls bis vor Kurzem, bis ihre Vergangenheit sie wieder eingeholt hatte. Sie konnte kaum fassen, dass er sie ausgerechnet heute anrief, am Tag nach ihrer ersten Jamsession seit Jahren. Sie beschloss, dass das kein Zufall sein konnte, und sagte: »Ja, warum nicht. Komm vorbei.«

In der Zeit, bis Leo an der Tür klingelte, verbot sie sich die Gedanken an ihn und kämmte sich dennoch die Haare. Sie verbot sich die Vorstellung von ihm auf ihrem Sofa und schüttelte dennoch die Kissen auf. Sie wollte das Glücksgefühl verweigern und lächelte trotzdem, als sie ihm die Tür öffnete.

»Das ist wirklich eine Überraschung. Ich dachte, du musst arbeiten«, sagte Ebba, als sie in ihrem Wohnzimmer saßen und Leo mit einer Sonnenbrille von ihr spielte. Er lachte. Sie fand ihn ganz verändert seit ihrem letzten Treffen. Er hatte die gleichen wilden Haare, den gleichen Geruch in seinen Kleidern, den gleichen Blick, doch die Ringe unter den Augen waren noch dunkler geworden als bei ihrer letzten Begegnung, die blassen Wangen waren eingefallen, und er wirkte müde. Seine Blicke verloren sich im Spiel mit der Sonnenbrille, und er saß trotz seiner stattlichen Körpergröße eingesunken neben ihr.

»Du siehst müde aus, hast du gefeiert?«, fragte sie.

Leo schüttelte den Kopf: »Nein.«

Sie fragte sich, was er sonst in Berlin machte, sprach ihn aber nicht noch einmal darauf an.

»Schön hast du's hier«, sagte Leo.

»Danke. Wenn ich mich ein bisschen verrenke, sehe ich vom Balkon aus zwei Kirchtürme, und links hinter dem Haus gegenüber geht die Sonne auf. Nur die Nachbarn sind komisch, lange will ich hier nicht mehr bleiben.«

Leo lachte und streckte die Arme über den Kopf.

Ebba fand es schrecklich, dass sie hier saßen und sich unterhielten wie zwei Nachbarn, die sich bei ihrem morgendlichen Gang zum Bäcker begegneten. Weiß man alles oder nichts übereinander? Sie wollte ihm ins Haar greifen, ihn schütteln, irgendetwas tun, damit sie ihn spürte, damit er lebendig würde.

»Was machen deine Bilder?«, fragte sie stattdessen. »Ist doch nicht mehr lange bis New York.«

»Es strengt mich gerade etwas an«, er atmete aus.

»Das letzte Mal klangst du so zuversichtlich. Was ist los?«

»Vor ein paar Tagen war Max in Garz, der Transport ist in nicht einmal einer Woche.« Leo hustete. »Seitdem komme ich nicht mehr voran. Ich habe das Gefühl, die Zeit vertan zu haben. Die Monate sind wie im Flug vergangen – aber egal.«

»Nein, gar nicht«, sagte Ebba, »das muss ein wahnsinniger Druck sein, unter dem du da stehst. Ich weiß nicht, wie du das aushältst. Wie das gehen soll, in so kurzer Zeit eine ganze Ausstellung zu malen. Brauchen andere Maler nicht Jahre, bis sie überhaupt wieder genug Bilder für die Galerie zusammenhaben?«

Er schien hellwach, als er sie ansah, dann ließ er wieder seinen Kopf hängen. »Ja. Ja. Früher war das so.«

Ebba blieb stumm. Heimlich betrachtete sie Leo von der Seite, seine Haut schien gealtert. Sein Anblick löste Zweifel in ihr aus, ob es richtig war, ihn wieder in ihr Leben zu lassen, sich nicht gegen die Anziehung zu wehren, die er auf sie ausübte. Leo sah sich in ihrem Wohnzimmer um. Sie folgte seinem Blick, sah mit seinen Augen die alten Messinggriffe an den Türen, den getrockneten Lavendel im Fenster, die Vase auf dem Beistelltisch, deren Glasur sie an das Gehäuse einer Kegelschnecke erinnerte. »Leo?«

Er sah sie an, doch Ebba zögerte. Nach einer Weile hob er fragend eine Augenbraue: »Kriege ich eigentlich was zu trinken?«

Ebba stand auf. »Was willst du? Ich habe Wein, Tee, Apfelsaft und Wasser.«

Überraschenderweise fragte er: »Was denn für Tee?«

»Du trinkst Tee?« Mit Skepsis wartete sie auf die Bitte nach einem Glas Wein. Doch Leo zuckte nur mit den Achseln. »Was sind das für Indianer?« Er hatte sich im Sitzen zur Wand gedreht.

»Ach, die sind vom Flohmarkt, aber–«

»Die sind bestimmt kostbar.«

Ebba zuckte mit den Achseln.

»Ist das eine Frau oder ein Mann?«, fragte Leo.

Sie sah ihn erstaunt an. »Genau das frage ich mich auch immer.« Dann verschränkte sie ihre Arme und dachte einen Moment nach. »Ich weiß es nicht.«

Zeitgleich sprachen sie aus, wofür sie den Krieger hielten, Leo für eine Frau, Ebba für einen Mann. Sie lachten und Leo sagte:

»Wahrscheinlich hast du recht, Frauen tragen, glaube ich, keinen Federschmuck in den Haaren – starkes Bild.«

Mit einer Hand deutete sie auf das Porträt: »Ich schaue es mir immer wieder an und frage mich, wie viele Kriegszüge STANDING BEAR wohl schon überlebt hat, und dann sage ich mir, was er kann, kann ich auch. Er hat einen stolzen Blick. Ich hole etwas zu trinken.« Sie ging in die Küche. »Schwarzer Tee?«, rief sie.

»Ja.«

Zwei Tassen in beiden Händen balancierend trat sie wieder ins Wohnzimmer. Leo sah sie an, Ebba blieb stehen. Es tat ihr weh, ihn so kaputt zu sehen, die Einsamkeit in seinen Augen schien größer als alles, was sie selbst in den vergangenen Jahren erlebt hatte.

»Was er kann, kannst du also auch. Heißt das, du stehst dir nicht mehr im Weg?«

»O doch«, widersprach Ebba. »Ich war schon immer mein größtes Hindernis.«

Leo nickte. »Ich weiß, aber irgendwie ... irgendwie wirkst du anders. Klarer.«

Sie fasste es als eine Art Kompliment auf und griff nach ihrer Tasse. Lange tranken sie Tee und redeten, ohne Zwang oder heikle Pausen. Da saß Leo ihr gegenüber, in ihrer Wohnung, auf ihrem Sofa, und auf einmal war es wieder schön mit ihm. Da waren keine Trauer und kein Schmerz. Sie fühlte sich tatsächlich sehr klar, nur vielleicht etwas müde von der vergangenen Nacht.

Sie redeten über dies und das, sie berichtete von ihrem ersten Konzert seit so langer Zeit und forderte ihn auf, eine Geschichte aus seinem Leben zu erzählen.

»Ich? In meinem Leben passiert doch nichts! Ich fühle mich gerade eher wie ein Schichtarbeiter.« Er nippte mehrere Male am Tee. »Steve, einer meiner Sammler aus Miami, war vorgestern ...«, er schien zu überlegen, »ja, ich glaub, das war vorgestern. Jedenfalls war Steve vor ein paar Tagen in Berlin. Ich habe es in Garz nicht mehr ausgehalten und ihn und Max zum Abendessen in Mitte getroffen. Kennst du das *Meat District?*«

»Nichts für mich, aber für dich gibt es dort bestimmt immer einen freien Platz.«

»Alles falsche Freundlichkeiten, aber ja, ich kriege da immer einen Tisch. Am Ende ist es ein Ort wie jeder andere auch, nur dass die Polsterstühle dicker sind. Aber Steves Hotel hättest du sehen sollen, da kommst du rein, und alles wirkt so steril, alle gehen auf Zehenspitzen, nirgends ist Dreck zu sehen, nirgends nichts außer Perfektion. Die Leute, das Licht und die Einrichtung sind einfach perfekt. Du stehst da drin und wartest auf den Regen … Wo war ich?«

»Bei dem Abendessen?«

Er zögerte und stellte seine Tasse sanft wieder ab: »Ach, die Geschichte willst du gar nicht hören.«

»Natürlich! Ich höre dir zu.«

Er zögerte wieder. Sie hatte das Gefühl, dass er von sehr weit herkam. Er sah sie mit großen Augen an und wirkte, als koste es ihn Überwindung, weiterzuerzählen. »Also gut. Steve war schon auf Drogen, als er zum Essen kam. Er hat mir was angeboten, und ich bin völlig abgehoben. Na ja, ich bin ziemlich abgestürzt, XTC-Hammerzeug aus Miami. Hat mich umgehauen.«

Ebba reagierte nicht.

»Ich glaube, das war mein erster Trip seit zwölf Monaten, und der brachte mich auf Umwegen ins Krankenhaus. Da komme ich quasi gerade her.«

»Was? Aus dem Krankenhaus?«

»Ja. Es war recht übel, der Arzt meinte, mein Herz hätte ausgesetzt. Und ich habe tatsächlich Licht am Ende des Tunnels gesehen«, sagte Leo. »Sie dachten anscheinend, ich komm nicht wieder und –«

»Du gottverdammter, erbärmlicher Scheißkerl.«

»Wie?«

»Du gottverdammter, erbärmlicher Scheißkerl!«

»Was –? Du wolltest die Geschichte doch hören.«

»Scheißkerl!«, rief Ebba. Sie griff das nächstbeste Ding – eine

Zeitschrift! – und schleuderte sie ihm ins Gesicht. Die Bewegung brach die Staumauer; Zerstörungswut, Hass und panische Verlustangst überschwemmten sie. Sie schrie: »Verschwinde! Du Arschloch! Du feiges Arschloch! Verschwinde!« Sie packte ihn an seinem Pulli und zerrte ihn mit aller Kraft vom Sofa, doch Leo widersetzte sich ihr. »Feige bist du! Feige! Verschwinde! Hau ab!« Sie schlug auf ihn ein, mit Fäusten, die bald so schwer wurden wie Kanonenkugeln, sie vermochte kaum ihre Arme zu heben. Sie weinte und schrie. Sie zitterte am ganzen Körper.

»Ebba …«

»Fick dich!«

»Ebba! Hör mir doch mal zu.« Er packte ihre Handgelenke, doch mit ungeahnter Kraft wand sie sich aus seinen Griffen. »Ebba!«

»Verschwinde von hier! Verschwinde!« Die Wut tat ihr gut, der Zorn brach aus ihr heraus, als bekomme sie den Hahn einer Hochdruckleitung nicht mehr zu. Sie wiederholte dieselben Verwünschungen und schlug, ohne hinzuschauen, auf den Fremden ein, der in ihre Wohnung eingedrungen war.

»Ebba, beruhige dich! Mir geht's doch wieder gut. Ich war verzweifelt! In nicht einmal einer Woche werden die Bilder abgeholt. Ebba«, er versuchte sich zu wehren, »ich hatte Angst! Ich kann nicht mehr! Ich schaff das alles nicht. Max und Rahel –«

»Ich scheiß auf Max, ich scheiß auf Rahel, ich scheiß auf New York! Hörst du? Ich scheiß auf New York!«, brüllte sie und verpasste Leo eine Ohrfeige, die erste Ohrfeige ihres Lebens. Es knallte, dann herrschte Ruhe. Ebba hielt sich die glühende Hand vor den Mund.

Leo wandte sein Gesicht ab, stieß sie weg und erhob sich mühsam. Sie sah, wie ihm Tränen in die Augen schossen. Stumm drehte er sich weg und hinkte aus dem Zimmer. Immer wieder schüttelte er seine rechte Hand und hielt sich mit der anderen die Wange. Er stieß mühsam den Atem aus und legte den Kopf in den Nacken.

Ebbas Mund war staubtrocken, sie wagte nicht zu atmen. Ihre Handinnenfläche brannte, alles an ihr brannte. Faustschläge gegen Schranktüren rissen sie aus ihrer Erstarrung. Faustschläge gegen Schranktüren. Faustschläge gegen Schranktüren.

Ebba zwang sich, einen Fuß vor den anderen zu setzen, und ging durch den Flur, im Türrahmen zu ihrem Schlafzimmer blieb sie stehen. Sie starrte auf Leos Rücken. Es waren keine Faustschläge. Er schlug seine Stirn gegen die Schranktür. Da war es wieder, das Schuldgefühl. Damals hatte sie ihn ziehen lassen, weil sie fand, dass sie kein Recht hatte, ihn an sich zu binden. Er musste frei sein, es wäre zwischen ihnen nur schlimmer geworden. Sie war ohne ihn aus New York abgereist, weil sie zu stolz war, sich an ihn zu klammern. Doch nun sah sie, wie er zerbrach, alles, was ihn einst ausgemacht hatte, schien begraben. Sie wusste, dass er diesen Weg gewählt hatte, aber sie hatte nicht gewusst, dass er sich selbst aufgegeben hatte, um endlich Anerkennung zu finden. Sie ging auf ihn zu.

»Fass mich nicht an!«, sagte Leo gepresst.

Ebba blieb stehen, Tränen schossen ihr in die Augen. Er sagte: »Fass mich nicht an!«

Sie stand erstarrt. In diesem Moment wollte sie ihn nicht noch einmal, nie wieder gehen lassen.

Denn du bist der Schmerz, du bist mein Glück. Du tust mir weh und salbst meine Wunden, du machst mich lachen, bis mir die Tränen kommen, du machst mich schreien, bis mir die Kehle entflammt. Warum hast du die Macht?

Ebba nahm ein Cold Pack aus dem Gefrierfach und wickelte es in ein Geschirrtuch. Auf dem Weg zurück ins Wohnzimmer fuhr sie sich mit den Fingern durchs Haar und wischte sich mit dem Ärmel ihres Pullovers die Nase ab.

Leo nahm das Stoffpaket entgegen und hielt es sich an die Stirn. Die Sonnenbrille war auf den Boden gefallen, er bückte sich und legte sie wieder vor sich auf den Tisch. Ebba schob die Zeitschriften mit den Füßen beiseite und setzte sich, ein Bein auf dem Sitzpolster, ans andere Ende des Sofas. Die Gastherme sprang an und fing an zu rauschen. Die Dunkelheit lag unbeweglich vor den Fenstern. Leo hielt sich das Paket an die Backe. Ebba nahm eine Streichholzschachtel vom Tisch und riss ein Streichholz an. Als die beiden Teelichter in den Windlichtern brannten, schüttelte sie es aus und legte Schachtel und Streichholz beiseite. Es roch nach Schwefel.

In der Wohnung gegenüber ging das Licht an, ein Auto hielt mit quietschenden Reifen an der Kreuzung und brauste kurz darauf davon. Ebba setzte ihren Fuß auf den Teppich und rückte näher an Leo heran. Die Hände zwischen den Knien, saß sie neben ihm und sah vor sich hin. »Du hast dich verändert«, begann Leo und hob seinen Kopf.

Ebba sah ihn stumm an.

Sie schwiegen lange.

Bis Leo mit belegter Stimme sagte: »Ich bin müde geworden. Ich hätte den Auftrag nicht annehmen dürfen.«

»Wolltest du denn nicht genau das erreichen?«

»Doch, schon. Ich habe mir immer gewünscht, da anzukommen, wo ich heute bin. Vielleicht habe ich es mir zu sehr gewünscht. Ich weiß nicht mehr, was ich mir davon erhofft habe. Das Geld? Es ist angenehm, aber nicht entscheidend. Die Freiheit? Ich bin nicht frei, ich bin zum Auftragsmaler geworden. In den nächsten fünf Jahren werde ich nichts produzieren dürfen, jedenfalls nichts, was irgendjemand da draußen zu sehen bekommt. Ein Maler, der niemandem, zeigen darf, was er malt!«

»Dazu kann dich niemand zwingen.«

Er schien mit sich zu hadern. »Ich fühle mich aber gefangen. Ich will den Erfolg. Aber ich will mich nicht verbiegen. Ich will leben. Aber ich hänge fest.«

»Du willst leben? Nach allem, was du mir gerade erzählt hast, bist du um ein Haar dem Tod entronnen.«

Leo verstummte wieder, Ebba wartete. »Ich halte das nicht mehr aus. Erfolg, Macht, Geld. Es sind ja nicht die anderen, die korrupt sind. Ich stecke mittendrin. Das goldene Kalb. Nein, die goldene Spinne, ich selbst ziehe die Fäden. Ich bin ein Teil des Netzes und zugleich darin gefangen. Dabei wollte ich doch nur malen. Und das will ich immer noch.« Erschöpft sah er sie an. »Manchmal mache ich wegen all der Fragen, auf die ich nie eine Antwort finden werde, die ganze Nacht kein Auge zu. Dann sehne ich mich nach Ruhe, einfach nur nach Stille und nach Ruhe.«

Seine Augen hatten noch immer den alten Sog. Sie fühlte sich zu ihm hingezogen, daran hatte sich nichts geändert. Es war sein ganzes Wesen. Er war noch immer auf der Suche, in einer Welt, die zu groß war, zu dunkel, in der er immer nur wieder auf sich selbst und seine Arbeit zurückfiel. Darin schloss er sich ein und saß am Ende einsam in seinen gemalten Landschaften. Er mochte inzwischen umgeben sein von Konkurrenten, von Menschen, die ihm mit Argwohn und Bewunderung begegneten, aber er hockte noch wie früher verzweifelt auf seinem Hintern und rätselte, ob er traurig oder glücklich sein sollte.

So vieles in seinem Leben hatte sich verändert, er hatte geheiratet, lebte in einem eigenen Haus, er war ein gestandener Künstler. Doch hier saß der andere Leo, den sie von früher kannte, er schien sich nicht verändert zu haben. »Ich weiß, wie das ist«, sagte Ebba, »aber wir alle kleben auf diesem Erdball fest und können nur ein einziges Mal entkommen. So ist das nun mal. Du kaufst dir deinen Körper nicht zum Vergnügen für eine Nacht, du und er, das ist auf Lebenszeit.«

Wieder schwieg er lange. Dann sagte er: »Manchmal frage ich mich, ob ich die Kunst aufgeben könnte.«

Sie sah ihn fragend an.

»Am Ende sterben wir doch sowieso, und alles Streben war umsonst. Ach verdammt, seit ich denken kann, versuche ich meinen Weg zu gehen. Aber was, wenn er in den Sumpf führt?« Er sah sie an, unsicher: »Ebba, ich habe wirklich Licht gesehen.«

Leo und das Licht, offenbar war er immer noch davon besessen. Mit rauer Stimme sagte sie: »Ausgerechnet du, dabei hast du immer gesagt, Licht sei nichts als Zufall.«

»Das denke ich immer noch.«

»Diesmal war das Licht kein Zufall, Leo.«

»Du hast recht. Ich bin zu weit gegangen.«

Weil er einsam war, dachte sie, oder sich zumindest viel zu einsam fühlte. »Leo, wenn du an diese Grenzen gehst, denkst du dann je an die Menschen, die dich mögen?«

»Nein.« Leo begann aufs Neue, mit der Sonnenbrille zu spielen. Er klappte die Bügel auf und legte sie wieder zusammen, nahm sie, als wolle er sie aufsetzen, ließ seine Hände aber wieder sinken.

Sie hätte damals in New York nicht einfach gehen dürfen, sie hätte um ihn kämpfen sollen. »Du hast immer so getan, als würdest du niemanden brauchen. Jetzt kommt es mir so vor, als ob du niemanden mehr hast.«

»Ich brauche nichts als die Malerei–«

»Guck dich doch an!«, fiel sie ihm wütend ins Wort. »Du sitzt hier wie einer, der sich verirrt hat und froh ist, an einen Ort gelangt zu sein, an dem jemand seine Sprache spricht.« Und wirklich kam es ihr so vor, als habe sich ein verlorener Wanderer in ihre Wohnung geflüchtet, einer, der auf seinem Weg zum Ruhm war und alle auf dem Gewissen hatte, die ihm im Weg gestanden hatten, einer, dem man die Mühen seiner Wegstrecke ansah und der um nichts bat, weil er es sich einfach nahm oder ihm die Dinge von alleine zuflogen. Es war diese Ruchlosigkeit, dieses Gewissenlose, was sie davor hatte zurückschrecken lassen, ihm wieder zu begegnen. Es hatte sie so viel Kraft gekostet, sich gegen die Anziehung zu stemmen, sich ihm zu entziehen, aber plötzlich kam ihr die Abwehr vor wie eine ferne Erinnerung.

»Ich komme mir da draußen vor wie ein Fossil aus einer anderen Zeit. Früher ging es uns doch um was. Wir hatten unsere Überzeugungen, für die wir eingestanden sind, hatten Gefühle, bis an die Grenze des Schmerzes. Heute beantworte ich ständig irgendwelche Fragen. Bloß will im Grunde keiner die Antworten hören. Niemanden kümmert das.«

Er nahm ihre Hand und drückte sie so fest, dass ihre Fingerknochen wehtaten.

»Ich kann nicht einfach mit ansehen, wie du dich aufgibst«, sagte sie. Den Blick gesenkt, tippte Leo mit seiner Fußspitze auf den Teppich.

»Kennst du das Märchen vom Brunnen und dem König?«

»Nein.«

»Also, es war einmal ein König, in dessen Königreich eine böse Hexe lebte. Die Hexe vergiftete den Dorfbrunnen. Das ganze Volk trank vom giftigen Wasser aus dem Brunnen und wurde wahnsinnig. Nur der König, der im Palast lebte, blieb verschont. Nun zogen aber die Menschen durch die Straßen und riefen, ihr König sei verrückt.« Sie hielt inne.

»Und dann? Wie geht es aus?«

»Es geht so aus, dass der König schließlich auch Wasser aus dem Brunnen trank. Er wurde wahnsinnig, und das Volk jubelte, ihr König sei endlich wieder bei Sinnen.«

Leo lachte leise. »Was soll bloß aus mir werden?«

»Das liegt an dir, Leo.«

Leo stand auf und trat ans Fenster, er schien noch einmal Anlauf zu nehmen. Ebba wartete.

»Heute«, begann er schließlich leise, »kann ich mir gar nicht mehr vorstellen, was das für ein Gefühl war, zu malen, ohne Erfolg zu haben.« Er drehte sich zu ihr um. »Natürlich brauche ich Bestätigung«, erklärte er dann, »aber es ist egal, ob meine Bilder gut oder schlecht sind, es wird nichts an den Kritiken ändern. Das ist alles längst entschieden. Die Kritiker treffen ihre Abmachungen mit den Kuratoren, Sammlern und Galeristen. Die haben alle Angst, ihren Ruf zu verlieren. Jeder von ihnen verdient an mir, und am Ende werden wir alle ein Stück reicher sein. Solange ich gehorche, fließt das Geld. Ich will nicht irgendwelche Aufträge und Ausstellungen abarbeiten, aber ich will auch nicht auf den Erfolg verzichten.«

»Gefangen im goldenen Netz«, bemerkte Ebba.

»Genau. Max versichert mir schon seit Monaten, dass die Ausstellung ein Erfolg wird. Natürlich werde ich wahrgenommen, aber niemand wird hinsehen. Nichts als vorgefertigte Meinungen und oberflächliche Besprechungen wird es geben. Ich würde all die Kritiken gegen einen einzigen unvoreingenommenen Blick auf meine Bilder tauschen. Und gleichzeitig macht mir genau das Angst.«

»Was macht dir Angst?«, fragte Ebba.

»Dass …«, Leo schien mit sich zu ringen, »dass jemand erkennen könnte, dass ich mit diesen Bildern keinerlei Wagnis eingegangen bin.« Er wirkte erschöpft und sah sie nicht an, während er ihr gestand: »Diese Bilder sind das Ergebnis eines schlichten Deals. Ich habe einen Auftrag angenommen und bin zum Lieferanten geworden. Wie kann ich da von anderen verlangen, Unvoreingenommenheit zu wagen?« Er zündete sich eine Zigarette an. Während er weiterredete, wurde seine Stimme immer lauter. »Ich sehe es schon vor mir, das Getümmel der Kunstbanausen und Modebewussten, all die Kunsthistoriker, Schreiberlinge, Spekulanten, sie alle werden applaudieren, und meine Bilder werden dekorativ im Hintergrund hängen, wie eine nebensächliche Kulisse.« Wut stand ihm ins Gesicht geschrieben. »Und das Schlimmste ist, dass ich genauso feige bin wie meine sogenannten Bewunderer. Das einzige Risiko, das ein Künstler heute noch eingeht, ist doch, sich zu entblößen. Nein, es ist sogar seine einzige Pflicht! Man muss die Hosen herunterlassen! Ebba, meine Bilder sind schlecht, weil ihnen genau das fehlt. Ich bin das Risiko gar nicht erst eingegangen.«

Ebba hatte ihm schweigend zugehört.

Leo schien alles gesagt zu haben und sich einen Ruck zu geben. Sein Ton wurde geschäftsmäßig: »Nun, jetzt ist es zu spät für einen Rückzieher. Max schickt mir Öfen ins Atelier, damit die Bilder noch rechtzeitig trocknen. Und Rahel sitzt mir schon seit Wochen im Nacken, dass sie endlich die Bilddaten für den Transport braucht, dabei sind die Bilder noch gar nicht fertig. Ständig halst sie mir Interviewtermine auf, sie hält sich nicht an unsere Abmachungen, es ist eine Katastrophe. Ich hätte mich doch auf sie verlassen können müssen, so kurz vor New York. Nun, wenn sie glaubt, sie kann sich alles erlauben, dann täuscht sie sich.«

Ebba erschrak. Er sprach über Rahel, als würde er ihr spätestens nach New York kündigen. Er war nicht nur ruchlos, er war herzlos. Vielleicht stand Rahel ihm im Weg, so wie sie damals. Vielleicht räumte er die Frauen in seinem Leben einfach beiseite, wenn sie ihm nicht mehr in den Kram passten. Oder war sie selbst es gewesen, die damals in ihrem Stolz nicht zulassen konnte, dass es anders hätte kommen können?

»So kurz vor New York …«, wiederholte sie langsam seine Worte.

Leo legte die Stirn in Falten, ein geschwollener, roter Fleck hatte sich über seiner Augenbraue gebildet. »Ebba, damals, als du mir nachgereist bist … ich wollte dich nicht verletzen. Ich musste gehen, ich musste aus Berlin raus. Aber ich hätte nie über meine Ängste sprechen können. Jede Erklärung hätte Zweifel geschürt, darüber, ob es richtig ist, wie ich lebe.«

Sie wusste nicht, was sie von dieser Entschuldigung halten sollte. Funktionierte das so? Servierte er die Frauen nach Lust und Laune ab, wenn er sie nicht mehr brauchte, und entschuldigte sich in dem Glauben, dass er sie später einfach wieder auf seine Seite ziehen konnte? Bis eben hatte sie seine Verletzlichkeit, seine Offenheit entwaffnend gefunden. Aber was war der Preis dafür?

Als er sich verabschiedete, blieb er noch für einen Moment in der Tür stehen, griff in seine Taschen, schien jedoch nicht zu finden, was er suchte. »Komm mich in Garz besuchen, wenn ich wieder da bin.«

Ebba sah ihn an: »Ich überlege es mir.«

Kapitel 15

Alle anderen waren schon gegangen, als Rahel unter dem Papierstapel auf ihrem Galerieschreibtisch den Kurierbrief hervorzog. Den ganzen Tag über hatte sie versucht, diesen Moment hinauszuzögern, sie hatte alles andere zuerst erledigt, Telefonate geführt, lange zu Mittag gegessen. Aber nun konnte sie es nicht länger vor sich herschieben. Sie hatte sich wegen der Vorbereitungen für die Eröffnung in der vergangenen Woche fast Tag und Nacht in der Galerie aufgehalten, es war die letzte Sache, die sie noch erledigen musste, sie musste ihn öffnen.

Der Umschlag war am Morgen aus Garz gebracht worden. Sie hatte Leo über Max mehrfach ausrichten lassen, dass sie dringend Polaroids der Bilder brauchte, damit sie die Zollpapiere und die Daten fertig machen konnte. Für die Proformarechnung, die an die Versicherung ging, hatte Leo alle Bilder ausmessen und mit Max den geschätzten Wert festlegen müssen. Das Entstehungsjahr und die Technik mussten angegeben werden, damit die Bilder durch den amerikanischen Zoll gelassen wurden.

Sie nahm die Papiere aus dem Umschlag, fand einen gelben Haftzettel mit einer Notiz von Leo, die sie kaum lesen konnte, legte sie schnell zur Seite, dann zog sie einen Stapel Polaroids hervor, es waren zwölf. Für einen winzigen Augenblick war der Streit vergessen, für einen Moment schloss sie die Augen. Die Bilder für New York waren fertig. Sie hatten es geschafft. Sie verspürte kurz den Impuls, ihn anzurufen, aber dann war der Augenblick vorbei, und ihr fiel alles wieder ein. Sie hatten eine Vereinbarung getroffen. Wenigstens bis zur Eröffnung wollten sie Normalität vortäuschen. Aber dann hatte sie festgestellt, dass sie Leo nicht mehr sehen konnte, und hatte sich zurückgezogen. Sie ertrug ihre Rolle als Ehefrau von Leo Becker nicht länger. Ihn in New York sehen zu müssen würde schwer genug sein. Sie stürzte sich in die vertraute Arbeit. Leo war am Mittag mit Tobias nach Leipzig gefahren und sicher noch unterwegs.

Sie schob Gläser, Stifte und aufgerissene Briefumschläge aus dem Weg und legte die Abbildungen wie ein Memory in chronologischer Abfolge auf dem Tisch aus. Flüchtig, aber mit großem Eifer betrachtete sie die Bilder. Bei *Straßenszene* hatte Leo noch New York zu seinem Thema machen wollen. Die ersten vier Bilder waren Stadtlandschaften mit einzelnen oder mehreren Figuren, auf dem einen waren nur ein magerer Hund und ein Huhn zu sehen. Rahel stand auf, machte die Deckenbeleuchtung an und setzte sich wieder. Mit einem Stift nummerierte sie die Fotos von eins bis neun, dann schwebte ihr Marker über dem weißen Balken des Bildes, das Leo mit *Die Bar* beschriftet hatte. Ihr Porträt war nichts als eine von schwarzen Linien umrissene, hellgelbe Fläche geblieben. Sie nahm das Foto vom Tisch. Fassungslos betrachtete sie das Bild, als habe es sich noch nicht fertig entwickelt. Obwohl Leo ihr Gesicht aus dem Kopf skizzieren konnte, hatte er sie gebeten, für diese Arbeit Porträt zu sitzen. Ihre Finger zitterten, und hastig sah sie sich um, als erwartete sie Leo in der Bürotür stehen zu sehen. Beim Anblick des kahlen Gesichts, der groben Ölskizze ihres Fleisches, ihrer Brust, konnte sie klar erkennen, was sie schon so lange befürchtet, aber nicht einmal zu denken gewagt hatte. Leos Ausraster auf dem Geburtstag, sein Schweigen und der totale Rückzug nach Garz, immer wieder hatte sie ihn entschuldigt und Verständnis aufgebracht. Der Arbeitsdruck, die Belastung, es war alles gelogen. Sie hatte sich in ihm getäuscht. Rahel drehte das Foto um und wieder zurück. Sie konnte sich noch sehr gut daran erinnern, wie er ihr einmal erklärt hatte, dass er, um ein Porträt zu malen, den Menschen verinnerlichen müsse und dass die Züge, die er auf die Leinwand übertrug, abbildeten, was er für den wahren Charakter eines Modells hielt. Oft würden seine Porträts ihn überraschen, denn anschließend könne er an ihnen Dinge ablesen, die ihm selbst nicht bewusst waren, als wären darin seine verborgenen Gefühle sichtbar geworden. Er hatte oft darüber gesprochen, einmal sogar in einem Interview. Leo liebte sie nicht mehr. Leo liebte sie nicht.

Ein Schmerz stieg in ihr Herz. Er war so heftig und unmittelbar, dass sie nach Luft ringen musste. Sie hatte sich zurückgezogen, weil sie seine Gleichgültigkeit nicht ertragen hatte, aber sie war nicht davon ausgegangen, ihn zu verlieren. Sie war nicht davon ausgegangen, dass sie ihm die Dinge erleichtern würde. Ihr Rückzug schützte sie nicht vor dem Schmerz, den der Verlust seiner Liebe bedeutete. All die Demütigungen der letzten Wochen, sie waren nicht Leos Arbeitsdruck geschuldet. Ihre Nächte in New York, sie waren plötzlich wertlos und kalt. Sie fühlte sich hintergangen und ausgeliefert, so kurz vor seinem großen Auftritt. Sie zwang sich, das Foto in ihrer Hand nicht zu zerknüllen, und warf es auf den Tisch zurück. War sie seine Frau oder eine austauschbare Muse, die sich praktischerweise auch noch um den Papierkram und die Pressearbeit kümmerte? Wie er sie umschmeichelt hatte, bis sie das erste Mal für ihn Akt gesessen hatte! »Ich fasse es nicht, du bist viel zu schön für Deutschland.« Sie hatte sich ihm hingegeben. Dieser Scheißkerl, dieser arrogante, selbstsüchtige Scheißkerl. Die Erinnerungen brannten und loderten immer wütender. Sie fühlte sich seiner Willkür ausgesetzt. Sie ließ sich auf den Stuhl sinken, stützte den Kopf in die Hände, sie wollte nicht weinen, sie wollte nicht in die leere Wohnung, sie wollte nicht in der Galerie bleiben. Unbeweglich blieb sie vor dem summenden Computer sitzen.

Das Atelier lag im Dunkeln, Frau Wehndorf hatte nicht einmal die Außenbeleuchtung angelassen. »Ich bin zum ersten Mal ohne Leo hier«, flüsterte Rahel, »aber ich weiß, wo der Schlüssel liegt.« Finn schloss den Wagen ab. Rahel konnte kaum etwas erkennen, bis sich ihre Augen an die Nacht gewöhnten. Sie fand den Schlüssel im Blumentopf neben der Terrassentür. Finn räusperte sich, der kühle Nachtwind trug seinen Duft an Rahels Nase. Sie hatte ihn gebraucht, so einfach war das. Und damit es so einfach blieb, vergaß sie, dass er sie in der Zeit auf Ibiza mit seinen abwertenden Kommentaren zu Ernst Bliemel so viel Kraft gekostet hatte. Sie winkte Finn heran und drückte die Haustür auf. Sie machte Licht und hängte ihre Tasche über die Lehne eines Stuhls am Esstisch, auf dem noch ein T-Shirt von Leo lag, die Schlüssel warf sie in eine Schale. Finn legte seinen Mantel aufs Sofa. Seine Schuhe knirschten auf dem Steinfußboden und auf der Plastikabdeckung. Rahel erklärte Finn, dass die Bilder längst auf dem Weg nach New York waren, er wirkte enttäuscht. Die Gläser Wein, die sie schon beim Abendessen getrunken hatte, waren ihr zu Kopf gestiegen, es kümmerte sie nicht, sie nahm zimmerwarmen Champagner aus einem Karton und Gläser aus dem Küchenschrank. Betont aufrecht ging sie zu Finn ins Atelier, machte Platz auf dem Klapptisch zwischen Papieren und Farbtöpfen und stellte alles ab. Finn stand vor den leeren Wänden und rieb sich das Kinn. Rahel stellte sich neben ihn, schlang ihre Arme eng um seinen weichen Bauch und sagte: »Heute gibt es nur mich anzuschauen.«

»Ich weiß doch. Aber hast du mir nicht erzählt, dass Leo Studien für die Bilder von dir gemacht hat?«

Sie küsste ihn. Er zeigte fragend auf die wenigen Leinwände, die noch zwischen den Stellwänden standen. Rahel schüttelte den Kopf und meinte, sie könne ihm Leos Skizzen zum Erotikkalender zeigen.

Erst wollte Finn die großen Skizzenbücher nicht selbst in die Hand nehmen, er fand sie zu kostbar, doch Rahel bestand darauf. Sie trank den warmen Champagner, rauchte und beobachtete ihn, wie er ihr gegenübersaß und lange mit gebannten Blicken die Seiten studierte. »Diese Studien sind wohl gelungen«, bemerkte er. Rahel stutzte, mit solchen kriechenden Bemerkungen leitete er oft kurze Wissensvorträge ein. Denselben Ausdruck hatte er schon einmal benutzt, auf der Reise nach Ibiza. »Diese Insel ist eine wohl gelungene!«, hatte Finn gesagt. Und dann hatte er weit ausgeholt, zur Geschichte der »Perle im Mittelmeer«, der »weißen Insel«, hatte von den phönizischen Ursprüngen und von den Reisebeschreibungen Walter Benjamin erzählt, sie erinnerte sich nicht genau.

Tatsächlich hob Finn auch jetzt zu einem kleinen Vortrag an: »Skizzen sind ja nichts anderes als der erste Entwurf eines Gemäldes …« Rahel hing ihren eigenen Gedanken nach. Wie weit konnte ihre Selbstverleugnung, konnte ihr Vergessen noch gehen? Finn konnte sich gar nicht mehr von den Skizzen losreißen, und Rahel dachte an Ibiza zurück, ließ das Essen bei Bliemels Revue passieren, bis sie bemerkte, dass er sie erwartungsvoll ansah. Sicher hatte er gerade sehr kluge Dinge gesagt. Rahel streifte ihre Schuhe ab, legte die Füße auf den Tisch und hob ihr leeres Champagnerglas: »Auf dich, Finn Brankamp!«

Sie schliefen nicht, in dieser Nacht. Es war, als gingen sie über eine einstürzende Brücke aufeinander zu, was den Reiz ihres Abenteuers ausgemacht hatte, war in dieser Nacht gänzlich verschwunden und hinterließ ein fades Gefühl. Sie wollte es genießen, von einem anderen geliebt zu werden, doch nicht einmal das schien mehr möglich. Sie fand keinen Trost in seinen Armen.

Morgens am Esstisch war Rahel schweigsam und gereizt. Was auch immer Finn sagte, wehrte sie mit einem kühlen Ichweißnicht, Istmiregal, Kannichjetztnichtsagen ab. Als er sie fragte, was denn los sei, gab sie ihm keine Antwort und stand auf.

»Ich finde, du hast dich bei Bliemels unmöglich aufgeführt«, sagte sie mit Blick in den Garten. Alle Zweige und das Unkraut neigten sich schlaff zur Erde, und Leo hatte einen Kreis aus Steinen um den schwarzen Fleck gelegt, wo der Sand zu Asche verbrannt war. Offenbar hatte er eine Feuerstelle daraus gemacht, die er regelmäßig nutzte.

»Das Thema war doch abgeschlossen, Rahel! Was willst du denn noch? Ich werde dir nicht nach dem Mund reden.«

Sie drehte sich um: »Man fragt einfach nicht nach dem Preis von Bildern, küsst die Hand der Gastgeberin und macht beschissene Bemerkungen zur Kunst. Du hast dich aufgeführt wie der letzte Prolet.« Gereizt band sie den Gürtel ihres Morgenmantels vor ihrem Bauch zu einer Schleife.

»Warum darf ich mich zu den Dingen nicht äußern? Nur weil *dich* all die Angeberei, der ganze Prunk und Protz schon gar nicht mehr berühren?«

»Als würde es darum gehen!« Teilnahmslos schob sie einen Teller Obst beiseite. Warum konnte Finn nicht einfach verschwinden?

»Komm her zu mir«, bat er und streckte seine Hand aus. »Ich habe es nicht so gemeint.«

Rahel seufzte. Sie musterte ihn und fragte sich, wie sie es mit ihm auf dem Rückweg nach Berlin vierzig Minuten in einem Wagen aushalten sollte. »Ich bleibe hier«, sagte sie dann. »Mir ist es noch zu früh, um nach Berlin zu fahren.« Sie nahm eine alte Zahnbürste von Leo vom Esstisch. Das Schweigen bedrückte sie, doch sie wollte auch nicht sprechen. Sie wollte nicht mehr mit Finn sein, konnte aber auch nicht hierbleiben, bis Leo kam.

»Wer bringt dich denn zurück, du hast doch kein Auto hier?«

Sie sah an ihm vorbei auf die elf kleinen, bronzenen Köpfe auf dem Arbeitstisch. Leo hatte die Bronzen noch in New York gemacht, sie standen auf den Böden umgedrehter Gläser.

Einmal, im letzten Herbst, hatte sie Gäste aus Berlin mitgebracht, wichtige Kontakte, um die sie sich lange bemüht hatte. Leo hatte mitten in der Arbeit an einem Bild gesteckt und sich scheußlich benommen. Missmutig hatte er die Terrassentüren geöffnet und sie an sich vorbei ins Atelier gelassen. Eva, eine Kritikerin und Kuratorin aus Berlin, bemerkte die seltsamen Phantasieköpfe sofort. »Seht mal«, meinte sie begeistert, »die sind unglaublich!« Die anderen traten hinzu und lehnten sich ebenfalls über die Köpfe. »Wahnsinn«, staunte einer, und Eva wies auf unterschiedliche Exemplare, die ihr anscheinend besonders gut gefielen.

»Die hat Leo in New York gemacht«, hatte Rahel erklärt. »Witzig, nicht?«

»Besonders das hier!«, hatte die Frau ausgerufen. »Dieses Phantasietier.« Leo ging auf sie zu, warf einen kurzen Blick auf die Figur, dann auf den eifrigen Gesichtsausdruck der Betrachterin: »Die hab nicht ich gemacht.« Er nahm sie und drehte sie in seinen Fingern. »Das ist ein Pimmel. Von einem Freund.«

Die Besucher hatten ihn sprachlos gemustert. Ungerührt hatte Leo den Pimmel zurück zu den anderen Figuren gestellt.

Rahel lächelte und sah Finn an: »Ich komme schon klar.«

Nachdem Finn ohne sie über den Feldweg verschwunden war und sie noch ein paar Unkrautblätter ausgerupft hatte, rief sie Frau Wehndorf an und fragte, ob ihr Mann sie zurück nach Berlin bringen könnte. Frau Wehndorf meinte, er könne sie in einer Stunde abholen. Müde und gereizt räumte sie die Zeichnungen und Skizzenbücher, die sie gestern aus dem Schrank genommen hatte, zurück und beseitigte alle Spuren ihrer Anwesenheit. Nur das Bett bezog sie nicht neu.

Sie setzte sich an den Esstisch und trommelte ungeduldig mit den Fingern, dann stand sie auf. Leos T-Shirt schleuderte sie auf einen anderen Stuhl und streckte sich der Länge nach auf dem Sofa aus.

Sie war froh, nicht mit Finn gefahren zu sein. Er sprach nicht ihre Sprache, er war kein Anker, sie musste sich endlich von der Hoffnung verabschieden, dass es noch irgendwo eine Schulter für sie gab. Sie wusste nicht, wie sie New York überstehen sollte, sie wusste nicht, was danach sein würde. Sie schloss die brennenden Augen und schlief ein.

Als Herr Wehndorf sie an der Schulter rüttelte und weckte, wusste sie nicht, wo sie war.

Kapitel 16

Leo stieg am Hotel *The Surrey* aus dem Taxi. Ein Mann fegte den breiten Gehsteig, schwarze Müllsäcke glänzten in der Nachmittagssonne und verbreiteten Gerüche von gärendem Obst und faulender Nahrung. Autos schossen mit ächzender Federung über die Schlaglöcher. Ein Portier mit spanischem Akzent und blauer Kappe nahm ihm die Tasche ab und hieß ihn willkommen. In der Eingangshalle war es dunkel und jeder Türgriff, jeder Knopf war aus Messing. Ein Geschäftsmann stand vor einem Blumengesteck und telefonierte laut, ein Staubsauger lief. Leo reichte der Frau im breitschultrigen Kostüm hinter der Rezeption seine Kreditkarte, sie tippte etwas in ihren Computer ein und händigte ihm den Zimmerschlüssel aus.

Die Suite lag im obersten Stock; der Fernseher lief, Schokolade lag auf den Nachttischen, und auf jeder Ablage fanden sich Kugelschreiber und Notizblöcke. Leo gab dem Portier Trinkgeld und schloss die Tür. Nach der Reise war er hungrig und müde. Leo trat an die verschlossenen Fenster und schaute an den aufragenden Häuserblocks vorbei in den blauen Himmel. Vor seiner Abreise hatte er eine Karte an Ebba zur Post gebracht:

Liebe Ebba,

ich fliege nach New York mit dem Gedanken an unser Treffen. Bitte nimm meine Einladung an, für mich Porträt zu sitzen. Komm nach Garz. Wenn ich zurück bin, habe ich wieder Zeit, alle Vorzüge der Malerei auszukosten.

Bitte.

Ja?

Dein Leo.

Ihre letzte Begegnung hatte ihn nicht mehr losgelassen. Für ihn war sie die Ebba geblieben, die mit ihm auf der Bühne gestanden hatte, die Sängerin, mit der er erbitterte Kämpfe ausgefochten hatte; sie hatten Spaß gehabt, auch wenn ihre Misserfolge immer wieder frustrierend gewesen waren. Er hatte davon gehört, dass sie sich aus der Szene zurückgezogen hatte, aber erst als er sie in ihrem neuen Umfeld gesehen hatte, war ihm klar geworden, wie sehr die Jahre auch sie verändert hatten. Ihre Wohnung hatte ihm sofort gefallen. Sie schien zufrieden mit sich, als käme sie allein sehr gut zurecht. Immer wieder schoss ihm ihr Wutausbruch durch den Kopf. Er wurde die Bilder einfach nicht los, und obwohl sie wehtaten, hatten sie auch etwas Tröstliches. Ihre Schreie und Schläge waren furchtbar gewesen, aber es lag eine Stärke darin, die er in den letzten Jahren schon fast vergessen hatte, eine Aufrichtigkeit, die er vermisst hatte. Ihre Wut kam von innen, und es hatte ihn sehr berührt, dass ihr noch immer an ihm lag. Als er nach dem Besuch nach Garz zurückfuhr, hatte er erstmals wieder Hoffnung gehabt, dass sich nach New York tatsächlich etwas ändern könnte.

Er fuhr sich mit der Hand über die Wange und strich die Haare aus der Stirn. Immer wieder tastete er mit den Fingern die Stelle über der Augenbraue ab, aber die Verletzung tat nicht mehr weh.

Er nahm seine Tasche, schob Fernbedienungen, Programmzeitschriften und Werbeprospekte vom Glastisch und stellte sie ab. Sirenen heulten. Er suchte seinen Waschbeutel, ging ins Bad und wusch sich das Gesicht. Dann drehte er den Messinghahn wieder zu und trocknete sich Gesicht und Hände an einem der Handtücher, sie rochen nach Chlor und Seife.

Rahel würde nachkommen. Er hatte eine Abmachung mit ihr getroffen. Er spürte, dass es die letzte war.

Zwei Tage später saß Leo auf dem Sofa, Rahel ihm gegenüber im Sessel im Wohnbereich der Suite. Gerade liefen auf dem Bildschirm vor ihnen die Videosequenzen, die der Filmemacher Wulf Greulich aus den unzähligen Stunden Filmmaterial zusammengeschnitten hatte, das im Laufe des letzten Jahres entstanden war. Er hatte Leo seit fast einem Jahr immer wieder durch Berlin begleitet, ihn im Atelier besucht und nun Filmaufnahmen von ihm und Rahel in New York gedreht, dort, wo ihre Beziehung und ihr Erfolg ihren Anfang genommen hatten. Erst gestern hatte er sie gefilmt und heute einen Boten geschickt, sie sollten sich ansehen, ob sie mit den Aufnahmen einverstanden waren.

Rahel wirkte konzentriert und runzelte angestrengt die Stirn, neben ihr lag aufgeschlagen das Filofax mit dem Terminplan für die nächsten Tage. Seit auch Rahel in New York eingetroffen war, nahmen sie alle wichtigen Termine gemeinsam wahr. Es war seltsam, wieder mit ihr in einem Zimmer zu sein, sie hatten sich seit ihrem Streit in Garz nicht mehr gesehen. Leo hatte Rahel noch nie so distanziert erlebt. Wenn sie überhaupt mit ihm sprach, sah sie an ihm vorbei oder durch ihn hindurch, und wenn ihre Anwesenheit nicht unbedingt erforderlich war, ging sie ihm aus dem Weg. Es war ihm eigentlich ganz recht.

New York war voller Erinnerungen. Als der Bildschirm wieder schwarz wurde, griff Leo nach der Fernbedienung und spielte die letzten Sequenzen noch einmal ab:

Sie sitzen auf einer der grünen Bänke am Eingang des Central Park South. Ein Netz von Sonnen- und Schattenflecken breitet sich über ihnen aus, auf Rahels Schoß liegt ausgebreitet der Stadtplan. Ein Mann mit weißen Kniestrümpfen und Shorts schreitet durchs Bild, eilige Menschen, solche, die gemütlich telefonieren, solche, die ihren Bauch vor sich herschieben, und solche, die Kinder hinter sich herziehen, wandern vorbei – die Kamera verweilt auf Rahel und ihm, sie unterhalten sich angeregt. Dann spazieren sie über eine Brücke, unter der sich ein künstlich angelegter Wasserfall in ein rundes Becken ergießt. In der nächsten Aufnahme befinden sie sich in Chinatown unter grüngelb gesprenkelten Drachenköpfen, deren Mäuler so rot sind, als hätten sie Rote Beete gefressen. Leo unterhält sich mit einem zahnlosen Chinesen, und Rahel, die neben randvollen Plastikschubern steht, hält sich die Hand vor Mund und Nase. Eine Alte füllt kleine, vertrocknete Shrimps in eine Plastiktüte. Dann sitzen sie beim Nudelessen, und Rahel lacht über seine Faxen mit Stäbchen und Sternfrüchten, klatschmohnrote Enten hängen an Fleischhaken in fettverspritzten Schaufenstern. Dieser Szene schließt sich eine andere in einem Café an, in dem die Tische eng an eng vor einer gemauerten Wand stehen. An der Decke hängen Messingtöpfe, dicke Puertoricaner mit weißen Hauben auf den schwarzen Haaren huschen durchs Bild. Leo und Rahel sitzen vor einem Teller Waffeln mit Zimtschlagsahne und Erdbeeren, Rahel kostet und leckt sich die Fingerspitze ab, Leo zeichnet ein Kreismuster mit dem Zuckerstreuer auf den dunklen Holztisch, die letzte Sequenz.

Nachdem Greulich sie gefilmt hatte, hatten Rahel und er noch einen Spaziergang gemacht, fast wie früher. Schweigsam waren sie durch das südliche Manhattan geschlendert, und es war, als würde die New Yorker Luft alles andere verdrängen. Als sie sich kurz auf eine Bank vor den Fenstern eines kleinen Ladens mit türkisfarbener Einrichtung und bunten Backwaren in der Auslage gesetzt hatten, weil Rahel ihre Schuhe neu binden wollte, hatte er sie gefragt, ob sie sich noch erinnere, wie er ihr am frühen Morgen aus genau dieser Bäckerei manchmal Bagels vorbeigebracht hatte. Obwohl ihr Zimmer an der Upper West Side gelegen hatte, war Leo den ganzen Weg vom Gramercy Park gelaufen. Rahel hatte traurig gelächelt.

Leo war aufgestanden, hatte sie bei der Hand genommen und hinter sich hergezogen: »Und weißt du noch, wie wir mit diesem Kurator vom Guggenheim vom Abendessen bei Van Veen im Taxi nach Hause gefahren sind? Und wie du ihn gefragt hast, was er denn mache – ob er auf der Fashion Week sei! Das Gesicht werde ich nie vergessen.«

Da hatte auch Rahel gelacht: »Und erinnerst du, wie wir auf diese Party von Daisy Car gingen, und dann war es eine reine Lady's Night?«

»O Gott, ja, ein Horrorkabinett!«

»Man konnte keine der Ladys von der anderen unterscheiden. Alle hatten die gleiche Figur, die gleiche Haarfarbe, die gleichen Nasen, die gleichen dicken Lippen.«

»Das Schlimmste war, dass ich mir jede von ihnen nackt vorstellen musste, eine unerträgliche Vorstellung.«

Rahel war wieder ernst geworden.

»Ach komm, Rahel, ich mache doch nur Spaß!« Leo hatte sie in die Seite gestupst, Rahel hatte sich an ihrer Handtasche festgehalten. »Und einmal saßen wir bei Palms und tranken Whisky Sour mit Max«, hatte Leo wieder begonnen, »und Max hat den Barkeeper nach dem Mix gefragt, weil er noch nie einen so guten Whisky Sour getrunken hatte.«

»Ach ja«, hatte Rahel gemeint, offenbar wieder versöhnlich, »und dann war es ganz einfach Tütenmix gemischt mit Sprudelwasser, stimmt's?«

Sie hatten gelacht und waren über eine rote Fußgängerampel gerannt, bevor der Verkehrsstrom die Lücke wieder geschlossen hatte. Sie waren an einer Anwaltskanzlei und einem Geschäft für Taschen und Accessoires vorbeigekommen, dahinter lag *Rivington Guitars*. Leo hatte Rahels Hand losgelassen und sich die Nase an der Scheibe plattgedrückt.

»Was willst du mit noch einer Gitarre?«, hatte Rahel gefragt.

Überall im Raum und an allen Wänden hatten akustische und elektrische Gitarren gestanden. Die Preisschilder aus Papier hingen an weißen Bindfäden und flatterten im Wind des Ventilators. Sonnenlicht fiel durch die staubigen, verschmierten Fenster. Keine Minute verging, und Leo saß auf einem Schemel und hielt eine schokoladenbraune Gibson aus Chicago in den Armen.

»One thousand seven hundred bucks«, sagte ein weißer Jimmy Hendrix. Er stotterte, den nächsten Satz musste er drei Mal von vorne anfangen: »Sie – sie – sie ist aus den Fünfzigerjahren. Ich habe sie in einem Jazzclub in Chicago gefunden.«

Leo fing an zu spielen und hörte sich in den Klang hinein.

Er ignorierte Rahels besorgte Blicke und fragte: »Nimmst du Kreditkarten?«

»Nur Cash, sorry.«

Leo stand mit der Gitarre im Arm auf, zählte das Geld ab und legte die Dollarnoten neben die Kasse.

»O-Okay«, sagte der Verkäufer. »Jetzt muss ich nur noch einen Koffer finden. Warte eine Minute – ich bin gleich zurück.« Mit hängenden Hosen, die einen Streifen Hintern freigaben, verschwand er durch eine Tür.

»Leo«, fragte Rahel, »wie willst du die denn transportieren?«

Leo spielte die Akkorde von *Cry Cry Cry* an und tippte mit dem Fuß auf den Teppich. Er summte und sagte dann: »Vielleicht hätte ich doch Musiker werden sollen. Maler bleibt Maler, Musiker bleibt Musiker, so ist das eben.« Er stoppte den Klang mit der flachen Hand.

»Aber du bist Maler!«

»Du hast es nie gemocht, wenn ich singe, oder?«

»Doch. Doch, natürlich. Aber du hast schon so viele Gitarren.«

»Ich habe auch drei Millionen Pinsel, und es stört dich nicht.« Er stimmte ein anderes Lied an. *And if my thought-dreams could be seen, they'd probably put my head in a guillotine, but it's allright, Ma, it's life, and life only.*

»Okay!« Der Verkäufer war zurück. »Schau, ob der passt, ist gar nicht so einfach, den richtigen Koffer zu finden, weil sie so einen runden Bauch hat.«

Leo legte die Gitarre in ihren Koffer. »Passt.«

»Cool.«

Rahel fixierte mit verschränkten Armen die Tür.

»Okay, buddy. Wo kommst du her, Mann?«

»Aus Berlin.«

Der Verkäufer warf einen sehnsüchtigen Blick in den offenen Koffer. »Das ist cool! Coole Stadt.«

Leo hörte, wie Rahel den Laden verließ. Die Sprungfeder zog die Tür mit einem Knall zurück ins Schloss.

Leo fuhr mit der Hand über den schwarzen Samt, bevor er den Deckel des Koffers zuklappte und die verchromten Metallverschlüsse zuschnappen ließ.

Auf dem Weg nach draußen hatte der Verkäufer ihm hinterhergerufen: »Spiel sie, Mann. Und zeig ihr Berlin!«

Jetzt lag die Gitarre in ihrem Koffer neben Leo auf dem Sofa. Er wusste, dass Rahel geliebt werden wollte. Greulichs Kamera hatte sie für kurze Momente wieder zueinandergeführt, aber es waren nur Posen gewesen, es war vorbei. Was er für die Bilder empfand, die ab heute Abend ausgestellt würden, und was ihn dazu gebracht hatte, sie zu malen, das alles schien längst vergangen. Er hatte den Weg, der ihn zum Erfolg geführt hatte, den Weg an Rahels Seite, innerlich verlassen. Er befand sich in einer Kapsel, die ihn in der Vergangenheit festhielt, doch wenn er wieder in Berlin wäre, würde er ihr entsteigen. Er dachte an Ebbas Worte: *Was er kann, kann ich auch*. Stumm legte er die Fernbedienung auf den Tisch, stützte die Ellbogen auf die Knie und verschränkte die Hände.

Rahel wischte sich mit einer fahrigen Bewegung über die Augen, dann erklärte sie: »Gut. Gute Arbeit.« Sie griff nach ihrem Filofax, in dem eine ihrer altmodischen To-do-Listen steckte, schlug die Beine übereinander und machte einen Haken. »Okay, die Kataloge sind unterwegs, die Interviewtermine stehen, jetzt müssen wir eigentlich nur noch –«

Leo unterbrach sie: »Rahel!«

Sie sah ihn nicht an.

»Es war schön, am Anfang, ich wollte dir nie wehtun.«

Rahel sah ihn noch immer nicht an. Dann nickte sie und schaute auf ihre Uhr: »Wir sollten gehen.«

Die Abendluft war abgekühlt, fand Leo, als er zum zweiten Mal an diesem Tag die weiten Steintreppen zu den Säulen vor dem Eingang des Met hochstieg, immer noch saßen auf den Stufen vereinzelt Menschen. In ihrem Rücken floss der Verkehr, der Wind ließ Max' Schal und Rahels Kleid flattern und trieb Leo Tränen in die Augen. Sie passierten die Metalldetektoren im Eingangsbereich, und Jeff Crueger, Kurator der Abteilung »Nineteenth Century, Modern and Contemporary Art«, kam ihnen in Nadelstreifenanzug und Krawatte entgegen. Die weißen Fäden im blauen Tuch seines Anzugs zogen sich so korrekt über die Falte seiner Armbeuge, wie die Brille auf seiner Nase saß, wie die Krawatte im Revers verschwand und wie er den Abstand seiner Schritte auf dem Marmor maß. Er artikulierte seine Worte so sorgfältig, dass man allein aus der Begrüßungsfloskel seine Vergangenheit in Harvard heraushörte: »Max, Leo – welcome, how do you do?« Die Hornbrille, die gesunde Farbe seiner Hände und das Braun des ledernen Uhrenbandes, das unter der weißen Manschette zum Vorschein kam, passten farblich zum Fußboden der gigantischen Eingangshalle im Bauch des Museums.

Max und Leo gingen links, Jeff und Rahel rechts um den Informationsstand herum, am Fuß der Treppe, die ins erste Geschoss führte, trafen sie sich wieder.

Vor kaum einem Jahr am ersten Mai, war Jeff zum »Galerierundgang« in Leipzig gekommen, wo Max eine Dependance seiner Berliner Galerie hielt. Jeff war von Leos Arbeiten so begeistert, dass er die »Sonderausstellung« mit zwölf allein fürs Metropolitan Museum gemalten Bildern realisieren wollte.

Es war eine lukrative Ehre, von der sich Max jene Anerkennung für Leos Werk versprach, die ihn von den zahlreichen sogenannten jungen Künstlern auf Dauer abheben sollte.

Während Rahel, Max und Jeff sich über die Pressetermine und die Gästeliste des bevorstehenden Eröffnungsabends unterhielten, sah Leo sich um. Ein Pesterwitzer sollte also nach Andreu Lipkin und Anna Green der dritte lebende Künstler sein, der seine Werke in diesen Räumen zeigen durfte.

Jeff unterbrach Leos Gedanken. »Es scheint dir gut zu gehen!«, stellte er fest und musterte Leo von oben bis unten.

»Es geht ihm gut!«, antwortete Max an seiner Stelle. »Nicht wahr, Leo? Er ist etwas nervös, aber das ist ein gutes Zeichen.«

»Weißt du«, sinnierte Jeff, »die Bilder sind Meisterwerke, wir erleben hier den vorläufigen Höhepunkt einer großen Karriere. Ein anderer wäre für die Ausstellung gar nicht infrage gekommen, er ist mir als Erster eingefallen.«

Max lächelte zufrieden.

»Das Schwierige bei der Auswahl«, sagte Jeff mit gedämpfter Stimme, »war, einen herausragenden Künstler zu finden, der noch nicht im Übermaß ausgestellt wurde. Leo erfüllt beides, eine faszinierende Gestalt.«

»O ja«, sagte Max, »er ist sicher der Einzige, der so etwas schaffen konnte. Er ist sehr produktiv, und seine Bilder sind einmalig eigen.«

»Wir überlegen, zwei Bilder für die Sammlung zu kaufen. Hast du eine Preisliste?«

Sie reden über mich, als wäre ich gar nicht da, dachte Leo.

»In Berlin. Hast du die Proformarechnung nicht bekommen?«

»Doch, doch, ich dachte, wir können unabhängig davon einen Preis für *Die Bar* machen.«

»Es ist sein bestes Bild.«

»Schick mir einen Vorschlag!«

Leo sah, wie Max Rahel zuzwinkerte, aber sie wirkte wie versteinert. Sie gingen durch lange Gänge und große Ausstellungsräume, über Teppichboden und Steinfußboden, dann stiegen sie wieder eine Treppe hinab, durchschritten eine lichtdurchflutete Halle und erreichten im Zwischengeschoss Leos Ausstellungsraum.

Das Metropolitan Museum habe dem Maler Leo Becker keinen Gefallen getan, stand im *National Enquire*. In der Tat hatte der Raum mit der niedrigen Decke, gemessen am Volumen des gesamten Museumskomplexes, die Größe einer Bakterie.

An weiß gestrichenen Wänden hingen Leos Bilder, er selbst hatte das so entschieden. Heute Morgen hatten die Leinwände noch in Noppenfolie verpackt an der Seite gelehnt. Für das größte Format, *Windstoß,* hatte Jeff ihm die große Fläche außerhalb des Galerieraumes, gegenüber von Warhols *Mao,* angeboten.

Leo prüfte ein letztes Mal Hängung und Beschriftung und schritt an seinen Bildern entlang. Klebebänder, Folie und anderes Material, das heute Vormittag noch herumgelegen hatte, waren verschwunden, nirgends war mehr Werkzeug zu sehen. Das Weiß der Wände war makellos, der Boden sauber gefegt, alles war still, nur Leos Magen knurrte, und sein Unbehagen wuchs. Nach *Windstoß,* das aus zwei großen Leinwänden bestand, fiel der Blick auf *Zerstörtes Zimmer,* und Leo betrachte die kleine Figur auf der Kommode.

Ununterbrochen waren im Atelier die Öfen gelaufen, er hatte die letzten Arbeiten an den Bildern erst spät abgeschlossen. Tagelang hatten die Gebläse geknackt und gelärmt, die Spiralen hatten sich glühend orange erhitzt, erste Insekten irrlichterten hinein, es roch verbrannt. Mit heißen Waden hatte er im roten Licht der Elektroöfen gestanden und an der Skizze des tanzenden Figürchens auf der Kommode gearbeitet. Er hatte ihr einen türkisblauen Rock gegeben, die Farbe des Kleides wiederholte sich im Blauton des Seidentuchzipfels, der im Vordergrund des Bildes lag. Mit dem gleichen Farbton hatte Leo noch an dritter Stelle einen Akzent gesetzt, um die endlich geschlossene Komposition zusammenzubinden. Er hatte den Pinsel immer wieder in der Fläche der Wand abgestrichen und durchsichtige braunblaue Schlieren in der roten Farbe hinterlassen. Er hatte sie weiter eingekleidet und einen Schatten über ihren linken Arm gemalt.

Am Abend bevor er die Bilder mit der Spedition hatte verpacken müssen, war er jedes Bild noch einmal durchgegangen, er hatte die Schwachstellen bemerkt, die unausgefüllten Hintergründe und die teils nur grob ausgearbeiteten Hände seiner Figuren. Aber es hatten ihn keine Wochen, keine Tage mehr vom Transporttermin getrennt, sondern noch wenige Stunden.

Die Bar hatte er unfertig zur Ausstellung freigegeben. Es war das Bild, das er vor dem Transport als erstes mit dem Motiv zur Wand gedreht hatte, sodass er nur noch den nackten Keilrahmen sah und die Ölflecken, die sich dunkel auf dem Stoff abhoben. Natürlich hatte er in der heißen Phase vor zwei Jahren Bilder verkauft und ausgestellt, an denen er, wenn er ehrlich war, nicht sehr ernsthaft gearbeitet hatte. Er hatte es spielerisch gesehen. Der lockere Umgang mit seiner Malerei spiegelte seinen damaligen Lebensstil, er versuchte gar nicht, es besser zu machen. Doch als er in Garz vor der Leinwandrückseite des Porträts von Rahel gesessen hatte, war ihm bewusst geworden, wie achtlos er mit seinen Bildern, mit ihr, umgegangen war, wie fahrlässig er gehandelt hatte. Es war misslungen. Voller Selbsthass hatte er die Polaroidkamera genommen und von jedem der zwölf Bilder ein Foto geschossen, dann hatte er die Polaroids an die Galerie geschickt.

Der LKW war am nächsten Mittag gekommen. Die Bilder waren in Folie eingeschlagen und mit einer Hängevorrichtung, die man am Rahmen befestigte, sie einzeln in einer Holzkiste aufgehängt worden. Beklommen hatte Leo zugesehen, wie die Kästen im Bauch des Lasters verschwanden, acht Stunden bevor in Tegel die Maschine nach New York abheben sollte.

Ich möchte mich in Seide spinnen und an einen Birkenzweig hängen. Wie könnte ich mich aus dem Leben zurückziehen? Seit eh und je kämpfe ich hier mit einer Armee, die nur aus armen Rittern besteht.

Inzwischen hatten alle Bilder einen Platz an dieser kahlen Museumswand gefunden und starrten ihn teilnahmslos an. Die weiße Makellosigkeit der Räume konnte sein Wissen um ihre Unzulänglichkeit nicht aufheben, im Gegenteil, sie unterstrichen noch das Gefühl der Leere. Er stand wie erstarrt. Er spürte, wie Jeff und Max ihn ansahen, Jeff schien ihn kühl, Max sachlich, verantwortlich zu mustern, dann sahen sich die beiden an. Die Anspannung in ihren

Gesichtern schien der Gewissheit zu weichen: *Es wird eine großartige Ausstellung.*

Ihre Blicke linderten Leos Bestürzung, er fühlte Erleichterung. Die Selbstzweifel, seine Schuldgefühle hatten hier nichts zu suchen. Die Bilder wurden wieder zu dem, was sie hier, in diesem Museum, waren, was sie sein würden, wenn sie diese Räume wieder verließen: Produkte, Objekte, Zahlungsmittel. *Faules Obst*, *Zerstörtes Zimmer*, *Straßenszene.* Wen kümmerte es, ob sie schlecht, ob sie unvollendet waren. Es ging nur noch darum, sie loszuwerden. Ihr Marktwert würde ihn von ihnen erlösen. *Straßenszene* würde vielleicht in L.A. bei Andy Hinkeldey landen. Dort würde es im Esszimmer von der eingebauten Beleuchtung angestrahlt und teuer schweigen. Blieb der Wert seiner Werke auf dem Markt konstant, würde es dort hängen bleiben, sank sein Wert, würde Andy es in die Garage stellen, wo seine Fehlkäufe lagerten, die auf den Auktionen nicht mehr weggingen. Ohne Kritiker, ohne Galerie, ohne Metropolitan, ja, ohne den Namen Leo Becker war jedes dieser bunten, aufgespannten Tücher nicht mehr wert als ein Stück Stoff.

Erlöst trat Leo den Journalisten entgegen, die sich inzwischen im Zwischengeschoss versammelt hatten. Vor *Die Bar* verschränkte er die Hände hinter dem Rücken. Ihm gegenüber hatte sich der Kameramann eines öffentlich-rechtlichen Senders platziert, sein Objektiv musterte ihn von den Schuhen an aufwärts. Die Umstehenden bildeten eine dicht gedrängte Gruppe. Jeff Crueger kam an seine Seite, eröffnete die Ausstellung und lud die Journalisten ein, mit Leo durch die Ausstellungsräume zu gehen und ihre Fragen zu stellen:

»Herr Becker, was bedeuten Landschaften für Sie?«

»Herr Becker, wie kommen Sie auf diese Farbpalette?«

»Herr Becker, haben Sie einen besonderen Bezug zu den Figuren in Ihren Bildern?«

»Herr Becker, welche Rolle spielt das Obst in Ihren Arbeiten?«

»Ist *Zerstörtes Zimmer* eine Anspielung auf die Konsumgesellschaft?«

»Würden Sie Ihre Kunst als politisch bezeichnen?«

Leo straffte die Schultern, er wusste, was Leo Becker, was Leo Beckers Worte ihnen wert waren, und er war bereit, ihnen zu erzählen, was sie hören wollten. Während er sprach, ließ er seine Augen über die Gesichter um ihn herum wandern: »Was mich in allen Bereichen an der historischen, kulturellen und sozialen Entwicklung am meisten fasziniert, sind Unregelmäßigkeit und Widersprüche. Sie erzeugen Spannung. Harmonie ist Stillstand. Ich setze meine Figuren immer Landschaften aus. Nichts ist gegensätzlicher als Mensch und Natur, gerade deshalb ergänzen sie sich so gut.«

Für einen kurzen Moment fühlte Leo die Fülle seiner siebenunddreißig Jahre, und für einen kurzen Moment gab sie ihm Kraft. Der Moment hielt nicht an. Er sah sich suchend nach Rahel um, aber Max stand alleine vor *Faules Obst* und hörte ihm zu.

»Meine Farbpalette unterliegt einer Art Tabelle, auf der ich jeden Farbton festhalte, mit dem ich je gemalt habe, man könnte es mit einer Straßenkarte vergleichen. Am Ende kommt die Palette zu mir, sie ergibt sich, mehr kann ich dazu nicht sagen.« Leo legte die Stirn in Falten und suchte nach Worten. Dann breitete er seine Arme aus, als wolle er die Umstehenden beschwören, und fuhr fort: »Die Figuren in meinen Bildern haben mit meiner Vergangenheit und Gegenwart zu tun. Alles, was ich male, hat damit zu tun – meine Bilder sollen Geschichten erzählen.« Er ließ die Arme wieder sinken und räusperte sich. »Mich beeindruckt, mit welcher Deutlichkeit sich mir die Gesichter und Charaktere bestimmter Menschen einbrennen. Sie bleiben Teil von mir, weil ich sie studiert habe, sie bilden mein Repertoire, sie dienen mir als Grundlage für eine neue Interpretation ihres Wesens.« Die Gruppe wanderte zum nächsten Bild. »Das Obst? Es fault, das ist alles. Es ist ein natürliches Bild.«

Leo sah keines seiner Gemälde an, er ging zum nächsten Bild, obwohl man ihm noch Fragen zum vorletzten stellte. Den Gesichtern konnte er weder Argwohn noch Überraschung entnehmen, alle um ihn herum verharrten mit erwartungsvollen Mienen. Jemand fragte: »Herr Becker, warum sind Sie mit Ihrem Atelier aufs Land gezogen?«

Leo machte den Journalisten, der die Frage gestellt hatte, in der Menge aus und antwortete ihm: »Ich komme vom Land, dort bin ich aufgewachsen. Ich sehnte mich nach dem Gefühl leiser Trauer in meinem Glück. Die Natur macht mich sprachlos und bescheiden. In der Stadt frage ich mich, ob ich bei allen Einflüssen unverfälscht bleiben kann. Dort muss man die richtige Sprache sprechen, um *in* zu bleiben, man muss die richtigen Dinge sagen, um von den Menschen wahrgenommen zu werden. Die Gesellschaft glaubt an ihre eigene Unsterblichkeit, sie hält an Gewinn und Wachstum fest. Jeder macht sich größer, als er in Wahrheit ist. Ich kann nicht aus einer selbstverherrlichenden Überzeugung heraus malen. Es ist ein Kampf, in dem man gewinnen *und* verlieren kann. Ohne dieses Risiko würde meine Kreativität versiegen. Die Ungewissheit ist lebensnotwendig. Erst der Tod gibt dem Leben und der Kunst einen Sinn.«

Leo entdeckte Rahel in dem Kreis, der sich zu Max gesellt hatte; fortlaufend begrüßte sie leise jemanden, lächelte und machte Leute miteinander bekannt. Er konnte ihren Blick nicht einfangen, immer wenn er zu ihr hinsah, sah sie gerade weg, und ihm wurde die nächste Frage gestellt. »Sie scheinen sehr ins Detail zu gehen, ist es das, was Ihre Bilder so geheimnisvoll macht?«

»Ich glaube, es kommt auf zwei Dinge an: die Detailarbeit des Malers und die Detailwahrnehmung des Betrachters. Ein Bild braucht immer einen aufmerksamen Betrachter. Ich will, dass der Betrachter in meinen Bildern Details entdecken kann, also gebe ich mir damit Mühe. Das Auge sollte zu tun haben.«

Auf die letzte Frage, »Welches der Bilder ist Ihnen am wichtigsten?«, wusste er nichts zu sagen. »Die Frage kann ich nicht beantworten«, schloss er.

Als sich die Journalisten und die Besucher des Eröffnungsabends in den Räumen zerstreuten, trat Leo zu Max und Rahel. Die Luft war stickig. Rahel sah müde aus und noch dünner als sonst. Jeff kam auf sie zu, drückte Leo fest die Hand und lobte ihn für seine Worte, als sie von einer Besucherin unterbrochen wurden:

»Leo!«, fiel eine ältere Dame ihn an. »Ich muss – ich *muss* Ihnen sagen, Ihre Bilder … wenn ich sie kaufen könnte … Signieren Sie meinen Katalog?«

Den ersten Katalog hatte Leo gestern Abend für den Sammler Seth Friedman signiert, der in seinem Apartment ein Abendessen für ihn ausgerichtet hatte. Seths Kunstgeschmack war konventionell, die Kaviarhäppchen fielen minimalistisch aus, dann wurde zu Tisch gebeten. Später, als der immer betrunkenere Gastgeber seinen kunstsinnigen Gästen einen Vortrag über die Jagd nach dem Schönen hielt, war der Bote mit den druckfrischen Katalogen aus Deutschland gekommen. »Die Kataloge!«, hatte Seth gerufen, Max hatte mit einem Messer des Silberbestecks den Deckel längs aufgeschlitzt und den Karton aufgerissen, dass die Styroporschnipsel herausflogen wie aufgescheuchte Tauben. *Leo Becker SOLUS* enthielt Leos sämtliche Werke, bis auf die zwölf Bilder für das Met. Es war Max' Einfall gewesen, dass sich die nicht ausgestellten Werke im Katalog und die ausgestellten Bilder im Museum zu einem Gesamtwerk ergänzen sollten, ein ganz besonderer Clou. Seth war begeistert gewesen, »Phantastisch!«, hatte er gerufen und ihm ein Exemplar und einen Kugelschreiber gereicht. Schließlich hatte er darauf bestanden, dass Leo das Datum unter seine Signatur setzte, »damit man weiß, dass es noch vor der Eröffnung war«. Leo hatte Rahel einen Blick zugeworfen, sie hatte genickt und den Katalog, den sie in der Hand hielt, in den Karton zurückfallen lassen.

Auch jetzt sah sie ihn kurz an und nickte, dann wandte sie sich flüsternd an Jeff.

Ein Netz aus goldenen Fäden. Ein Marktplatz der Schönen und Reichen, auf dem mit Sonderlingen und Einsamen Handel betrieben wird. Und ich, ich falle zusammen wie ein Kartenhaus.

Leo unterzeichnete den Katalog, den die Frau ihm hinhielt, sie sah sich triumphierend um. Aber es gab keine Zeugen, der Raum hatte sich bis auf wenige Besucher geleert. Leo sah, wie auch Rahel mit Jeff an ihrer Seite den Raum verließ. Ihre Silhouette kreuzte *Die Bar*, und für einen Moment füllte sie die Leere in der Bildmitte. Es war, als würde das Bild für einen Moment zu einem Spiegel, der ihm zeigte, was er seiner Frau verwehrt hatte. Die Möglichkeit der Nähe. Der Moment war schon vorbei, als Leo spürte, wie ihm die Hitze ins Gesicht stieg. Was er den Journalisten gesagt hatte, stimmte, die Figuren in seinen Bildern hatten tatsächlich mit seiner Vergangenheit und Gegenwart zu tun. Aber sie erzählten die Geschichte eines Betrugs, an dem er die Schuld trug. Er hatte sich und Rahel Unrecht getan. Er verachtete sich für sein Unvermögen, ihr gegenüber ehrlich zu sein.

Hilflos sah er auf die Spitzen seiner Boots, und als er wieder aufschaute, glaubte er für einen Moment, in sein eigenes Gesicht zu sehen. Es war Jan! Jan Becker, sein Cousin. Und wirklich sah Jan wie Leo selbst aus, nur der Kiefer war breiter, aber er hatte die gleiche »beckersche« Nase mit leicht nach unten gekrümmter Nasenspitze, die gleichen von kleinen Falten unterlegten grünen Augen und die dicken geraden Augenbrauen. Wenn sie lachten, zeichneten sich an ihren Wangen an den gleichen Stellen Falten ab, nur in ihrem Gang und ihrer Stimme unterschieden sie sich. Fünfundzwanzig Jahre waren nie vergangen, sie nahmen sich in den Arm, Leo packte Jan bei den Schultern, als wolle er fühlen, ob er echt sei. Er war echt. So echt, dachte Leo, wie er selbst sich plötzlich fühlte. Jan gegenüber war er nicht Leo Becker, der berühmte Maler aus Deutschland, er war Leo Becker aus Pesterwitz, der Seilbrücken über den Bach baute, sich Mutproben ausdachte und sich im Dunkeln fürchtete. Darin lag ein großer Trost.

Leo schlug vor, sich in die nächstgelegene Bar zurückzuziehen. Das laute, wirre Gerede blieb hinter ihnen zurück, als sie zum Ausgang wanderten. Draußen fragte Jan verunsichert, ob Leo denn einfach so verschwinden könne. »*Einfoch sou*?«, ahmte Leo lachend seinen Dialekt nach. »Du alter Pesterwitzer! Bis zum Abendessen braucht mich niemand mehr.« Auch beim Essen würde ihn niemand vermissen, dachte er, aber er wollte Rahel nicht hängen lassen.

Sie unterhielten sich darüber, wie es ihnen in den letzten Jahren ergangen war. Jan berichtete, dass sie jedes Jahr an Weihnachten zu den Eltern seiner Frau Camélia in die Berge Perus reisten, erzählte von den Kindern und dem einfachen Leben in Salinas. Er vermisse nur das gute Brot, die Rosinenschnecken und die Spreewaldgurken. Sie bestellten einen zweiten Bourbon und kamen auf die alten Zeiten zu sprechen. »Weißt du noch, wie wir am Tag vor Weihnachten um sechs Uhr ins Bett gesteckt wurden?«, fragte Jan. »Wir lagen in unseren Betten und hörten meiner Mutter beim Kochen zu, lauschten, wie sie in der Küche Zwiebeln und Gemüse hackte oder die Töpfe aus der Schublade nahm.«

»Und wenn wir am nächsten Tag aufwachten«, fuhr Leo fort, »war das ganze Haus aufgeräumt und geschmückt. Tannenzapfen mit roten Filzmützen standen in den Fenstern, und es roch schon morgens nach warmer Butter und Rotkohl.«

»Erinnerst du, wie wir auf Holzbrettern bei uns die Treppe runtergerutscht sind?«, fragte Jan.

»Ich weiß nicht, wie wir das gemacht haben, wir hatten eine Geschwindigkeit! Heute hätte ich Angst.« Leo erinnerte die dunkle, schmale Treppe genau. Am Fuß der Treppe lag die kleine Toilette, in der sich, Gott weiß wie, seine Cousine Elfi einmal so eingeschlossen hatte, dass sie nicht mehr herauskam. »Leider nur einmal!«, lachte Jan. Harald hatte die Tür mit einem Brecheisen aufgestemmt. Leo fand ihn damals unglaublich stark. Wenn im Winter genug Schnee lag, waren sie in seinem Garten von den Apfelbäumen gesprungen und bis zur Hüfte im Schnee eingesunken.

Im Sommer tranken sie aus riesigen Glasflaschen den dickflüssigen, grüngoldenen Apfelsaft aus Haralds eigener Pressung. Der Saft zerschmolz auf der Zunge wie samtweiche, süßsaure Sahne. Und wenn er sein Glas gegen die Sonne hielt, konnte er in dem flüssigen Bernstein tausend kleine Pünktchen erkennen.

Wenn Leo zu lange bei seinem Onkel auf dem Hof gewesen war und es schon dunkelte, musste er alleine die steile Straße hinab nach Hause laufen. Die Dunkelheit bereitete ihm große Angst. Er war besessen von der Furcht und ganz betäubt von seinen Phantasievorstellungen. Im Wind hörte er den Atem der Räuber, spürte er den Hauch der Geister, die aus dem alten Rittergut ausgebrochen waren. Er sah ihre Blicke im Dickicht des Gestrüpps, sah ihre verrenkten Glieder als Schattenrisse auf der ausgebeulten Straße. Manchmal sang er leise vor sich hin oder sprach sich Mut zu, bis er den weißen Briefkasten erkannte und es wagte, die letzten Meter zur niedrigen Holztür in der Mauer zu rennen. Endlich in Sicherheit fiel er seiner Mutter um den Bauch, und sie strich ihm mit ihren zarten Fingern durchs Haar. Er musste zwölf oder elf Jahre alt gewesen sein, als ihm die Dunkelheit auf einmal nicht mehr schrecklich schien, sondern still, warm und wohlig. Er fühlte sich von ihr beschützt. In tiefer Nacht war er unsichtbar.

Leo sah auf die Uhr, es ging gegen einundzwanzig Uhr, er wurde zum Abendessen erwartet.

Draußen vor der Bar wehte ein starker Wind, Staub und üble Gerüche von Abfall und Abgasen zogen gen Brooklyn Bridge, Leo hörte, wie er durchs junge Gras rauschte, sah, wie er die Röcke über die Knie hob und die Krawatten wie Wimpel flattern ließ. Er fragte Jan, ob er nicht morgen Nachmittag noch einmal Zeit hätte. Jan freute sich sehr und wollte ihn auch abends zum Essen einladen. Leo umarmte ihn und sagte ihm, dass er gar nicht wisse, was für ein Geschenk er ihm damit mache. Als sie sich nach langem Reden vor der Bar verabschieden wollten, sah Leo Rahel mit Jeff, Max und einigen anderen Gästen die inzwischen leer gewordenen Stufen des Metropolitan herunterkommen. Sie ließ die anderen stehen, tanzte ihnen sichtlich angeheitert entgegen, »Da bist du ja!«, und begrüßte Jan überschwänglich. »Ja, wir kommen euch besuchen! Und vielleicht schafft ihr ja auch einmal den Weg nach Garz. Leo ist ja jetzt zu einer richtigen Landpomeranze geworden. Nicht wahr, Leo?« Er sah sie nicht an, verabschiedete sich von Jan und führte Rahel zurück zu den anderen. Max sah ihnen stirnrunzelnd entgegen, offenbar hatte er Rahels letzte Worte gehört. Leo gab ihm hinter ihrem Rücken achselzuckend zu verstehen, dass ihm ihre Beleidigung nichts ausmachte. Tatsächlich erleichterte es ihn, es war, als mache Rahel seinen Betrug ungeschehen: Es gab keine Übereinstimmung zwischen ihnen, nicht einmal einen Anflug von Nähe. Nie würde sie verstehen, was ihm Pesterwitz, was ihm Garz bedeuteten. Er wünschte, er könnte auf dem Land die Zufriedenheit finden, nach der er suchte. Er wünschte, er könnte alles andere hinter sich lassen. Im Weggehen spürte er Jans besorgte Blicke im Rücken. Leo hatte das Gefühl, seit sehr langer Zeit alleine auf dieser Welt unterwegs zu sein.

Kapitel 17

Gebannt verfolgte Ebba die einführenden Worte der Tagesschausprecherin, dann wurden Ausschnitte aus Leos Werken eingeblendet, Nahaufnahmen, in denen sogar die Pinselspuren in der Ölfarbe zu erkennen waren. Leos Handschrift und seine Signaturen in unterschiedlichen Farben wurden gezeigt. Beim Anblick der Schrift und der Farbkompositionen hörte Ebba Leos Stimme, die ihn aufforderte, zu ihm auf den fliegenden Teppich zu steigen, er sei frei. Sie hörte, wie er ihr gestanden hatte, nicht zu wissen, wie er es auf dieser Welt noch fünfzig Jahre aushalten sollte. Sie sah, wie er neben ihr saß, mit ihrer Sonnenbrille spielte und verzweifelt nach Worten für seine Ängste suchte. Nun wurde er vor seinen Werken gefilmt, wurde gefeiert. Sie spürte, dass in den letzten zwei Monaten eine Veränderung in ihm vorgegangen war, noch eine Veränderung. Denn, so dachte sie, so anstrengend die letzten Monate für ihn gewesen sein mussten, welche Konsequenzen er auch immer für sich daraus gezogen hatte, die Ausstellung hatte ihn vielleicht endlich dazu gebracht, über sich und andere Menschen nachzudenken. Die Kamera fuhr über ein Straßenschild an der Fifth Avenue, die kolossale Fassade des Metropolitan, die mit Köpfen verzierte Stirn des Gebäudes, fing einen Streifen blauen Himmels, die amerikanische Flagge im Wind, das Gegenlicht der Sonne ein und filmte dann Leos Schuhspitzen, seine Cowboystiefel – Ebba musste lächeln –, seine Anzughose, selbst die Gürtelschnalle, dann das blaue Hemd, die offene Anzugjacke und schließlich Leos Gesicht. Er schien mit den Augen etwas zu suchen. Hinter ihm hing der schwarze Umriss eines weiblichen Oberkörpers, für Ebba sah es aus wie das Abbild eines verwehrten Gefühls, die gelbe Fläche schien mit dicker Farbe in mehreren Schichten gemalt. Das

Bild erschreckte sie. Da war sie, die Gesichtslosigkeit von Leos Frauen. Das Abbild fühlte sich sehr vertraut an, als hinge dort auch ein Spiegel für sie. Ebba senkte ihren Blick, als der Kurator der Ausstellung, ein Mann mit Hornbrille, interviewt wurde.

Erinnerungsfetzen schossen durch ihren Kopf, sie sah eine Ebba, die auf dem Bürgersteig in New York vor Leo gestanden und Dinge gesagt, Dinge getan hatte, die ihr heute unbegreiflich erschienen und weit, sehr weit zurücklagen. Sie war zurück nach Berlin geflogen, ohne es ihm zu sagen. Ohne sein Wissen hatte sie sich entschieden, das Kind nicht zu bekommen.

Wieder wurden im Fernsehen Bildausschnitte gezeigt, eine kleine, tanzende Figur, eine zerschnittene Matratze, dann wieder Leo, der zu Boden schaute.

Sie hatte ihr Gesicht nicht verlieren wollen, so wie es jener Frau auf dem Bild geschehen war, aus der Leo nichts als Umrisse und eine blanke Fläche gemacht hatte. Sie hatte beschlossen, ein Kind nicht ohne Vater aufzuziehen, sie wollte sich nicht auf ewig an einen Mann binden, den sie zum damaligen Zeitpunkt nie wieder sehen wollte. Es war vorbei, auch ein Kind hätte ihre Liebe zu Leo nicht unsterblich gemacht.

Wieder kam der Kurator zu Wort: »Die Bilder, die Leo Becker für diese Ausstellung gemalt hat, sind düsterer als seine früheren Werke. Im Gegensatz zu früher erzählen diese Bilder mehr aus seinem eigenen Leben.«

Auf der Rückreise hatte sie versucht, sich eine Zukunft mit Leos Kind vorzustellen, doch es gelang ihr nicht. Sie hinterfragte den Zeitpunkt – warum war es nicht früher passiert? Warum stellte man sie gerade jetzt vor diese Prüfung? Leo fühlte sich richtig an, doch könnte sie ihn auf diese Art zwingen, zurückzukommen? Sie liebte ihn und sehnte sich nach ihm, sie verwünschte ihn. Doch am Ende fiel sie immer wieder auf sich selbst zurück, auf die Frage nach ihrer Zukunft, ihrer Unabhängigkeit.

Zurück in Berlin hatte sie im Flur ihrer Wohnung den Koffer abgestellt und, noch im Mantel, sofort in der Tagesklinik angerufen.

Nein, sie wollte keine weitere Bedenkzeit. Man gab ihr einen Termin für den nächsten Morgen. Sie würde nicht trauern, hatte sie beschlossen, als sie auf die Astlöcher in den Dielen gestarrt hatte; sie wollte sie zu einem Bild verbinden, doch die Punkte ergaben keinen Sinn.

»Harmonie ist Stillstand.« Leos Stimme holte sie aus ihren Gedanken, er erläuterte gerade eines seiner Bilder: »... am Ende kommt die Palette zu mir.« Alles scheint »zu ihm« zu kommen, dachte Ebba. Umso nachdenklicher machte es sie, dass er es war, der, seit seinem Geburtstag, ja, seit seinem Besuch bei ihr den Kontakt zu ihr suchte. Er hatte ihr kurz nach ihrem Treffen, noch bevor er nach New York gereist war, einen Brief geschrieben. Sie legte die Fernbedienung beiseite und nahm das Papier in die Hand, es lag seit Tagen hier auf dem Tisch.

Liebe Ebba. Leo hatte mit wenigen Bleistiftstrichen ein Gürteltier über den Text skizziert, es trug eine blaue Schleife um den Hals, und auf dem Band stand ihr Name. Sie las die Zeilen und schüttelte amüsiert den Kopf, konnte nicht fassen, wie gut er zeichnen konnte.

Im Fernsehen konnte sie von Leo nur noch einen kurzen Blick von der Seite, einen weiteren von hinten erhaschen, im Bild wimmelte es von Menschen mit kuriosen Brillen auf den Nasen. Noch einmal sprach der Kurator: »Wir alle scheinen nicht um das Düstere und Bedrohliche herumzukommen. Leo Becker reflektiert in seiner Kunst das Leben, das in den Dingen des Alltags verborgen liegt.« Eine umgekippte Kiste Aprikosen wurde eingeblendet, dann wieder der Kopf des ungemalten Porträts. Wie will er mich malen?, dachte Ebba.

Sorgfältig faltete sie Leos Brief wieder zusammen. Der Beitrag war zu Ende, sie griff nach der Fernbedienung und konnte das Gerät nicht ausschalten.

Sie war so zerrissen gewesen damals, so voller Zweifel. Ihr Körper war nicht mehr der Körper gewesen, in dem die Ebba steckte, die sie von früher kannte und erinnerte.

Als sie am Abend ihrer Rückkehr aus New York nackt mit nassen Haaren in ihrem Badezimmer gestanden und in den Spiegel gestarrt hatte, zeigte er ihr, wie blass ihre Gesichtsfarbe geworden war und wie trocken ihre Haut. Als sie an der Unterkante entlang des Ohrs die Locken mit der Schere abschnitt, bedeckten schwarze Wasserschlangen das Waschbecken, die Fliesen und Ebbas Füße. Es war das Erste gewesen, was Leo nach ihrem ersten gemeinsamen Konzert getan hatte: Er hatte ihr den Zopf abgeschnitten.

Mit einem Knopfdruck schaltete sie den Fernseher aus, erhob sich vom Sofa und ging zum Schreibtisch, wo sie Leos Brief sorgfältig unter den Computer legte. Könnten sie nach New York wieder eine Freundschaft beginnen? Sie konnte die Frage nicht mit einem klaren Ja oder Nein beantworten, so wie sie nicht mit Ja oder Nein beantworten konnte, ob sie Leo in Garz besuchen wollte.

Sie trat ans Fenster und betrachtete nachdenklich ihr Spiegelbild, die Ebba von heute, die Haare, die längst wieder lang gewachsen waren. Sie war stolz darauf, die Entscheidung alleine getroffen, ihre Unabhängigkeit bewahrt zu haben. Alleine bestanden zu haben. Ein seltsamer Stolz. Denn sie war einsam geworden. Sie hatte nicht nur Leo und die Gefühle für ihn, sie hatte niemanden, nichts mehr an sich herangelassen.

Plötzlich fand sie die Stille um sich herum unerträglich, sie riss das Fenster auf, ließ die Straßengeräusche ins Zimmer und griff nach dem Stapel Zeitschriften auf dem Schreibtisch. Im Stehen sortierte sie die alten aus und durchblätterte gelangweilt ein neueres Magazin. Und da, in der Rubrik KUNST + BIENNALE, saß Leo in einem Eisenstuhl, die Finger ineinander verschränkt. Überall Leo, sie konnte ihm nicht entkommen. In seinem Rücken war die Ecke einer Leinwand zu sehen. Neben ihm verschwanden die Hölzer einer Staffelei im Boden, drei Eimer mit Spachteln standen zu seiner Linken, der Rest war grauer Fußboden. Das Bild zeigte ihn in schwarzen Jeans und einem T-Shirt mit der Aufschrift KISS ME I'M A RED SOCKS FAN. Auf der Hose prangten blaue, gelbe, grüne und weiße Farbflecken, seine Doc Martens waren nicht geschnürt, sein Gesicht unrasiert. In weißer Blockschrift stand am unteren Bildrand: *Kunst & Klamotte deutscher Künstler – eine bunte Stilkritik.* Ebba las weiter: *Baseballshirt und schwarze, verdreckte Jeans. Ob dieses coole Outfit von Leo Becker irgendwann mal im Museum hängt? Oder als Trendmode bei Phoebe&Viktor auftaucht?* Jan Klippgen wurde mit seinen nackten Füßen, den blauen Hosen und seinem neuerdings kahlen Kopf mit *Nö!* als *brav* abgeurteilt, bei Fritz Sandhausen würde bis zu den *unglaublichen Socken* einfach alles stimmen, und Matthias Spillmann, Schwarz in Schwarz, erntete ein *öde* und ein *Gähn!*

Ebba starrte Leo in die Augen. Dieses gottverdammte T-Shirt hatte sie ihm einmal aus Nantucket mitgebracht.

Ihr ging durch den Kopf, wie er gesagt hatte, er wäre sich selbst ein Rätsel, und sie dachte, dass er auch ihr ein Rätsel war. Als wäre Leo zwei Männer, von denen sie nur einen kannte.

Er bestand auf der Bitte, ihn nach seiner Rückkehr in Garz zu besuchen, ja er schrieb ihr sogar. Aber auch sie hatte sich verändert. Würde sie in Garz den ganzen Leo sehen? Und er, würde er die ganze Ebba malen? Sie wünschte, er könnte wieder aufbrechen, was sie in den letzten Jahren verschlossen hatte. Damals, als er ihr die Haare geschnitten und ihren Nacken freigelegt hatte, hatte er ihr nicht wehgetan, aber er hatte ihr auch etwas genommen. Wie teuer würde die Freiheit diesmal sein? Musste sie sich die Freiheit nicht selbst geben?

Ebba ließ die Zeitschrift sinken, setzte sich an den Schreibtisch und starrte an die vertraute Wand. Das blaue Licht, das von der Wand ausging, legte sich über die bunten Hochglanzbilder wie ein kühlender Schleier.

»Der Mensch ist ein seltsames Ding, und du gehörst dazu«, krächzte Klotho mit der Knollennase, sie trug ein grobes Leinentuch um die massigen Schulterkuppen und schwebte durch die kargen Räume ihrer Wohnung. »Es ist ganz gleich, wie viel Gutes oder Böses ein jeder im Leben vollbringt, denn grundsätzlich sind alle gleich schlecht.« Sie hielt ein Püppchen in der dicken Faust, dessen Köpfchen nur eine Andeutung war.

Lachesis schwebte auf gleicher Höhe, sie war schlecht frisiert, und weil sie kritisch durch ihr Lupenglas spähte, rümpfte sie die Nase. »Die Zeit läuft im Kreis, schon immer blieb alles beim Neuen.«

Atropos hielt den Mund dazu und klapperte mit der Schere. Der Mond schien hell durchs Fenster, und sie bedeckte das blassgelbe, runde Gesicht mit der Pranke. »Es gibt keine Stricke, nur den seidenen Faden.«

Ein papyrusgelber Himmel ohne Firmament spannte sich über den Köpfen der schwebenden Schicksalsgöttinnen. Die Töchter des Zeus redeten vor sich hin, während sie ihrer Arbeit nachgingen, und beantworteten keine Fragen.

Ebba saß wieder zwischen ihnen, fuhr sich durch die dicken Locken und seufzte. Sie riss einen Faden vom offenen Saum ihres T-Shirts und formte das dünne Garn zwischen ihren Fingern zu einem Klümpchen. Überall hockten die Ängste, doch sie musste ihnen begegnen. Wenn sie ihnen nicht schon einmal begegnet wäre, würde sie heute nicht hier sitzen, den Brief von Leo in ihren Händen.

Kapitel 18

Mit hämmerndem Schädel stand Rahel am Fenster und starrte in den dichten Vorhang fallender Regentropfen. Lange Gestalten in Miniröcken liefen entlang der beleuchteten Schaufenster die Straßen hinab, Männer in Kapuzenjacken rannten unter die Markisen der Hoteleingänge, Kinder hangelten sich an der Hand ihrer Mütter von Hauseingang zu Hauseingang, Frauen mit Einkaufstüten stemmten sich von den Sitzen der Taxen und flohen unter die Markisen zum Doorman ihres Apartmenthauses, und bald huschten nur noch von Zeitungen geschützte Köpfe umher. Die Straßen waren von Wasser überspült, der Regen fiel aus Kübeln vom Himmel. Rahel trat vom Fenster weg und fragte sich, ob der Verkehr zusammengebrochen sein würde, ob sie überhaupt die Chance hatte, ein Taxi zu bekommen. Sie zog den Regenmantel an, prüfte ihre geröteten Augen im Spiegel, puderte sich noch mal die Wangen und verließ das Zimmer.

Vor dem Auktionshaus lagen die Limousinen verkeilt kreuz und quer auf der Straße, ihre Scheinwerfer durchleuchteten glitzernde Perlenschnüre von Regen, und weiße Abgasschwaden stiegen empor. Rahel bezahlte den Fahrer und stieg aus dem Wagen auf ölig glänzenden Asphalt. Durch die Drehtüren betrat sie den polierten, schwarzen Marmor im bronzefarbenen Fünfzigerjahre-Entrée und schüttelte ihren Schirm aus. Ihr Blick fiel direkt auf Andy und Max, sie standen mit dem Rücken zu ihr.

»Was gibt's heute Abend?«, fragte Andy gerade, als sie herantrat.

»Zeitgenössische Kunst: Sullivan, McDermott, Brenning«, antwortete Max an ihrer Stelle. »Hast du heute Abend ein bestimmtes Bild im Auge?«

»Zwei. Wir werden sehen, ob es sich lohnt, hoch einzusteigen. Du?«

»Ein Bild von Klippgen ist dabei. Aber das kommt ganz zum Schluss, ich lasse mir das Ergebnis schicken.«

Rahel machte auf sich aufmerksam. Die beiden Männer drehten sich zu ihr um und musterten sie. Andy grüßte knapp: »Wie geht es dir?«

Rahel nickte nur und drehte das Telefon in ihrer Linken.

»Wo ist Leo? Lebt er noch?«

»Er lebt«, sagte Rahel.

Max und Andy lächelten sie vorsichtig an. Sie mochte ihnen kaum in die Augen sehen. Natürlich wusste inzwischen die ganze »Familie« von ihren Eheproblemen. Max machte Anstalten, hineinzugehen, Rahel folgte ihm zur Treppe, Andy wollte später wieder zu ihnen stoßen.

Der Auktionssaal besaß den Charme eines College-Auditoriums. An der Rückseite des Hauptsaals waren Fernsehkameras mit Blick auf das Rednerpult aufgebaut, die die Auktion live übertragen würden. Rahel sah sich nach bekannten Gesichtern um. Der weißhaarige Auktionator stand bereits hinter dem Pult, setzte sich gerade eine Hornbrille auf und drehte seine Zunge im Mund. Der Saal war im Halbkreis bestuhlt und durch Bänder vom Pressesektor abgetrennt, in dem Rahel an Max' Seite stand. Gegenüber drängten sich die Leute des Auktionshauses, um Telefonverbindungen zu den Bietern in aller Welt herzustellen. Die Besucher blätterten in ihren Katalogen, manche neigten sich kurz ihren Nachbarn zu, aber keiner sprach viel, alle hatten die Blicke nach vorn oder auf die Hände im Schoß gerichtet. Dann wurde die Auktion eröffnet. »The same old shit«, flüsterte Max.

Rahel beobachtete einen Mann mit weißer Manschette und einem auffälligen Ring an der Hand. Er schien ganz vertieft in den Katalog, blätterte und notierte sich hier und da mit einem goldenen Kugelschreiber eine Zahl.

»Guten Abend, meine Damen und Herren, wir beginnen die

Auktion des heutigen Abends mit einem Alan Carrillo und starten bei achtzigtausend Dollar.«

Rahel sah zu Max, der seine Unterlippe vorschob, die Hände auf dem Rücken verschränkte und mit dem Oberkörper vor- und zurück wippte. Warum hatte er *Die Bar* akzeptiert? Warum hatte er nicht verlangt, dass Leo das Bild von ihr vollendete oder gar nicht erst ausstellte? Sie atmete tief ein und aus, sah in die Menge im Saal und erblickte unter den Köpfen der Zuhörer Lars Van Veen mit seiner Ehefrau. Sie war doch schon so lange dabei, sagte sie sich, seit Jahren kannte sie Lars, Max und Andy, sie waren Freunde, Teil ihres Lebens geworden. Warum fühlte sie sich unter all den einflussreichen Menschen unsichtbar? Leo hatte ihr mit seinem verdeckten, gemalten Geständnis die Haut abgezogen.

»... eine Million, eine Million zweihunderttausend, eine Million dreihunderttausend, eine Million fünfhunderttausend, eine Million achthunderttausend im Raum. Zwei Millionen für das Telefon, zwei Millionen dreihunderttausend für Sie ...«, nach zwanzig Sekunden lag der Preis bei drei Millionen, »gegen Sie, drei Millionen fürs Telefon, drei Millionen hundertundfünfzigtausend für Sie, nein, drei Millionen zweihundertundfünfzigtausend für dich, Charles, am Telefon, drei Millionen fünfhunderttausend jetzt im Raum, drei Millionen siebenhundertfünfzigtausend gegen den Raum, jetzt hier am Telefon für dich, Michael.« Für drei Millionen hätte sich Carrillo Kokain für hundert Tode besorgen können, dachte Rahel, doch er war mit siebenundzwanzig Jahren an einer Überdosis gestorben. Was konnte sich Leo von dem Geld kaufen, das er für den Auftrag des Met bekommen hatte? Eine neue Frau, ein neues Leben? Es schien absurd, dass sie mit nichts zurückbleiben sollte. Bei dreizehn Millionen fiel der Hammer. Der Schlag schmerzte in ihren Ohren, und es war so stickig, dass sie kaum Luft bekam. Auch der Preis für das nächste Bild stieg fieberhaft. Jedes Gebot wurde nach einer Sekunde vom Oxfordakzent und einer Geste des Auktionators wieder in Stücke zerhackt. Stieg der Preis nicht weiter, wurde er zwei Mal wiederholt, nachgefragt, bestätigt, dann fiel der Hammer. Der Mann mit dem Ring an den feinen Händen und den weißen Manschetten notierte sich die jeweiligen Endsummen im Katalog und blickte dann zum nächsten Objekt auf. Minutenlang studierte sie seine glatten Züge, die wie sein weißes Haar sanft in der Beleuchtung des Saals schimmerten. Alles an ihm war makellos, die Länge seiner Hose, die Strümpfe, seine polierten Schuhe, der Schnitt seiner Anzugjacke und das Muster seines Einstecktuchs. Rahel fühlte, wie die Trauer wieder in ihr aufstieg, wie sich ihr Brustkorb verengte. Sie wollte diese Welt nicht aufgeben, sie könnte es gar nicht.

»Next one«, kündigte der Auktionator an: »George Bridston startet bei einer Million.« Rahel folgte den Bewegungen seiner Hand, die auf jedes neue Gebot im Raum zeigte, als winkte er den Preis herbei. An den Telefonen schossen im Takt die Arme der Mitarbeiter in die Höhe, und im Sekundentakt schraubte sich die Geldspirale weiter in den Orbit.

»What are you giving me, Robert? Zwei Millionen siebenhundertfünfzigtausend. Oh, das tut mir leid – in der Mitte drei Millionen.« Er schien kaum Luft zu holen, da lag das Bild bei fünfundvierzig Millionen. Für siebenundvierzig Millionen wurde es verkauft.

Rahel musste an Leo denken, der nach seinem Treffen mit Jan nun wohl schon Tausende Meter über dem Erdboden saß und von ihr wegflog. Klippgen und Rosenstock gingen, Sullivan wurde bei acht Millionen verurteilt. Der Mann mit den Manschetten blätterte um. Rahels Kopfschmerzen wurden wieder schlimmer, sie trat ein paar Schritte zurück, tastete mit der Hand nach der Türklinke, lehnte sich dann aber nur mit dem Rücken an die Wand. Keiner sah sie an, alle blickten nach vorn. Sie schloss für ein paar Sekunden die Augen.

Jemand fasste sie am Unterarm. »Wollen wir gehen?«

Rahel sah Max erschrocken an. Nein, sie wollte bleiben! Sie fand seinen Blick kalt, und das Lächeln, das seine Mundwinkel umspielte, zynisch. Sie fühlte sich von ihm verraten. Seine Unscheinbarkeit war eine Waffe, seine Freundlichkeit hatte einen Sog, dem sie sich nicht entziehen konnte.

»Lass uns etwas essen gehen.« Seine Stimme klang liebenswürdig, sie nickte langsam. Max hielt ihr die Tür auf, leise glitt sie hinter ihnen ins Schloss.

Beim Verlassen der Hochburg der Kunst bemerkte Rahel eine Frau, die über den Marmor schlich, sie trug ein winziges schwarzes Kleid und schwankte auf Blockabsätzen zur Tür. Ihr Po war flach, ihre Beine kurz, ihrem Begleiter reichte sie gerade bis ans Kinn. Ihre Lippen, ihre Frisur, ihr Busen sahen teuer aus, sie hielt sich bei jedem Schritt am Arm ihres Mannes fest. Rahel besann sich. Klammerte sie sich auf diese Art an Leo? Nie hatte sie sich einem Mann so geöffnet und hingegeben wie ihm, keiner hatte ihr Leben erfüllt. Sie hatte Angst, den Halt zu verlieren, wenn aus ihrer Abmachung eine Trennung würde, wenn er sie verließ. Sie war sich nicht sicher, ob sie den Menschen auch als Rahel, geborene Sternberg, genügte. Ob sie sich selbst genügte. Sie hasste sich für das Gefühl, in dieser Welt ohne Leo nicht überleben zu können. Sie verabscheute sich dafür, es nur als Rahel Becker so weit gebracht zu haben.

Max an ihrer Seite schritt weit aus, er trug einen hellen Trenchcoat und reckte das Kinn nach oben. Er sah gut aus, er war reich, er trug ein gestärktes weißes Hemd und blank geputzte schwarze Stiefeletten. Rahel fand, er wirkte glücklich, beinahe berauscht. Besser konnte sein Jahr nicht mehr werden. Was sollte auch schiefgehen, Leo war schon immer ein harter Arbeiter gewesen, er lieferte, und die Menschen begehrten ihn. Max konnte sich auf Leo verlassen.

Am Tag ihrer Abreise erwachte Rahel mit einem Gefühl der Nüchternheit und führte nach dem Frühstück ihren Kopf an die Luft. Lexington, Madison, Park Avenue. Rahel blieb vor dem Schaufenster eines Antiquitätengeschäfts stehen. In der Auslage zwischen Goldketten, silbernen Eierbechern, Humidoren und Brieföffnern mit Griffen aus Perlmutt stand ein weißes Karussellpferd aus Holz. Die Farbe war verblasst und an einigen Stellen abgeschlagen. Am kräftigen Hals lag eine sandgelbe, kurz gewellte Mähne, das Pferd trug ein rotes Halfter, und die Augen erinnerten Rahel an dicke braune Kastanien. Seine Nüstern waren nicht übermäßig gebläht, sein Maul nicht übermäßig aufgerissen. Jedes Detail war sorgfältig geschnitzt. Zwischen Fessel und Knie war am rechten Vorderbein eine Eisenmanschette eingesetzt worden, um Schulter und Brust lag ein rotes Geschirr mit blassen Mustern. Ein brauner Sattel lag über einer roten Decke mit goldenem Rand auf dem Rücken des Pferdes, der einen guten Meter lang war. Seine Vorderbeine schlugen aus wie zum Galopp, die Hinterbeine zog es leicht an, als befände es sich im Sprung.

Rahel betrat den Laden. »Ich möchte das Karussellpferd kaufen.«

Die alte Dame mit der Lesebrille an der Goldkette überraschte das gar nicht: »Es ist das beste und schönste Stück in meinem Geschäft.«

»Noch nie habe ich ein so schönes Karussellpferd gesehen.«

»Es kommt aus Deutschland! Aus der ältesten und bekanntesten Karussellfigurenfabrik der Welt, von Friedrich Heyn.«

»Ja, die Deutschen.«

»Mein Urgroßvater kam aus dem Schwarzwald«, sagte die Dame sehr stolz. »Das Pferd ist aus Lindenholz, ein außergewöhnliches Stück. Das Einzige, was ihm fehlt, ist der Schweif.«

»Das stört mich nicht.«

»Die Proportionen sind perfekt, es ist eines der kleineren Einzelpferde, die meist auf der Innenseite des Karussells standen, die größeren Pferde, die vor die Kutschenwagen gespannt waren, befanden sich auf der Außenseite.«

»Liefern Sie nach Europa?«

»Aber ja, natürlich. Wollen Sie den Preis gar nicht wissen?«

»Nein. Es ist gekauft.«

Als Rahel wieder auf der Straße stand, blickte sie noch einmal durchs Fenster. Als Kind war sie jedes Jahr im Mai mit ihrem Vater in den Zirkus gegangen. Sie erinnerte sich an die herausgeputzten Zirkuspferde, die ihr Vater »Lisetten« genannt hatte, und an die Prinzessinnen, die in einem Wust aus rosa und gelbem Tüll hoch oben schwerelos auf Trapezen schwebten. Nach der Vorstellung durfte sie eine Runde auf dem Karussell fahren, das auf dem Platz gegenüber aufgebaut wurde, wenn der Zirkus in der Stadt war. Die Plätze vor den Kutschen am äußeren Rand waren begehrt, die Kinder warteten notfalls mehrere Runden, um dort einen Platz zu ergattern. Von dort konnten sie allen stolz zuwinken, die kecken streckten sogar die Hand aus, um von ihren Eltern abgeklatscht zu werden. Rahel dagegen hatte es geliebt, auf einem der kleineren Einzelpferde zu sitzen, immer auf dem gleichen, das genau wie dieses weiß war und eine gelbe Mähne hatte. Dort fand sie immer sofort einen Platz, konnte ungestört im Kreis reiten und von den Zirkuspferden und Prinzessinnen träumen.

Kapitel 19

Die Sehnsucht ist gestillt. Der Alltag folgt einfachen Abläufen. Die Seele träumt nicht mehr.

Zurück aus dem Dorf fraßen sich die Räder durch den Matsch des Feldwegs. Vor Herrn Muschawecks Haus wackelten im eingezäunten Acker die Gänse. Leo hielt den Wagen an und nickte seinem Nachbarn zu, der mit Gummistiefeln und einer Schürze an der Wasserpumpe stand und sich die blutigen Hände spülte. Unter dem Vordach des Schuppens sah Leo auf dem Holztisch einen geschlachteten Truthahn liegen. Seine Federn glänzten schwarzgrün, und fast wirkte es, als würde sich das reglos zusammengesunkene Tier noch ein letztes Mal aufplustern. Im Schatten des abstehenden Flügels lagen übereinander die fetten, gelben Krallen mit den unförmig geschwollenen Gelenken, die rote Haut war voller Knorpel und wellte sich am lang gezogenen Hals. Wenn Herr Muschaweck den Vogel nicht als Sonntagsbraten geschlachtet hätte, hätte Leo gefragt, ob er sich das tote Tier für eine Studie ausleihen dürfe.

Leo schlug die Autotür zu, nahm seine Einkaufstüte in die eine Hand und stieß mit der anderen das Eisentor auf. Auf dem Esstisch stellte er die Tüte ab, nahm neue Socken heraus, Rasierschaum, verschiedene Teesorten, die er noch nie probiert hatte, und eine Tüte Eukalyptusbonbons. Er entsorgte den Beutel und setzte Teewasser auf.

Wieder war ein großer Umschlag gekommen, er legte ihn auf den Stapel ungeöffneter Post am Eingang. Die Galerie sammelte die Artikel, die noch zur Ausstellung erschienen, und schickte sie ihm. Leo wollte sie nicht lesen.

Endlich konnte er wieder tun und lassen, was er wollte. Muster faszinierten ihn, er fand sie in Blättern unterschiedlicher Laubbäume, Echsen, Fröschen oder Seesternen.

Doch Leo fühlte sich ausgebrannt. Er versuchte, jeden Tag etwas zu schaffen, aber oft saß er Stunden in seinem Schaukelstuhl und rauchte oder schlief. Was immer er in Angriff nehmen wollte, entglitt ihm, sobald er genauer darüber nachdachte. Er blätterte in Katalogen, las und suchte neue Themen, für die er sich begeistern könnte. Doch dann stand er mit seinem Pinsel oder mit einem Stück Kohle vor der Leinwand und wusste im nächsten Moment nicht mehr, was er eigentlich vorgehabt hatte. Manchmal zeichnete er mit geschlossenen Augen organische Formen, Linien oder Figuren. Er füllte ganze Blöcke mit solchen Zeichnungen. Es blieb Ersatz, Ablenkung, tat er nichts, kam die Leere.

Wenn die Sonne schien, ging er nach draußen, fütterte den Schimmel mit Möhren und Äpfeln oder spazierte zum Kanal. Nachdenken tat er nicht sonderlich viel. Gedankenbögen, die im Nichts endeten, Tagträume, keine Pläne. Rahel fehlte ihm nicht, Ebba war ein diffuses Sehnen.

Er wollte die gedehnte Zeit genießen, die langen Morgen, die Abende, an denen er sich Filme anschaute oder auf seiner Gitarre spielte. Aber die Stille schürte seine Einsamkeit.

Bevor er einkaufen gefahren war, hatte er Tobias angerufen und ihn eingeladen, ihn in Garz zu besuchen. Nachdenklich goss Leo den Tee auf und sah in den Garten, wo die Rosen blühten.

Tobias kam, an einem Tag, an dem Leo ruhelos gewesen war und sich, ohne recht bei der Sache zu sein, mit seinen Studien beschäftigt hatte. Sofort sah Tobias sich interessiert um, betrachtete das Laub, die Muscheln und Falter, die Skizzenblätter von Schlangenhäuten und kuriosen Tieren, die im Atelier auf Tisch und Boden verstreut lagen, und fragte: »Woran arbeitest du?«

»Ich spiele nur«, murmelte Leo. »Arbeiten kann man das nicht nennen. Sieh dich doch um, das alles ist nichts.«

»Ich beneide dich.«

»Wieso?« Leo sah sich um, betrachtete das Durcheinander, die misslungenen Versuche, die dreckigen Tassen und alten Zahnbürsten, die überall verstreut lagen.

»Du kannst dir sogar Müßiggang leisten. Du hast alles, Leo! Erfolg, Anerkennung, Geld.«

Stimmt, dachte er, Tobias hatte wie so oft Recht, er hatte viel erreicht. »Lass uns gehen«, forderte er ihn auf, »stoßen wir auf die Erfüllung meiner Träume an.«

Sie verließen das Atelier und setzten sich gemeinsam in den Gasthof, wo vier Tische besetzt und sie die Einzigen waren, die sich unterhielten. Der Gestank von altem Bratfett zog durch die Küchentür, aus den Toiletten roch es nach Duftspray. Auf ihrem Tischtuch waren unregelmäßige gelbe Kreise von Kaffeetassen zurückgeblieben, an der Ecke, die auf Leos Bein lag, klebte noch die Nummer der Wäscherei. Am Nebentisch aß ein Mann unter Beobachtung seiner schweigenden Frau ein Eisbein und schmatzte. Immer wieder glitt sein Edelstahlmesser vom Knochen ab und schlug lärmend auf das Porzellan. Wenn er die Fleischabrisse dann zusammenschob und mit Püree vermischte, kratzte das Besteck über die Glasur des Tellers.

»Keiner der Kritiker hat sich die Mühe gemacht, die Bilder wirklich anzuschauen. Alle bleiben an der Oberfläche, sie loben sie, sie äußern die üblichen Bedenken, und nie lassen sie am Ende Fragen offen. Niemand gibt zu, ratlos vor den Bildern gestanden zu haben.« Er seufzte. »Nur Rahel war entsetzt, vor allem von der *Bar*.«

»Warum das?«

»Vermutlich, weil ich sie mit dem Bild verletzt habe.« Leo schaute an Tobias vorbei, konnte nichts im Raum fokussieren. »Rahel ist unglücklich. Sie will nicht verlassen werden. Schon vor New York haben wir vereinbart, dass wir für einige Zeit Abstand nehmen. Ich hatte nicht den Mut, mir einzugestehen, dass es für mich schon lange vorbei ist. Aber es ist so. Rahel gehört in eine andere Zeit in meinem Leben, und diese Zeit ist vorbei, ich weiß nur noch nicht, was jetzt kommen soll.«

»Ich habe schon geahnt, dass du dich von ihr lösen willst«, meinte Tobias.

»Ja, ich natürlich auch.« Leo zögerte »Ich dachte nur nicht, dass ich es könnte. Nicht auf diese Weise.«

»Welche?«

Leo zählte die Zinken an seiner Gabel. »Na, so stumm, und ganz ohne Erklärung.« Er dachte an Rahel, die Frau, vor der er sprachlos geworden war, an sein Schweigen, vor dem sie sich zurückgezogen hatte. Schuldgefühle stiegen manchmal in ihm auf, wenn ihm Rahel einfiel. Seit er New York verlassen hatte, hatte er nichts von ihr gehört. Mit einer Notiz hatte er sich vorerst von ihr verabschiedet.

Nimm mich, lieb mich, ich gebe dir Zeit aus Gold und verspreche dir eine berauschende Freundschaft in deiner Einsamkeit.

Unbehagen stieg in ihm auf. Sie konnte es nur als Hohn verstanden haben. Dann fiel Leo ein, wie sie versucht hatte, ihn vor Jan zu verletzen, ihn bloßzustellen. Natürlich war es ein hilfloser Versuch gewesen, ihm etwas entgegenzusetzen, aber dennoch: Sie trug genauso viel Schuld an ihrer Entfremdung wie er. Es gab keinen Grund, ein schlechtes Gewissen zu haben. Leo nahm einen großen Schluck von seinem Bier, und als er das Glas wieder absetzen wollte, knallte es auf den Tisch.

Tobias sah ihn fragend an. »Wo ist Rahel eigentlich?«

»Sie wollte Urlaub machen, ich hoffe, sie hat eine gute Zeit.«

»Du weißt es nicht?«

»Nein, keine Ahnung. Vielleicht ist sie ja wieder mit Finn unterwegs.« Verächtlich sah er Tobias an. »Er muss irgendeine Ader in ihr freigelegt haben. Obwohl ich mir überhaupt nicht vorstellen kann, dass der das Zeug dazu hat.« Leo lachte, bis er bemerkte, dass Tobias ihn schweigend musterte. In seinem Blick lag Missbilligung.

»Was ist?«

»Hörst du dir eigentlich manchmal zu?«, fragte Tobias.

»Wieso? Findest du, ich sollte mich um sie kümmern?«, fragte Leo spöttisch und griff wieder nach seinem Glas. »Rahel kann sehr gut auf sich selbst aufpassen.«

»Darum geht es nicht. Dass du dich von ihr trennen willst, ist eine Sache. Aber du redest über sie wie über einen Gegenstand, der den Besitzer gewechselt hat. Denkst du, ich merke nicht, wie unzufrieden du bist? Red doch lieber mal von dir.«

Leo sah Tobias an und schwieg.

»Du findest eine Frau, die du liebst, sie liebt dich, du lässt sie einfach sitzen. Dann findest du eine Frau, die du heiraten willst, sie gibt dir ihr Jawort, und du betrügst sie noch in der Hochzeitsnacht mit einer anderen. Du bekommst die Chance deines Lebens und gibst unfertige Bilder ab. Du willst ein Held sein und spuckst denen, die dich feiern, ins Gesicht. Was spielst du für ein Spiel mit deinem Leben?« Tobias senkte den Blick und schüttelte den Kopf. Am Nachbartisch schabte das Besteck über den Teller.

Sie bezahlten ihre Zeche und verließen den Gasthof. An der Mauer lehnten ihre Räder, mit denen sie auf einem Feldweg in den Furchen eines Traktors über Umwege zurück zum Atelier radelten.

Leo fuhr hinter Tobias her, schweigsam traten sie in die Pedalen. Während Leo einem Schlagloch auswich, beschloss er, sich und Tobias nichts mehr vorzumachen. Er wollte wenigstens versuchen, ehrlich zu sein.

»Lass uns kurz halten«, rief Leo.

Tobias sah sich skeptisch um, er sagte nichts, hielt aber an. Leo war erleichtert.

»Weißt du, Tobias«, sagte Leo, als sie die Fahrräder an einen Baum gelehnt hatten, im kalten Gras saßen und rauchend auf einen Kartoffelacker schauten, »ohne dich wäre ich hier draußen sehr einsam.«

Tobias nickte stumm.

Leo holte tief Luft. »Was du gesagt hast – ich werde darüber nachdenken.«

Tobias sah auf. »Okay«, sagte er nach einer langen Pause. »Aber ich werde es nicht vergessen und noch deinen Enkelkindern erzählen, was für ein undankbarer, verbohrter Idiot du früher warst.«

Leo grinste. Sie schwiegen und rauchten.

»Manchmal denke ich darüber nach, Ebba anzurufen, doch es kommt mir vor, als wolle ich einen erhängten Piraten wieder zum Leben erwecken«, gestand Leo schließlich. Er wusste nicht, wie er Tobias erklären sollte, was er eigentlich von Ebba wollte. Er wollte einfach Zeit mit ihr verbringen.

Tobias ließ Erde durch seine Hand rieseln. »Ich konnte es kaum glauben, als ich sie an deinem Geburtstag vor dem Haus stehen sah.«

»Was?«

»Als sie an deinem Geburtstag vor dem Haus stand und ich sie fragte, ob sie nicht mit reinkommen will–«

»Du hast sie mitgebracht?«

»Ja, wieso?« Tobias war erstaunt. »Dachtest du etwa, Rahel hätte sie eingeladen?«

Jetzt schwieg Leo, und Tobias redete: »Sah Ebba nicht schön aus an dem Abend in der Bar? Sie erinnerte mich an eine der jüdischen Frauen aus Tanger, mit zwei Röcken übereinander und diesem gelösten, einfachen Gang – ganz eigenartig. Wie Ebba eben.«

»Ich habe ihr geschrieben, aber sie antwortet nicht.«

»Warte ab.«

»Warten, warten. Ich hasse es, zu warten.«

»Schreib ihr noch einen Brief, wenn es dich nicht in Ruhe lässt«, sagte Tobias, »du könntest wirklich mal üben, ehrlich zu sein.«

»Tobias, sie hat mir eine Ohrfeige verpasst.«

»Die hast du verdient. Warum machst du dir Gedanken, das ist überhaupt nicht deine Art. Riskier es und wenn es nur für die Wiederbelebung deiner Kreativität ist. Scheust du dich vor Plumpheit? Das bist du nicht, übrigens kennt sie dich zu gut. Bist du zu eitel? Findest du Überschwang lächerlich?«

»Ja«, sagte Leo.

Nach einer Pause ergänzte Tobias: »So ergeht es jedem, der zu lange auf der Welt ist.«

»Wie?«

»Die Anzahl der Menschen, die man wirklich mag, wird weniger.«

»Du solltest dich mal hören, wenn du solche Dinge sagst«, Leo schüttelte lachend den Kopf. »Unfassbar.« Sie schauten schweigend auf ihre Fußspitzen und darüber hinaus in die schwarzen Erdfurchen, aus denen die verkrüppelten, vertrockneten Stängel der Kartoffelpflanzen ragten.

Tobias erzählte von Dieppe, wo er oft den ganzen Tag auf seinem Zimmer gesessen und die Segelboote im Hafen skizziert hatte. »Gib dich mit dem Einfachen zufrieden, Leo. Mit einer Kartoffel zum Beispiel.« Tobias stand auf und ging über den Acker. Leo sah, wie er sich bückte und wieder aufrichtete. Er kam mit einem an mehreren Stellen geknickten Stängel, fünf großen und kleinen Knollen aus dem Acker zurück. Tobias legte alles in Leos Schoß und rieb die schwarze Erde von seinen Händen.

Zurück im Atelier legte Leo die Kartoffeln auf eine alte Zeitung und später, nachdem Tobias gefahren war, setzte Leo sich mit einem Bourbon auf die Terrasse und starrte ins Dunkel. Der Himmel hatte sich bedeckt, kein Stern war zu sehen. In seinem Glas klirrte das Eis.

Ein paar Tage später hantierte Leo in der Küche und säuberte Messer und anderes Werkzeug. Aus jeder Kartoffel hatte er einen Stempel geschnitzt und war eine ganze Weile damit beschäftigt gewesen, eine Leinwand mit den Mustern zu bedrucken. Er experimentierte mit anderen Materialien, ließ sich Harz, Holz und Ton schicken, freute sich, wenn er einen neuen Effekt erzielte, aber nichts davon schien ihm brauchbar.

Ebba hatte sich noch immer nicht auf seine Briefe gemeldet. Aus einer Laune heraus hatte er einen Mittwoch für ihren Besuch vorgeschlagen, hatte ihr vier oder fünf Mal geschrieben, aber seit Wochen bekam er keinen Anruf, keine Antwort von ihr. Heute war wieder Mittwoch.

Er machte einige Studien vom Schimmel, suchte nach seinen Notizen und blieb an der Idee hängen, ein Mädchen zu malen, das einen Bleistift anspitzte. Er ging alte Leinwände durch, als wäre er ein Schriftsteller, der in alten Tagebüchern las. Das Klingeln des Telefons unterbrach die Stille.

»Leo.«

»Max.«

»Wie geht es dir nach New York?«

»Mir geht es gut.« Leo zündete sich eine Zigarette an und angelte nach dem Aschenbecher. Max erstattete ihm Bericht, Leo begann, nebenbei seine Pinsel umzusortieren. Die Bilder aus dem Met waren alle vergeben, zu guten Preisen. Max bat Leo, in den nächsten Tagen in die Galerie zu kommen, um die Kaufverträge zu unterzeichnen, es sei alles vorbereitet. Dann kam er auf Rom zu sprechen. Ein Aufenthalt in der Villa Massimo täte ihm sicher gut und gäbe ihm Abstand vom Trubel des letzten Jahres. »Ich kann eine Kollegin anrufen. Die hat dort einen Künstler, der mit Holz arbeitet: von ihm kannst du dich inspirieren lassen. Sie hätte sicher auch ein Zimmer für dich.«

»Ich weiß nicht. Ich will hier irgendwie nicht weg. Obwohl – ach, keine Ahnung.«

Max machte eine kleine Pause, dann kam er auf New York zurück: »Ich fand, es war ein glänzender Auftritt.«

»Am Ende sind Menschen zusammengekommen, um zu sehen und gesehen zu werden, ich habe das Ganze aufgewertet.«

»Was kommt als Nächstes?«, fragte Max skeptisch. »Landschaften?«

Leo ließ seinen Blick durchs Atelier schweifen. »Ja. Ich will versuchen, expressionistischer zu sein. Mal sehen, langsam verstehe ich auch das Prinzip, das dem Blattwerk der Bäume zugrundeliegt.«

»Was ist mit Skulpturen? Würdest du dich an Skulpturen versuchen, hätten wir für deine Retrospektive ein umfassendes Werk.«

»Was?«

»In drei Jahren bist du vierzig, da kann man so was schon mal machen.«

»Und was ist mit der Verknappung für die nächsten fünf Jahre?

»Drei Jahre, Leo, drei werden reichen. Wenn du drei Jahre nicht malst, sind deine Bilder exklusiv wie nie zuvor. Aber wir müssen am Ball bleiben.«

»Was soll das heißen?«

»Wir müssen dich neu erfinden. Skulpturen sind ein großartiger Ansatz.«

Angewidert wechselte Leo das Thema, sie sprachen über die wenigen alten Werke, die noch im Atelier waren, und darüber, welche Leinwände Leo noch einmal überarbeiten könnte. In erster Linie solle er sich aber erholen, wiederholte Max und versprach, sich nach Flügen und den Kosten für eine Mietwohnung in Rom zu erkundigen.

Sie legten auf und Leo fluchte. Kaum waren der Erotikkalender ausgeliefert und die Ausstellung geschafft, fing Max von einer Retrospektive an. Mit vierzig. Wollten sie ihn denn schon zu Lebzeiten für tot erklären? Scheiß drauf! Er wollte in seinem eigenen Tempo arbeiten, wenn er so weitermachte, war er in einem Jahr völlig ausgetrocknet. Er hasste den Druck, aber ihm hatte am Telefon die Kraft gefehlt, Nein zu sagen und sich Max' Plänen zu widersetzen.

Um in Ruhe zu malen, musste er nicht nach Rom umziehen. Verdammt! Leo versuchte, sich auf das Laub auf dem Tisch im Atelier zu konzentrieren. Er wollte die Oberfläche der Blätter wie Haut malen, doch er hatte den richtigen Farbton noch nicht gefunden. Die Blätter eines Baumes waren keine Masse. Die äußeren Blätter waren kühler, dunkler, sie markierten den Übergang ins Licht. Die Blätter, die völlig im Schatten lagen, waren Andeutungen, sie schimmerten durch die Blätter, die sie verdeckten. Und bei allem spielte es eine entscheidende Rolle, von welcher Seite das Licht auf den Baum fiel. Wieder war Leo mit den Gedanken nicht recht bei der Sache. Er zündete sich eine Zigarette an, öffnete den Archivschrank und wühlte einen Karton hervor. Es war ein gelbes Postpaket mit dem Absender *Ernst Bliemel*. Leo schob die Styroporschnipsel beiseite und nahm eine Flasche Black Label heraus. Bliemel hatte ihm mit einer ganzen Kiste von dem Zeug zur Ausstellung gratuliert. Er wartete noch immer auf einen Leo Becker für seine *Deutsche Ecke*. Leo wog die Flasche in einer Hand. Der Alkohol würde sein rasendes Herz beruhigen.

Leo ließ die Schachtel offen stehen. In der Küche goss er sich ein und leerte das Glas in einem Zug. Dann nahm er Flasche und Glas und wanderte zum Schaukelstuhl. Er spürte dem wohligen Gefühl in seinem Magen nach. Er spürte keinen Hunger mehr, der süße Alkohol sättigte die Leere in ihm. Trauer, Glück, Erfolg, Einsamkeit, Lust, Bedürfnis liefen nebeneinander her. Er drehte die Anlage auf und nahm sich seine neue Gitarre vom Ständer. Mit dem Instrument auf dem Bauch legte er sich zu lauter Musik auf den Fußboden und zupfte an den Saiten. Er schloss die Augen und dachte an die Bewegung von Giraffen.

Kapitel 20

Grau in Blau. Rot in Schwarz. Braun in Weiß. Gold auf Grund und Boden. Die Seele ist gelb. Blut ist rot, der Verstand ist tintenblau, und violetter Lack ist meine Stimmung. Zur Natur geht Grün, und Grün, Grün, Grün ist alles, was ich habe. Ich habe gar nichts.

Sie hatte einen weiteren Brief von Leo erhalten. Früher hatte er ihr nie geschrieben. Fasziniert betrachtete sie seine Handschrift und fragte sich, ob das Gefühl, das sie bei diesem Anblick empfand, Liebe war. Diesmal hatte er Muscheln und Schmetterlinge unter den Text gemalt. Aus den Mustern auf den Schalen, aus den farbigen Ornamenten auf den Flügeln der Falter ergab sich jeweils ihr Name.

Liebe Ebba, ich habe Dich eingeladen, nun bitte ich Dich: Komm am Mittwoch vorbei auf ein Mittagessen in Garz mit ein bisschen Malerei. Ich erinnere mich seit meiner Rückkehr aus New York an vieles. Tag für Tag tauchen neue Dinge aus vergangenen Zeiten auf. Blitze von Dir – hoffnungslos.

Dein Leo.

Sie hatte auch diesen Brief sorgfältig unter ihren Computer gelegt. Liebe kommt, Liebe geht – war sie jemals weg gewesen? Sie versuchte, die Briefe zu ignorieren. Ein weiterer Umschlag war gekommen, und nun fiel ihr zwei Tage später wieder einer aus dem Briefkasten entgegen. Sie hob ihn vom Fußboden auf und wischte Dreckkrümel vom Absender. Leos Briefe waren viel mehr gemalt als geschrieben. Im vorigen verlief Leos Handschrift auf dem Papier in den letzten Zeilen wie Wasser. Und in diesem Umschlag fand sie den Scherenschnitt einer gewundenen Schlange. Leo hatte die rot, weiß und gelb gemusterte Haut folgendermaßen beschriftet:

Ebba, auch nachts sehe ich Dein schönes Gesicht. Lass es mich malen, es wäre ein bisschen, als würde ich mit Dir noch einmal durch Algier wandern.

Algier. Sie erinnerte sich an die Skizzen in seinem Notizbuch, daran, dass er geschrieben hatte, dass ihn die Natur an seine Kindheit erinnerte. Über Garz hatte er das Gleiche gesagt.

Am Abend ging sie in ihre Lieblingsbar, bestellte sich einen Drink und bat den Barkeeper, der Visitenkarten sortierte, um Rat. »Das Leben ist immer nur ein Spiel«, sagte er. »Steigen Sie ein, stellen Sie Ihre Regeln auf, spielen Sie es. Es kann wunderbar sein. Es kann danebengehen. Beides macht Sie weise.«

Zwei Tage später fand sie auf dem Supermarktparkplatz einen plattgefahrenen, vertrockneten Frosch. Als sie das tote Tier betrachtete, fühlte sie sich an Leos Zeichnung erinnert. Sie hob ihn vom Asphalt auf und beschloss, nach Garz zu fahren.

Zwanzig Minuten Stau zögerten die Strecke ins Unerträgliche hinaus. Fast hätte Ebba an der nächsten Abfahrt kehrtgemacht, doch der Umschlag auf dem Beifahrersitz hielt sie davon ab.

Mit der Tasche in der Hand trat sie durchs fette Gras aufs Eisentor zu. Die Luft tat gut, sie roch die Erde und hörte den Wind durch die Büsche streifen. Ebba zog die Luft durch die Nase. Sie schloss das Tor und stieg auf die Steinplatten der Terrasse. Die Musik war ungewöhnlich laut, sie hörte Leos Stimme durch die offene Tür. An der Türschwelle sah sie, dass er auf dem Fußboden lag, Gitarre spielte und sang. Als sie seine Pose und die offenen, farbverspritzten Schuhe betrachtete, hatte sie das Gefühl, dass es ein verdammter Fehler gewesen war, hier aufzukreuzen.

Leo hob den Kopf: »Komm rein!«, schrie er gegen die Musik an. Ebba rührte sich nicht, sah ihn an, sah sich im Atelier um. Büchsen, Eimer, Papier, Hölzer lagen herum, leere Flaschen und aufgeschlagene Bücher, auf der Fensterbank lag ein Klumpen Ton, an der Wand hing eine Leinwand mit gestempelten Mustern. Der markante Geruch von Terpentin und Lösungsmitteln wehte ihr entgegen. Leo richtete sich langsam auf, legte den Bauch des Instruments in seinen Schoß und erhob sich schließlich. Mit der Gitarre in der Hand ging er zur Musikanlage. Endlich herrschte Ruhe. Er kam auf sie zu, und sie konnte nicht anders, als zu lächeln. Er wirkte erschöpft, aber er strahlte sie glücklich an. Er wollte sie umarmen, doch sie entzog sich, indem sie sich leicht zur Seite wand. Sie roch seinen Atem und den Duft seiner Kleider. Sie küsste ihn flüchtig auf die Wangen.

Er griff nach ihrer Hand, sie wehrte nicht ab. Lange hielt er ihrem Blick stand. »Komm, komm rein. Das ist – also, mein Atelier.«

»Hast du getrunken?« Ebba betrachtete die Flasche und das Glas neben dem Schaukelstuhl und entzog ihm ihre Hand.

Er lachte. »Oh, das, nein, nur ein bisschen, wirklich, ein, zwei Gläser. Ich freue mich so, dass du da bist. Ich dachte, du kommst gar nicht. Wie geht es dir?«

»Ach, ich habe lange überlegt–«

»Zu lange.«

Ebba sah ihn prüfend an: »Wie man es nimmt.« Sie ließ ihren Blick noch mal schweifen. Dies war Leos Welt. »Schön hier, so hell und groß.«

Leo rieb sich mit einer Hand die Stirn, in der anderen hielt er noch immer am schlanken Hals die Gitarre.

»Ist die neu?«, fragte Ebba.

»Die ist aus New York, eine Gibson aus Chicago, fünfzig Jahre alt.« Er spielte drei Akkorde, legte sie dann ab und fragte: »Was willst du trinken, hast du Hunger?« Sie wollte nichts essen. Er bot ihr einen der Schaukelstühle an, doch sie wollte sich nicht setzen. Sie folgte ihm in die Küche.

Sie wollte ihm für die Briefe danken, doch ihr fehlten die Worte. Sie wollte ihm sagen, dass sie die Kritiken gelesen hatte, aber dann fiel ihr ein, was er über die Kritiker gesagt hatte. Sie schwieg.

»Ich könnte dir einen sehr feinen Cognac anbieten.«

»Cognac um zwei Uhr?«

»Ausnahmsweise. Ich habe auch Apfelschorle.«

Ebba überlegte. »Ich probiere den Cognac.«

Wieder bot Leo ihr einen Schaukelstuhl im Atelier an, diesmal setzten sie sich. Dann begann er von New York zu erzählen, die Eröffnung erwähnte er nur kurz, als wollte er die Frage vorwegnehmen, um die Sache abzuhaken. Jetzt, wo sie ihn hier in seinem Atelier sah, verletzlich, nachdenklich, konnte sie sich nicht mehr vorstellen, wie er den Journalisten in New York ihre Fragen beantwortet hatte. Sie saßen nebeneinander und schauten an die leere Wand. Er erzählte, dass er sich nie hatte vorstellen können, dass ein Museum jemals ein Bild von ihm kaufen würde. Sie hörte ihm zu, sah zu ihm hin und manchmal auf den Fußboden, wo Gartenschuhe standen. Irgendwann stand Leo auf, setzte sich auf einen umgedrehten leeren Eimer, nahm seine Gitarre in den Arm, zog die Nase hoch und begann ein Lied zu spielen. Er sah traurig aus. Mit der flachen Hand stoppte Leo die Musik. Ebba strich über ihr weißes Baumwollkleid mit den roten Stickereien. Leo wippte mit dem Fuß und trommelte mit den Fingern auf den Bauch des Instruments. »Es ist schön draußen, lass uns spazieren gehen!«, sagte er.

»Wohin?«

Leo stellte die Gitarre an die Wand: »Zeige ich dir. Ich komme gleich wieder.«

Schon verschwand er hinter der Säule und hetzte die Treppe hoch.

Ebba sah aus dem Fenster und trat nach draußen. Die Sonne stand hoch und goss ihr Licht über die Wiese und die Terrasse. Eine Katze kreuzte das Gemüsebeet, nebenan gackerten die Gänse und pickten Körner und Wurzeln vom Boden. Eine Flechte zierte den Stamm des Walnussbaums, das junge Laubwerk grünte, frische und gelbe Blüten hoben sich gegen den blauen Himmel ab. Sie entdeckte die Feuerstelle und dachte daran, wie oft Leo und sie auf ihren Reisen abends Steine gesammelt, zum Kreis gelegt und darin ein Feuer gemacht hatten, wie sie Bier getrunken und mit den Fingern Hühnchen gegessen hatten.

»Ebba?«

»Ja«, rief sie.

»Wo bist du?«

»Hier. Draußen!« Sie hörte Leos Schritte auf den Steinen, er kam von hinten auf sie zu. »Hast du die Feuerstelle gebaut?«, fragte sie und drehte sich nach ihm um.

»Ja.« Sie wusste, dass auch er sich an die Abende am Strand erinnerte. Er kam näher und griff sanft ihre Hüften, fuhr mit den Händen über ihren Rücken, zog sie an sich und legte seine Wange an ihren Hals. Ebba rührte sich nicht und rührte sich doch. Die hohen Gräser am Elektrozaun bogen sich im Wind, dicke, weiße Wolken türmten sich am Himmel. Leo umfasste ihr Gesicht mit seinen Händen, strich mit dem Daumen über ihre Lippen und küsste sie. Sie legte ihre Arme um seine Schultern und umfasste seinen breiten Rücken. Sie wusste nicht mehr, was sie wollte und was nicht.

Alles verschwimmt in einer großen blauen Unordnung. Die grünen Augen, der Mund und das rote Fleisch. Wut, Gewalt und schwarzes Verlangen. Der Körper öffnet eine Tür zu Gefühlen, die lange verschlossen waren.

Sie lagen nebeneinander und sprachen nicht. Als sie sich anschauten, teilte ein Schatten Leos Gesicht entzwei. Ebba lag seitlich auf ihrem Oberarm und kämmte sich mit den Fingern die Haare aus dem Gesicht. In der Stille wachte sie über jede Regung seiner Halsschlagader, beobachtete, wie sie im Sekundentakt immer wieder anschwoll.

Für einen Augenblick wünschte sich Ebba, die Zeit würde sie in jener Blase zurücklassen, in der ihr kurzes Glück so echt erschien.

Am Ende des Feldes stand über dem Waldrand die Sonne. Der Schimmel scharrte in der Erde. Er senkte den Hals, blies den heißen Atem in den Sand und scharrte mit dem Huf im Dreck. Mit gesenktem Kopf drehte er sich um die eigene Achse, knickte erst vorne, dann hinten ein und ließ sich seitlich zu Boden fallen. Die ganze Masse seines Körpers fing er mit einem genüsslichen Grunzen auf, legte seine schweren Wangen nieder und begann sich zu wälzen.

Mit angezogenen Beinen saß Ebba in einem Hemd von Leo auf dem Fußboden des Ateliers und beobachtete das Pferd, Leo schaukelte in seinem Schaukelstuhl. Auf dem Boden standen halbleere Teller mit den Resten der Melanzane. Das Pferd rupfte wieder Gräser aus der Erde. Ebba drehte sich zu Leo. »Ich habe dir etwas mitgebracht.« Sie stand auf und suchte nach dem Umschlag. Leo öffnete ihn, runzelte die Stirn, dann lachte er laut und betrachtete den Frosch lange im Gegenlicht. »Als Kinder haben wir ihnen immer die Beine ausgerissen.«

»Die Beine?«, fragte Ebba.

»Ja.« Er lächelte. »Wir haben sie unter Steine gelegt, getrocknet und ihre Umrisse und Muster nachgezeichnet. Und wir haben sie ausgemessen. Es gab keine zwei Froschbeine, die gleich lang waren.« Ebba fragte sich, wie viele Frösche die Jungen gebraucht hatten, um zu diesem Ergebnis zu kommen. Doch Leo war von den Zeichnungen seiner Kindheit schon wieder im Jetzt angelangt: »Für die Ägypter waren die Maler die Schöpfer der Umrisse.« Langsam drehte er den Frosch zwischen seinen Fingern. Er schien ganz versunken.

Ebba stand vom Fußboden auf und trat an den Tisch. Ihr Blick blieb an der Skizze einer Frau hängen, sie blieb stehen, nahm das Blatt vom Tisch und betrachtete den Akt schweigend.

Dem Tageslicht bleibt der ganze Körper der Figur verborgen, Unterschenkel und ihr linker Arm sind in Dunkelheit getaucht. Ein dicker, pechschwarzer Zopf, an den Spitzen ausgekämmt, fließt über ihre rechte Schulter, ihre Hände sind am Hinterkopf mit dem Lösen oder Anbringen einer Spange beschäftigt, mit abwesendem Gesichtsausdruck schreitet sie an einem kleinen Tischchen vorbei, auf dem ein Spiegel steht. Sie schaut nicht hinein.

Fast glaubte Ebba, die Frau heimlich bei ihrer Tätigkeit zu beobachten. Mit der Zeichnung in den Händen schaute sie sich nach Leo um. Er sah sie mit einem Lächeln an, als wollte er sagen: *Ich kann nichts dafür, Tag für Tag sehe ich dich vor mir. Und wenn ich sonst nichts zustande bringe, dein Bild ist lebendig.*

Leo stand auf, trat auf die Terrasse und blinzelte in die Sonne. Wieder nahm er den Frosch in die Hand und hielt ihn ins Licht.

Ebba entdeckte auf dem Rollwagen neben der Leinwand mit den Stempeln halbe, mit Farbe verschmierte Kartoffelhälften. Vorsichtig nahm sie einen der Stempel in die Hand. Das Frauenporträt aus der Ausstellung kam ihr in den Sinn, sie sah wieder die Leinwand an und war gerührt über diese kindliche Spielerei. Sie legte die Kartoffel zurück und blieb in der Terrassentür stehen, Wind strich über ihre Haut, es wurde langsam kühler.

Sie wusste nicht, wie sie Leo von der Abtreibung erzählen sollte, und fragte sich, ob sie über Nacht bleiben wollte, wenn er sie fragte.

»Du bist ein richtiger Landmensch geworden«, sagte sie.

Er drehte sich zu ihr um: »Das glaube ich nicht.« Dann schien er nachzudenken. »Aber wenn ich in Berlin die Männer mit bunten Schals in offenen Sportwagen durch die Straßen rasen sehe, werde ich immer furchtbar wütend.«

»Dann bist du ein Landmann.«

»Meinst du? Wird sich das noch mal ändern?«

»Ich hoffe nicht.« Ebba griff nach dem Tonklumpen, der auf der Fensterbank lag. »Malst du mal wieder eine Landschaft?«

Ich wollte es versuchen. Ich habe es mir vorgenommen. Die letzten Monate und Jahre hatte ich gar keine Zeit, langsame Bilder zu malen. Ich war, ich bin zu erschöpft, als hätte mich jemand Nacht für Nacht aus dem Tiefschlaf geweckt.

Die Zeichnung da drüben gefällt mir aber sehr gut«, meinte Ebba leise.

Leo hob fast entschuldigend die Schultern. »Aber auch sie ist nicht fertig, nur ein Versuch. Produziert habe ich. Hauptsache bemalt und signiert. Andere haben auf diese Weise eine ganze Epoche, eine Generation betrogen. Max plant Ausstellungen, Kataloge und Bucheditionen für die nächsten zehn Jahre. Er spricht von einer Retrospektive.«

»Lehn es ab!«

Leo schwieg. Dann sah er sie an: »Vor New York hatte ich einen Traum, es war, als hätte ich mich in ein Gemälde von Delacroix verirrt. Seitdem sehne ich mich nach dem Farbrausch, nach dem Abgründigen. *Le laid, c'est le beau.*« Kraftlos ließ er die Arme hängen und drehte die Innenflächen seiner Hände nach außen. »Aber es ist hoffnungslos. Ich habe schon lange den Eindruck, dass wir in einer Zeit ohne Überraschungen, ohne Einfallsreichtum, ohne Phantasie leben. Ich stehe hier mit meiner ollen Fackel und merke nicht, dass längst alles mit Scheinwerfern ausgeleuchtet ist. Seit ich aus New York zurück bin, komme ich nicht mehr weiter.«

Ebba knetete den Ton in ihren Händen. »Warum malst du nicht einfach, was und so viel oder wenig du willst? Sollen sie doch das nächste Mal einen Katalog mit weißen Seiten drucken, dann kann sich jeder seinen eigenen Becker ins Buch malen.«

»Nein«, lachte Leo und fügte sehr sachlich hinzu: »das geht nicht.«

Ebba verstand nicht. Er hatte doch jetzt mehr denn je alle Möglichkeiten, seinem Schaffen Raum zu geben. Seine spielerischen Experimente mit Farben und Materialien rührten sie.

»Wenn alles schief geht«, meinte Leo, ohne sie anzusehen, kann ich mich ja immer noch auf das Eigentliche besinnen.«

»Auf welches Eigentliche denn? Das ist doch Blödsinn, Leo. Besinn dich lieber gleich.« Ebba betrachtete die Kugel aus Ton und hielt sie ihm hin. »Hier.«

Spuren ihrer Finger waren im Ton zu erkennen. Leo sah sie aufmerksam an.

»Komm schon, das macht Spaß!«

Leo zögerte. »Ich kann nicht.«

»Du versuchst das Prinzip der Bäume zu verstehen. Du zeichnest Laub. Du vervielfältigst Stempel und suchst nach neuen Mustern. Fühl einfach mal! Mit deinen Händen.« Ebba legte Leo den Klumpen in die Hand. Widerwillig nahm er ihn entgegen. Er schob die Augenbrauen zusammen und öffnete den Mund, als wollte er etwas sagen, dann biss er sich auf die Unterlippe. »Wozu?«, fragte er. Ebba sah ihn schweigend an. Er hielt ihr den Ton hin, aber Ebba wehrte lachend ab. »Du sollst ihn nur verändern, gib ihm einfach eine andere Form. Stell dich nicht so an.«

Leo setzte sich auf die Bank und knetete mit geschlossenen Augen den Klumpen. Er öffnete die Augen und verformte ihn zu einer Figur mit vier Extremitäten, drückte und knetete jedoch alles wieder zu einer Kugel zusammen. Fortlaufend bohrte er mit seinen Fingern Löcher in den feuchten Ton, zog und knetete daran, bis er zu trocken wurde. Ebba reichte ihm eine Schüssel mit Wasser, damit er es befeuchten konnte, und hockte sich wieder vor ihm auf den Boden. Leo knetete konzentriert und versunken, sie konnte ihm die Neugierde ansehen. Mit großen Augen betrachtete er die handgroße Kreatur von allen Seiten.

»Was meinst du, soll ich es in diesem Zwischenzustand lassen?«

Ebba freute sich: »Warum nicht? Mir gefällt es.«

Leo knetete alles wieder zu einer Kugel zusammen. Ebba stieß ihn an. Er lachte.

Wenig später hatte er wieder eine Figur geformt, mit zwei Beinen, dünnen verbogenen Armen und dicken schweren Schaufeln, die wie Hände aussahen. Leos Fingerabdrücke wirkten sehr lebendig, aber der Kopf sah aus wie ein Totenschädel mit zwei kleinen Höhlen und einer breiten, unregelmäßigen Kerbe.

»Und? Ist die Kreatur männlich oder weiblich?«, fragte Leo.

Ebba betrachtete die Figur und meinte: »Beides. Sie sieht jedenfalls aus, als sei sie gerade aus dem Schlamm geboren worden.«

»Ein Mann aus dem Moor.« Leo lachte. Minutenlang sah er sich die Figur mit den verkrüppelten Armen und Beinen an. Dann schüttelte er den Kopf: »Ich kann einfach nicht anders, als mich zu fragen, wie viel sie wohl wert ist.« Wieder lachte er, doch es war ein spöttisches, schreckliches Lachen. »Ich kann gar nicht mehr anders. Wahrscheinlich wären sie alle völlig aus dem Häuschen.«

»Leo, wovon redest du? Hör auf, an die anderen zu denken.«

Er hielt den Mann in die Abendsonne, in der er glänzte wie öliger Schlick. »Ohne die anderen ist das Ding doch im Grunde wertlos. Es ist eine alberne Tonfigur, mit dem Unterschied, dass es meine Fingerabdrücke sind«, sagte er.

Hinter seinem Spott lag keine Ironie, dachte Ebba. »Ich kann es nicht mehr hören. Es ist doch deins, es ist deine Figur, alles andere zählt nicht. Vergiss doch mal die anderen«, sagte sie.

»Ja, Ebba, aber für Max, für die anderen wird dieses Stück Ton der Beginn meiner Arbeit an Skulpturen sein. Meine Kunst ist keine unschuldige Spielerei, kein Hobby. Die Zeiten sind vorbei.«

Sie seufzte. Sie ahnte, wie sehr Leo sich bedrängt fühlte, doch hörte sie seiner Stimme auch an, dass er längst von der Rückmeldung, Anerkennung und Bestätigung durch Dritte abhängig war. Wie er als Kind die Frösche auseinandergenommen hatte, sezierte Leo seine Umwelt, ohne etwas für andere zu empfinden. Seine Experimente kaschierten die Leere in seinem Inneren. Er selbst hatte das Gefühl dafür, was gut oder schlecht, wertlos oder wertvoll war, verloren. Wie hätte er es auch behalten sollen? Er malte und verkaufte, niemand hielt dagegen. Auf Dauer würde er an dieser Widerstandslosigkeit zerbrechen. Genauso, wie er zerbrechen würde, wenn man ihn vom Markt verstieße. Ebba stand auf. Am Rosenbogen hingen schwer die rosa Blüten. Sie hatte ihn schon lange verloren. Vielleicht würde er mit der Zeit die Gelassenheit finden, sich aus den Zwängen zu lösen. Langsam sagte sie: »Leo, der Landmann, mitten in Rom.«

»Warum nicht? Ach, Ebba, vielleicht ist das der Weg: mit Ton zu arbeiten. Ich würde gerne lernen, mit Holz und sogar mit Bronze umzugehen.« Er berührte sie am Arm.

Ebba sah auf seine Hand. Die Hand, mit der er Erbsen gepult und Äpfel geschält hatte, sie war gelähmt, konnte keinen Strich mehr ziehen, weil der Punkt, an dem der Strich begann, alleine schon Millionen wert war. Ihr Blick wanderte zu der Hand, in der er die Figur hielt. Am liebsten hätte sie den Moormann aus Leos Griff befreit.

Kapitel 21

Leo saß an seinem Arbeitstisch, neben sich das Telefon, vor sich die Figur aus Ton. Die schwarzen weiten Hosen hatte er bis an die Knöchel hochgekrempelt, die Schuhe waren offen. Er stützte die Ellbogen auf und faltete die Hände unter dem Kinn. Er scheute sich, nach Berlin zu fahren. Das Unterzeichnen der Kaufverträge war der leichtere Teil. Notfalls hätte er Max bitten können, nach Garz zu kommen. Aber es wäre ihm kindisch vorgekommen, Rahel aus dem Weg zu gehen.

Soeben hatte er mit Rahel gesprochen, um ihr zu sagen, dass sie in der Galerie auf ihn warten sollte, er wolle mit ihr sprechen. Seit heute Morgen hatte er sich mit der Entscheidung herumgequält, was er ihr sagen sollte. Sicher ahnte sie, dass er sich von ihr trennen würde. Aber mit der Trennung war für Leo das Ende ihrer Arbeit in der Galerie verbunden, er wollte sie dort nicht mehr sehen. Er musste ihr sagen, dass er ihre Hilfe und ihren Einsatz nicht mehr brauchte. Er war sich jedes seiner Worte bewusst, er hatte seine Entscheidung durchdacht.

Nun stand ihre Verabredung, Rahel würde in Berlin auf ihn warten, und das bevorstehende Gespräch bereitete ihm großes Unbehagen und Angst. Leo betrachtete die Tonfigur und lächelte traurig, als er daran dachte, wie Ebba ihm den Klumpen in die Hand gelegt hatte. War das der Punkt, an dem er nach all den Jahren angelangt war? War das alles, was von ihm übrig war? Oder war es ein Neubeginn?

Ebba hatte ihren Stuhl ans Fenster gerückt. Sie saß in einem Sonnenfleck und aß ein Stück Schokolade. Lange betrachtete sie die dicken weißen Wolken, die mit grauem Unterleib vorbeizogen. Sie stand auf, um sich einen Kräutertee zu kochen. Sie war wieder auf einem Konzert gewesen und hatte lange geschlafen, es war nach zwölf Uhr mittags, und der Kater steckte ihr in den Gliedern. Sie musste daran denken, wie traurig der Saxofonist auf der Bühne ausgesehen und wie er später mit einem Bier an der Bar gestanden und gelacht hatte, dass ihm die Luft wegblieb.

Viele Tassen standen neben der Spüle, auch die, aus der Leo bei seinem Besuch getrunken hatte. Sie nahm sie in die Hand, sie hatte in der Zwischenzeit so oft daraus getrunken, es schien Jahre her, dass er hier gewesen war. Der Nachmittag, den sie miteinander verbracht hatten, war kaum mehr als ein blasses Echo.

Rahel war allein in der Galerie, nur Max saß hinter geschlossener Tür in seinem Büro, alle anderen waren in die Mittagspause verschwunden. Durch das gekippte Fenster hörte sie einen Hubschrauber über die Dächer fliegen. Sie aß einen Müsliriegel, knüllte die Folie zusammen und schmiss sie in den Müll. Rund um den Mülleimer herum lagen andere Folien und Papiere, das Verpackungsmaterial einiger Kataloge, die heute in die Galerie geliefert worden waren. Rahel hatte alle Kartons gefaltet und gestapelt, nun widmete sie sich wieder den Kaufverträgen. Leo hatte angerufen, dass er auf dem Weg nach Berlin war. Zwei der Verträge waren vom Metropolitan Museum ausgestellt, der eine betraf *Die Bar.* Sie las die Zeilen und wartete auf Gefühle, doch sie spürte nichts außer kalter Leere. Leo, dachte sie. Dieser Mann war seit New York nicht mehr ihr Mann, sie schien ihm nicht zu fehlen.

Ob er nun kommen wollte, um ihr etwas zu sagen? Sie hatte sich ihm entzogen, weil sie verletzt war. Seine Gleichgültigkeit, sein Schweigen, sie hatte das alles nicht länger ertragen. Wollte er jetzt doch eine Aussprache mit ihr? Sie wusste nicht, ob sie hoffen oder verzweifeln sollte. Würde Leo verlangen, dass sie sich trennten? Wollte er sie verlassen? Würde er die Entscheidung treffen, die sie nicht zu fällen gewagt hatte und vor der sie sich noch immer fürchtete? Wie gelähmt würde sie mit ansehen müssen, wie er fortging. Am Telefon hatte er entschlossener geklungen, als sie sich fühlte. Aber wo wollte er hin? Ohne sie würde er alles verlieren, was er sich in den letzten Jahren erarbeitet hatte. Wer würde sich um ihn kümmern? Er konnte sie nicht einfach durch eine Assistentin ersetzen. Die Kälte, die sie eben noch gefühlt hatte, schlug in Wut um. Die Wahrheit war, dass ihm alles aus seinem »alten Leben« egal war – sie gehörte dazu, sie hatte es selbst erfahren. Selbst seine künstlerische Weiterentwicklung sollte sie nicht mehr beeinflussen. Ton, dachte sie. Ins Blaue hinein experimentierte er mit Ton, ließ sich alle möglichen Materialien nach Garz schicken. Max sprach von Skulpturen und sah es als große Chance. Skulpturen würden den öffentlichen Raum ganz anders in Anspruch nehmen, sie konnten auf Wiesen und in Gärten stehen, sie benötigten keinen geschlossenen Raum, keine Wand, um präsentiert zu werden. Leo und sein Werk wollten also frei sein, und sie stand in seinem Weg. Rahel knetete ihre Finger und starrte auf die Tür. Um ihre Gedanken zu ordnen, schrieb sie auf, was ihr durch den Kopf ging. Wenn Leo mit ihr sprechen wollte, wollte sie vorbereitet sein.

Als sie den Stift ablegte und ihre Notizen betrachtete, schien ihr jedes ihrer Argumente schwach und belanglos. Was soll ich ohne ihn machen?, fragte sie sich und hasste sich dafür. Ihre Liebe zu Leo konnte auf Dauer nicht davon abhängig sein, wie viel Nähe oder Distanz er zuließ. Sie fragte sich, was sie miteinander verband, ob es da etwas Größeres gab, etwas, das stärker war als die körperliche Anziehung? Etwas, das die körperliche Anziehung überdauerte? Sie wusste es nicht, nicht, solange er keine klare Aussage formulierte. Rahel griff erneut nach dem Stift.

Vor Leo stand die Figur, die er seit Ebbas Besuch nicht mehr angerührt hatte. Er betrachtete sie von allen Seiten. Als er ihr wieder frontal gegenübersaß, beschloss er, der Kreatur, die eher einem kuriosen Gegenstand als einem Wesen ähnelte, ein Gesicht zu geben. Zwei Punkte und ein Strich würden ihr den Lebenshauch einflößen, der ihr noch fehlte. Mit seinem kleinen Finger bohrte er zwei Löcher in den Schädel, darunter ritzte er mit einem Nagel quer eine Linie ein, die er mit den Fingern noch etwas aushöhlte. Jetzt erst ist es ein Mann aus dem Moor, dachte er.

Er betrachtete sein Werk und konnte es kaum erwarten, was Ebba dazu sagen würde. Irgendwie, fand er, war es eine Art Ebba: Ein Mensch aus Ton und Erde.

Kurz überlegte er, lauter Ebbas zu machen. Doch bei dem Gedanken an eine »Serie« konnte er den Moormenschen gar nicht mehr ansehen. *Rahel I* und *Rahel II, Rahel III* und *IV* kamen ihm in den Sinn. Ebba war niemand, den man einfach abbilden konnte. Je näher sie sich wieder gekommen waren, desto mehr war sein Bild von ihr verschwommen, und er erinnerte sich wieder daran, wie zerbrechlich ihm ihre Einmaligkeit immer vorgekommen war, wusste wieder, warum er seinen Eindruck von ihr für sich behalten musste. Es war schwer, die Nähe zu Ebba zu ertragen, weil er sie nicht festhalten konnte. Nicht in Ton, nicht auf der Leinwand. Den Kampf gegen Rahel hatte er zuletzt auf der Leinwand ausgefochten, und seine Frau hatte ihr Gesicht verloren. Damals war es die richtige Entscheidung gewesen, sie zu heiraten, heute war es die richtige Entscheidung, sie zu verlassen. Gedanken jagten durch seinen Kopf, banale Sätze wie: »Ich möchte, dass wir uns trennen«, »Rahel, ich will wieder meinen eigenen Weg gehen«, »Du kannst hier nicht länger arbeiten«. *Scheidung,* dieses Wort, dieser Zustand, passten überhaupt nicht zu ihm! Leo schlug mit der Faust auf den Tisch, er würde sie fallen lassen wie eine heiße Kartoffel, was für ein erbärmliches Schwein er war. Er schämte sich und wollte trotzdem ein neues Leben.

Der Moormann fing seinen Blick ein, lange Zeit betrachtete er die Einbuchtungen seiner Finger im Ton. Ein bisschen, fand er, sah er aus wie eine gemalte Figur von Rubens, mit all den kleinen Grübchen. Er ging zur Küche und sah dort auf die Uhr. Es war nach eins. Ach, er wollte sein Atelier überhaupt nicht verlassen, mit seinem Moormann fühlte er sich in so guter Gesellschaft. Am liebsten hätte er einen neuen Tonklumpen zur Hand genommen.

Doch er musste die Bilder loswerden, und er musste die Sache mit Rahel hinter sich bringen. Er musste nach Berlin fahren, danach konnte er, wenn er wollte, in aller Ruhe Hunderte solcher Figuren mit seinen Fingern formen und kneten – sie zum Leben erwecken.

Er setzte sich wieder und steckte sich eine Zigarette an. Minutenlang saß er, den Blick zum Fenster hinaus, und dachte zurück an die vergangenen Wochen. An Ebbas Besuch. An den gemeinsam verbrachten Nachmittag. Lange Momente gab er sich der Vorstellung hin, Ebbas Glieder in feuchten Ton zu kneten.

Die Erinnerung ist eine seltsame Sache. Gelebtes Leben, unwiederbringlich vergangen, lebt die Vergangenheit nur in den Geschichten, die wir am Feuer erzählen.

Im Schaukelstuhl wippte Leo vor und zurück. Immer wenn er vorne ankam, knarrte der Stuhl. Er drückte die Zigarette aus und fühlte sich mutiger, Rahel gegenüberzutreten, ihm war egal, was sie von ihm hielt – es war seine Entscheidung, sein Gefühl. Er rief Frau Wehndorf an und bat sie, am Abend das Haus abzuschließen, er sei nicht sicher, ob er morgen früh schon zurück sei.

Er ging hoch ins Schlafzimmer, suchte ein frisches Hemd aus dem Schrank und schrubbte sich unter warmem Wasser lange mit Glycerinseife die Hände. Er rasierte sich.

Ebba goss den losen Tee in der Kanne mit kochendem Wasser auf und rührte mit einem Löffel in den Blättern. Manche Gedanken an Leo beschäftigten sie schon lange, aber erst als er ihr die Figur hingehalten und von Max und der Villa Massimo gesprochen hatte, waren sie deutlich geworden. Zuerst hatte er mit dem Ton in der Hand so klar und frei gewirkt, wie sie ihn noch nie zuvor erlebt hatte, alle Traurigkeit schien verschwunden. Für einen Moment hatte sie geglaubt, sich in seinem wilden Leben geborgen fühlen zu können. Hatte gespürt, dass sie sich ihm wie damals und doch auf ganz andere Weise verbunden fühlte.

Aber Leo wollte unabhängig sein und ertrug die Einsamkeit nicht. Er beklagte sich, nicht weiterzukommen, aber er bewegte sich keinen Millimeter. Er fürchtete sich vor den Dingen, aber er flüchtete sich in die Geschäftigkeit und in den Erfolg, statt sich seinen Ängsten zu stellen. Er wollte zu seiner Kunst zurückfinden, aber ließ sich von der Oberfläche blenden. Er wollte Reduktion, aber auf nichts verzichten. Er wollte mit eigenen Augen sehen, aber er ertrug die Wahrheit nicht.

Ebba goss den Tee durch ein Sieb in die Tasse, rührte Honig hinein, schlürfte und versuchte, sich abzulenken und an andere Dinge zu denken. Sie war hungrig und öffnete den Kühlschrank, aber es war nichts drin, was sie aus der Hand hätte essen können. Sie setzte sich mit dem Tee an ihr Klavier und spielte einhändig eine kleine Melodie. Wieder dachte sie an Leo, er hatte ihr das Stück auf der Mundharmonika vorgespielt. Sie trank einen kleinen Schluck Tee und spielte das Lied noch einmal von vorne. Ihr fiel ein, wie er seine Spiegeleier immer aus der Pfanne gegessen hatte. Sie schmunzelte, und ihr Blick fiel auf Leos Briefe, die auf ihrem Schreibtisch lagen. Jeder von ihnen war ein Kunstwerk. Sie stand von ihrem Klavierhocker auf, stellte die Tasse ab, trat an den Tisch und sah sich jeden ganz genau an. Behutsam legte sie die Briefe zusammen. Ebba schloss für einen kurzen Moment die Augen. Dann sah sie zu STANDING BEAR.

Rahel tippte mit ihrem Kugelschreiber nachdenklich auf den Schreibblock, auf dem sie ihre Gedanken notiert hatte, darunter hatte sie eine Zeitachse gemalt. In der Presse war bezüglich der Met-Ausstellung kommuniziert worden, dass es von Leo Becker in den nächsten fünf Jahren keine Ausstellung mehr geben würde. Doch sie wusste, dass Max ihm nur drei Jahre für die Retrospektive geben wollte. Leo sollte in den nächsten Jahren keine Bilder ausstellen, aber eigens für die Ausstellung welche anfertigen. Außerdem wuchs Max' Hoffnung, dass Leo nach Rom fahren und sich der Skulptur zuwenden würde. *Leo Becker: Zwanzig Jahre Bilder und Skulpturen.* Rahel seufzte. Drei Jahre, wenn sie den Strich in drei Abschnitte teilte, war das nicht viel. Andererseits erschien ihr die Zeit unendlich lang. Drei Mal zwölf Monate. Ohne Leo war ihre Zukunft völlig ungewiss. Ein Jahr, zwei Jahre, drei Jahre Abstand, das war keine Auszeit, das war eine Trennung. Sie sah auf und hielt für einen Moment im Spiel mit dem Kugelschreiber inne. Sie durfte sich nichts Falsches einreden. Sie musste darauf vertrauen, dass sie sich nicht einfach so aus den Augen verlieren konnten. Sie sah sich um. Irgendwo hatte sie die Zigaretten hingelegt, sie fand die Schachtel und schüttelte eine heraus. Da hörte sie, wie ein Laster auf den Hof fuhr.

Sie trat ans Fenster und sah einen rotgelben Lieferwagen von DHL. Zwei Männer stiegen aus und öffneten die Hecktüren.

Die Straße wand sich zwischen verwitterten Telefonmasten, Bäumen und grasbewachsenen Senken dahin. Leo bremste über dem Bahnübergang und beschleunigte wieder, im Rückspiegel verkleinerte sich das Ortsschild von Lüchfeld, neben ihm glitt das brandenburgische Land in Schlieren vorbei. Geradezu, in Leos Sichtfeld, standen vereinzelt Bäume, umgeben von grünen Feldern. In der Ferne markierten Zäune die Grenzen der braunen Äcker. Auf der eintönigen Strecke wurden seine Gedanken wieder lauter, Leo drehte die Musik auf, kein Auto kam ihm entgegen. Aber auch die Musik verscheuchte seine Gedanken nicht. Er würde die Verträge unterzeichnen, die Bilder würden in die halbe Welt verstreut, Max würde ihm anerkennend auf die Schulter klopfen. Dazwischen schoben sich Bilder von Rahel, die in Tränen ausbrach, dann wieder Ebbas schönes Lachen, die ihm die Tonkugel hinhielt und sich über die Figur freute – erschrocken trat er auf die Bremse, weil er glaubte, ein Tier läge auf der Fahrbahn, er wich auf die Gegenfahrbahn aus, eine braune Papiertüte flog zur Seite.

Ebba zog Strähnen ihrer Haare durch die Finger. Vor ihr lag das Foto des Indianers, sie hatte es aus dem Rahmen genommen und betrachtete zum letzten Mal den stolzen, ernsten Ausdruck in den Augen des jungen Kriegers. Sie verglich sein dunkles Gesicht mit Leos nordischen Zügen und dem Seefahrerblick, verglich den gütigen Ausdruck mit der schweren Last, die Leo stets auf seinen Schultern trug. Sie stützte ihr Kinn auf und suchte nach Worten, um Leo einen kurzen Brief zu schreiben. Stattdessen legte sie den Stift beiseite und wickelte das Foto in einen Bogen Seidenpapier. Sie suchte einen festen Umschlag heraus und begann, in großen Lettern Leos Adresse darauf zu schreiben. Sie wünschte, er könnte in Garz endlich die Heimat finden, die er dort gesucht hatte. Sie wünschte, er könnte zurück zu seinem unverstellten Gefühl für die Kunst finden. Ebba schaute auf die Worte *Leo Becker*, und Traurigkeit stieg in ihr auf. Sie hielt ihren Stift in den Fingern und wusste, dass sie Leo liebte, aber von ihm befreit sein musste, damit dieses Gefühl erhalten blieb. Es konnte für sie kein gemeinsames Leben mehr mit Leo geben.

Sie verschloss den Umschlag und stand auf.

Rahel unterschrieb die Empfangsbestätigung, und einer der Männer half ihr, mit einem Hammer den Deckel der Holzkiste zu öffnen. Als sie gegangen waren und der Motor im Hof wieder ansprang, stand Rahel neben der Kiste und fragte sich, wie sie den Rest alleine ausgepackt bekäme. Sie holte als Erstes eine große Mülltüte, hob den Holzdeckel ab und schaufelte die Styroporschnipsel mit der Hand in den Plastiksack. Sie hatte den ganzen Sack gefüllt, als sie auf den Hals des Karussellpferdes stieß. Es war in Noppenfolie verpackt und mit Klebeband umbunden. Sie holte einen weiteren Müllsack und eine Schere. Vorsichtig befreite sie die Antiquität aus ihrer Schutzhülle, bis der Kopf und der Rumpf freilagen. Eine seltsame Stimmung überkam sie. Ihr fiel auf, wie still es in der Galerie war. Wo blieben die anderen, wo blieb Leo? Sie sah auf die Uhr: Hauptverkehrszeit. Wahrscheinlich musste sie ihm noch eine Stunde geben. Leo würde mit Sicherheit fragen, wem dieses Pferd gehört.

Sie konnte gar nicht mehr glauben, dass das Holzpferd sie in New York so angezogen hatte. Es war ein schrecklicher Morgen gewesen. Als sie es im Fenster sah, war es ihr wie ein Versprechen vorgekommen, als könne es sie in ihre Kindheit entführen. Es war die Sehnsucht gewesen, zu träumen und zu staunen, wie sie es damals auf dem Rücken des Karussellpferds getan hatte.

Rahel strich über die kleinen Holzohren und musterte die Stellen, an denen die rote Farbe abgeblättert war. Der Morgen in New York lag weit zurück, und als das Holzpferd jetzt vor ihr stand, fand sie es seltsam, dass ihre Liebe als Mädchen über viele Jahre einem Wesen gegolten hatte, das sich stur und starr im Kreis drehte. In der Erinnerung würde sie keinen Trost, kein Glück finden.

Vielleicht konnte nur eine Trennung ihre Beziehung mit Leo, ihre Liebe für ihn erhalten. Vielleicht musste sie noch viel mehr von der Welt da draußen kennenlernen und erleben. Bestimmt. Doch sie fühlte sich müde und hätte sich jemanden gewünscht, der ihr Halt gab, der sie in den Arm schloss und sie vor genau dieser Welt da draußen bewahrte. Sie brauchte Mut. Wenn sie nur endlich den Mut fand, auf eigenen Beinen zu stehen. Sie würde es alleine schaffen. Alleine. Alleine, dachte sie. Sie wollte alles, nur nicht alleine sein.

Vielleicht hatte er das alles wirklich nicht verdient, wie Tobias sagte. Der Welt war es ganz gleich, ob seine Bilder gut oder schlecht waren, sie verkauften sich so oder so. Er war Leo Becker, der Maler! Alles flog ihm zu, die Kunst, das Geld, die Liebe. Er verstand nicht, wie er auf andere wirkte, er verstand vieles nicht mehr, und sein Verstand weigerte sich, darüber nachzudenken. Er suchte das einfache Glück. Aber da waren die Anforderungen, die Tobias nicht sah, weil er sie nicht kannte. Würde er dem Druck weiterer Jahre standhalten können? Was suchte er in Rom?

Leo übersprang das nächste Lied und fummelte mit der einen

Hand eine Zigarette aus der Packung, die auf dem Beifahrersitz lag. Er wusste gar nicht mehr genau, was er Rahel eigentlich sagen wollte. Für ihn war völlig klar, dass er mit ihr nicht mehr zusammenleben konnte. War ihr Verhalten, ihr schweigender Rückzug, ein Zeichen, dass es ihr ähnlich ging? Die Schachtel klemmte an seinen Fingern fest. Er schüttelte sie ab und schleuderte sie auf den Boden unter den Beifahrersitz. Er steckte sich den Filter in den Mund. Oh, das war ein Lieblingssong von ihm! Er hatte Ebba neulich die Melodie auf der Mundharmonika vorgespielt, er drehte die Musik auf und sang die Zeilen, die er auswendig konnte, mit. Er kurbelte das Fenster runter und ließ Luft herein. Es war ein herrlicher Tag, aber die beklemmenden Gedanken wollten nicht weichen. Was würde denn anders sein, wenn er mit Rahel geredet hatte? Das Leben würde seinen Lauf nehmen. Wieder würde er arbeiten, man würde seine Werke ausstellen, und vermutlich wie sonst auch loben. Aber man würde ihm nicht die Zeit geben, ihm nicht erlauben, sich zu entwickeln, obwohl genau das von ihm erwartet wurde.

Er wollte wieder Hoffnung schöpfen, das Gefühl auskosten, wie eine Speise, auf die er monatelang verzichtet hatte. Er blickte wieder auf die Straße. Irgendwo stieß ein Sonnenstrahl auf ein Glasdach, und ein weißes Blitzlicht schoss ihm entgegen. Er lehnte den Kopf zurück und versuchte die Sonnenklappe runterzudrücken.

Dass die Zeit zu schnell vergeht, ist eine neuartige Redewendung, eine Redewendung für Gesunde. Leidet man an Schmerzen, an Sehnsucht oder Heimweh, ist die Ewigkeit die größte Qual.

Auf der Sonnenseite spazierte Ebba durch ihren Kiez. Ein starker Wind wehte Plastiktüten, Staub und Blätter über die Straßen. An der Hauptstraße bog sie links ab; einige hundert Meter von hier stand ein Briefkasten. Sie musste an einer mit rot-weißen Plastikbändern abgetrennten Baustelle vorbei, wo der Asphalt ausgebessert wurde. Drei kräftige Männer mit Zigaretten in den Mundwinkeln standen mit Harken und Schaufeln um einen riesigen Laster herum. Zähflüssiger Teer floss herunter, es stank nach heißem Gummi. Einer der Männer verteilte den Teer auf der Straße, ein anderer harkte ihn glatt, und ein weiterer kauerte auf Schonern, die er über den Knien trug, direkt vor der giftig dampfenden Masse und schob und zog sie mit einem Holzbrett glatt. Ebba schaute ihnen im Vorbeigehen zu, betrachtete die geschwärzten, vom Schweiß glänzenden Gesichter der Männer. Lange wollte sie nicht mehr in der Stadt leben.

Leo sang den Refrain mit, ihn blendete das Licht, er musste seine Augen zusammenkneifen. Nur auf der rechten Seite des Straßenabschnitts verlief eine Leitplanke, links, wo eine Senke abfiel, standen vier Betonsperren von einer verlassenen Baustelle. Er lockerte den Gurt und beugte sich vor, um an das Handschuhfach zu kommen, da drin musste seine Sonnenbrille liegen. Er lenkte den Wagen nach rechts auf die Auffahrt zur Autobahn zu, tastete nach der Sonnenbrille, CD-Hüllen fielen aus dem Handschuhfach heraus, Straßenkarten, ein Handbesen und Scheibenwasserlösung.

Noch immer steckten die Hufe in Folie und Klebeband. Rahel ließ die Holzkiste stehen, sie würde den Rest später auspacken. Max oder Ulli mussten ihr später helfen, das Pferd aus der Kiste herauszuheben. Ulli war aus der Mittagspause zurück, aber sie hatte viel zu tun und nahm unentwegt längere Gespräche entgegen. Max' Tür blieb verschlossen. Rahel trug die Müllsäcke zur Tür, ging in ihr Büro zurück und wunderte sich langsam, dass Leo noch immer nicht aufgetaucht war. Sie prüfte E-Mails und ihr Telefon, keine neuen Nachrichten. Sie wählte Leos Nummer: »Der Teilnehmer ist momentan nicht erreichbar, wird aber per SMS über ihren Anruf informiert.« Rahel runzelte die Stirn.

Das Aufjaulen von Sirenen ertönte. Die Wagen des Verkehrsunfalldienstes kamen heran, zwei Polizeibeamte sperrten die Unfallstelle weiträumig ab.

Kurz darauf kam der Krankenwagen. Die Sanitäter kletterten zum Wagen in die Senke. Das Autowrack lag seitlich auf der Fahrertür. Sie öffneten die Türen auf der Beifahrerseite des Jeeps und zogen den Verletzten zu dritt vom Fahrersitz. Sie hoben die Trage die steile Böschung hinauf auf die Straße und setzten sie ab. Einer der Sanitäter, in roter mit Leuchtstreifen besetzter Kleidung, berührte den Verletzten vorsichtig im geschwollenen Gesicht. Glassplitter glitzerten in den Wunden. Mit einer Taschenlampe prüfte er die Pupillen: nur die linke Pupille reagierte auf Licht. Er schaute auf die rechte Hand und stellte Brüche sowie Stauchungen im Hand- und Daumengelenk fest. Durch reflexartiges Abstützen vor dem Aufprall waren die Finger der rechten Hand und der Ellbogen gebrochen. Mehr konnte er unter der Kleidung nicht erkennen. Der Verletzte zeigte keine Reaktion auf Schmerzreiz. Der Sanitäter sprach den Verletzten an: »Hören Sie mich! Können Sie mich hören? Wie heißen Sie?« Der Verletzte rang nach Luft, sein Blutdruck lag bei hundertzehn zu fünfzig, der Puls bei hundertzehn Schlägen pro Minute. Zu zweit entschieden sie sich für eine Intubation, während der dritte Sanitäter im Wagen den Hubschrauber aus Berlin alarmierte. Er schätzte die verletzte Person nach der Glasgow-Koma-Skala auf einen Punkt ein, bewusstlos und in Lebensgefahr.

Die beiden Beamten der Polizei nahmen unterdessen die Aussagen eines Augenzeugen auf, der den Unfall beobachtet hatte. Gaffer hatten sich an der Absperrung aufgereiht und wurden immer wieder aufgefordert, weiterzugehen und den Verkehr nicht zu behindern. Eine Frau in gelber Regenjacke fing an zu weinen und wollte erfahren, was passiert sei. Keiner sprach mit ihr.

Während der Beatmungstubus in die Luftröhre eingeführt wurde, reagierte der Verletzte erstmals mit Armbewegungen und einem Husten.

Ebba beschleunigte ihren Schritt, um den Teergestank und den Lärm hinter sich zu lassen, der ihr direkt ins Gesicht wehte. Aber der Gestank wurde schlimmer, sie rannte ein kurzes Stück und blieb schließlich stehen. Eine verschleierte Frau mit einem Kinderwagen kam auf sie zu. Ebba versuchte, unter dem Schleier ihr Gesicht zu erkennen, aber er ließ nur die Augen frei und die Frau sah zu Boden. Als sie den Wagen an Ebba vorbeischob, konnte sie kein Kind unter den Decken sehen. Ebba umklammerte den Umschlag mit beiden Händen und ging langsam weiter.

In der Kreisleitstelle Ostprignitz-Neuruppin tippte der Beamte die am Unfallort aufgenommenen Daten in das Polix-Programm.

Betreff: Alleinunfall auf BAB mit schwer verletzter Person

B167 Auffahrt A24 Neuruppin Abschnitt Neuruppin-Neuruppin Süd befuhr der 37-jährige Becker, Leo, 14.2.1970 Dresden geb., Berlin, Brunnenstraße 5 whft., mit seinem PKW Jeep mit dem amtlichen Kennzeichen B-ED 2256 von der Landstraße 167 kommend die Autobahnauffahrt A24 in südlicher Richtung auf der rechten Fahrspur und kam aus bisher noch ungeklärter Ursache von der Fahrbahn ab, geriet ins Schleudern und stieß mehrmals frontal und seitlich gegen Schutzplanke und Betonpfeiler. Der Unfallwagen rutschte links ab in eine Senke.

Durch den Verkehrsunfall entstand Sach- und Personenschaden.

Herr B. erlitt diverse Schnittverletzungen im Gesicht, stumpfe Verletzungen am Kopf, Extremitätenfrakturen und Verletzungen der inneren Organe (Leber, Milz) und wurde mit dem Hubschrauber in das Unfallkrankenhaus Berlin-Marzahn verbracht. Der Zustand des Herrn B. ist lebensbedrohlich.

Die Auffahrt U47 Neuruppin auf die A24 südliche Richtung sowie der rechte Fahrstreifen der B167 in östliche Richtung wurden von 14:00 – 15:20 voll gesperrt. Der beschädigte PKW wurde mittels Abschleppunternehmen aus der Senke der B167 beseitigt.

VU-Anzeige: 070922-1400.012345 gef.

Brandenburger Polizeipräsidium A11, PHM

Auch eine halbe Stunde später war Leo noch nicht aufgetaucht. Rahel versuchte wieder sein Telefon. »Der Teilnehmer ist momentan nicht erreichbar, wird aber per SMS-«

Es würde sich nie ändern, dachte sie und legte verärgert auf, nie war er für sie erreichbar! Er konnte doch nicht so lange in einem Funkloch stecken. Sie versuchte es im Atelier, auch dort nahm keiner ab. Sie hatte gehofft, dass Frau Wehndorf gerade sauber machte und ihr sagen konnte, wann Leo losgefahren war.

Im nächsten Moment steckte Max den Kopf durch die Tür und fragte, sichtlich ungehalten, wo Leo bliebe: »Wir brauchen nur noch seine verdammte Unterschrift unter die Verträge, das sollte er doch schaffen!«

Ratlos sah Rahel ihn an, sie wusste nicht, ob Max von ihr erwartete, wie früher zwischen Leo und der Galerie zu vermitteln. Sie wusste ja auch nicht, wo er steckte. Vielleicht wollte er sich gar nicht vor den Kaufverträgen, sondern vor dem Gespräch mit ihr drücken. Als Max gegangen war, versuchte sie es noch einmal auf dem Handy. Leo antwortete nicht.

Kurz darauf brachen Max und Ulli zu einer längeren Besprechung im Restaurant auf. Sie sollte sich bei ihnen melden, falls Leo doch noch auftauchen sollte.

Nach der Unfallschilderung erhärtete sich aus der Sicht des behandelnden Arztes der Verdacht auf Brückenvenenrupturen mit dem Risiko sich verstärkender Blutungen im Schädelinneren. Wenn der Fahrer beim Frontalaufprall angeschnallt war, wurde der Oberkörper vom Gurt im Sitz gehalten, der Kopf aber durch den abrupten Stopp gewaltsam zur Brust gerissen. Lebensbedrohliche Verletzungen blieben von außen unsichtbar. Der Zeitraum zwischen Leben und Tod verstrich für den Arzt im Sekundentakt, mit jeder Sekunde entschied sich, ob die Rettung gelingen würde oder nicht.

Der CT-Befund ergab keine Notwendigkeit einer unmittelbaren Operation, der Patient kam unter fortgesetzter Beatmung auf die Intensivstation. Die Körpertemperatur sank weiterhin und lag nach der CT inzwischen bei 30,1 Grad. Der Blutdruck blieb konstant schwach, für einen operativen Eingriff war der Patient zu instabil. Man überwachte ihn.

Eine Schwester stand am Bett, warf immer wieder prüfende Blicke auf den EKG-Monitor. Das Gesicht des Unfallopfers war geschwollen und unter den Schläuchen kaum zu erkennen. Sie strich ihm die Haare aus der Stirn und tupfte die Platzwunde über der Augenbraue ab.

Rahel umklammerte das Telefon und schaute sich verwirrt im Zimmer um, erst jetzt fiel ihr auf, dass alle Kataloge, die dort gestapelt lagen, einen roten Einband hatten. Auf dem Bürotisch stand der grüne Glasaschenbecher, darin glühte ihre Zigarette. Ein schwarzes Brillenetui lag neben dem Bildschirm des Computers, auf dem Fensterbrett eine Uhr, ein Telefonhörer. »Was – was ist mit ihm?«

»Er wurde in das Unfallkrankenhaus Berlin-Marzahn gebracht und liegt dort auf der Intensivstation. Er ist schwer verletzt.«

»Was ist mit ihm?«, wiederholte Rahel ihre Frage.

»Ihr Mann ist in seinem Wagen verunglückt und wurde nach Marzahn gebracht. Er liegt auf der Intensivstation.«

Rahels Finger begann zu zittern, sie presste ihre Lippen zusammen, sie wurden trocken, blutleer. Wo war noch mal die Klinik in Marzahn, überlegte sie krampfhaft. Sie stand auf, stieß mit dem

Oberschenkel gegen die Tischkante, schob und kickte die Kartonkisten zur Seite, um an ihre Handtasche zu kommen. Verzweifelt suchte sie ihre Schlüssel. Sie zwang sich, sich zu beruhigen, fand den Schlüsselbund und krampfte ihre Finger um die Schlüssel, bis ihre Hand schmerzte. Sie musste ins Krankenhaus.

Sie hastete an der Holzkiste vorbei, in der das Pferd anmutig die in Noppenfolie geschlagenen Hufe hob, vorbei an den Müllsäcken, aus denen das Styropor quoll, und zur Tür hinaus. Draußen fiel ihr der Schlüssel aus der Hand, sie bückte sich danach, schloss ab, rannte zu ihrem Wagen. Er ist ein Kämpfer, dachte sie, während sie den Motor startete, Leo ist doch ein Kämpfer!

Der Tod ist: Steige auf einen Berg, suche einen Baum mit einem Astloch, flüstere dein Geheimnis hinein und verschließe es mit Lehm. Der Tod ist fast wie eine Geburt.

Der Tod ist: Alle waren am Leben und gesund, außer Polkan, dem Hofhund, der im letzten Jahr toll geworden und schließlich verreckt war.

Der Tod ist: Seit dem 1. September 1962 war er Mitarbeiter unserer Firma und zuletzt DV-Sachbearbeiter. Wir verlieren mit ihm einen hilfsbereiten und liebenswerten Kollegen, den wir als herzlichen Menschen in Erinnerung behalten werden.

Der Tod ist mein Hirte.

Der Tod ist: Leb wohl! Ich küsse dich – oh Liebste, diese Qualen!

Endlich erreichte Ebba den Briefkasten. Sie drehte den Umschlag ein paarmal vor und zurück. Was er kann, kannst du auch. Ob der Umschlag auch ausreichend frankiert war? Sie las noch mal die Adresse, so wie man am Telefon dem Freizeichen lauschte, Garz …, Garz …, Garz …, dann schob sie den Brief in den Schlitz »Berlin-Brandenburg«, hörte, wie er auf den anderen Umschlägen landete, studierte die Leerungszeiten und wandte sich schließlich ab. Auf einem Umweg ging sie zurück nach Hause.

Nach achtundvierzig weiteren Stunden der Beobachtung war das Unfallopfer noch immer bewusstlos. Zwei Ärzte protokollierten zum dritten Mal übereinstimmend und unabhängig die Lichtstarre beider Pupillen, das Fehlen von Reflexen, das Fehlen von Reaktionen auf Schmerzreize, Fehlen des Pharyngeal- und Trachealreflexes sowie den Ausfall der Spontanatmung. Der Hirntod des Verunglückten war somit medizinisch festgestellt. Irreversibel waren die Gesamtfunktion des Großhirns, Kleinhirns und des Hirnstamms erloschen. Die Diagnose schloss: Aufgrund obiger Befunde, zusammen mit den Befunden der Protokollbögen Nummer eins und zwei, wird der Hirntod und somit der Tod des Patienten festgestellt.

Sie steigt wie ein Wasserpegel, die Einsamkeit. Es steigt wie ein Wasserpegel, das Sehnen. Ich glaube, die beiden Gefühle gehen einher mit dem Drang, die Zeit anhalten zu wollen: Genau jetzt.

Epilog

Es war einer der ersten kühleren Abende im September. Den ganzen Tag hatte es stark geweht, und das erste Laub war durch die Straßen gefegt worden. Als Ebba auf die angeleuchtete Fassade des Hamburger Bahnhofs zuging, war der Himmel sternenklar. Menschen stauten sich vor den Türen, ihr Gerede wurde lauter, ihr Duft strenger, je näher Ebba ihnen kam. Sie überlegte, ob im letzten Jahr noch mehr Menschen zu einer Ausstellungseröffnung von Leo Becker gekommen wären. Als sie sich aber ins Innere des Museums vorgedrängelt hatte, konnte sie kaum die Wände sehen, so viele Besucher standen eng an eng in kleinen Gruppen, tranken und redeten. Ebba sah in die blassen Gesichter, bemerkte die zur Schau gestellte Langeweile, die wissende Überheblichkeit in den Blicken. Sie schob sich durch die Menge entblößter Schultern und gerader Frisuren zur Treppe, die ins erste Geschoss führte. Ein Schild wies darauf hin, dass oben Leos Werke aus zwanzig Jahren hingen. Vor zwei Tagen hatte sie einen Artikel gelesen, der die *monumentale Retrospektive* von Leo Becker *mit rund siebzig Bildern und einer Skulptur* ankündigte. *Die Dokumentation eines Lebenswerks*. Auf den Treppenstufen kamen ihr junge Leute entgegen, die sich laut unterhielten. In den Gängen der Ausstellungsräume war es nicht leerer, in den Räumen selbst drängten alle zur Mitte hin, mit dem Rücken zur Wand. Ebba wusste für Sekunden nicht, weshalb sie gekommen war. Dann schritt sie an Leos ersten Zeichnungen entlang, an Ölbildern und den kleinen Landschaften, die Leo früher auf Postkarten gemalt hatte. Alle trugen seine Signatur. Seit Leo Becker tot sei, hatte in dem Artikel gestanden, würde man seine Bilder wie die Werke Alter Meister sammeln. An einer Stellwand war die Biografie des im letzten Jahr verstorbenen Malers zu finden. Vom »weltweiten Boom« war da die Rede, Ebba las nicht weiter. Der Geruch parfümierter Menschen stieg ihr wieder in die Nase, und sie sah sich suchend um, bis sie Rahel entdeckte.

Leo Beckers Witwe war von Menschen umringt und trug ein Kleid aus violetter Seide, das im Licht der Neonröhren dunkel schimmerte. Ihre ganze Erscheinung war elegant, sie war sehr dünn, aber ihre Wangen waren rosig, ihre Augen wirkten sehr ernst, aber das Weiß in ihnen strahlte. Ebba war sich nicht sicher, ob sie sich den harten Zug um ihre Mundwinkel nur einbildete. Von der Blässe, die Ebba in Erinnerung geblieben war, war jedenfalls nichts mehr übrig, Rahel schien sich ihrer selbst sicher. So sieht jemand aus, dachte Ebba, der zu sich gefunden hat. Bei dem Gedanken, dass Leos Vermächtnis Ruhe und Zufriedenheit gesät hatte, musste sie lächeln.

Sie wandte sich ab und ging weiter durch die Räume. Die Formate der Leinwände wurden größer, je jünger die Werke waren, doch die feine Ölzeichnung der Frau vor dem Spiegel fand Ebba auch unter den jüngsten Werken nicht. Im Stillen hatte sie gehofft, sie hier wiederzusehen. Doch als sie wieder am Ausgang ankam, stand dort, mitten im Raum, eine Glasvitrine. Ebba erschrak beim Anblick der in Bronze gegossenen Tonmasse. Mit klopfendem Herzen ging sie auf die Figur zu und betrachtete sie von allen Seiten.

Die Schaufelhände, die gekreuzten Beine, der entstellte Kopf, sie sah genauso aus, wie sie sie in Erinnerung hatte, nur hatte sie ein Gesicht bekommen, wissende Augen und einen skeptischen Zug um den Mund, als wäre sie nicht sehr zufrieden mit der Haltung, in der sie erstarrt war. Sie wirkte in ihrem Glaskasten unter all den Menschen und Gemälden wie ein vergessenes Waisenkind. Ebba überkam ein Schmerz, den sie seit Leos Beerdigung nicht mehr gespürt hatte. Sie starrte den Moormann an, und der Moormann lachte zurück.

„Perfekter kann ein Roman nicht sein.“

(The Age)

Sofie Laguna
Lichterloh
Aus dem Englischen von
Sabine Roth.
176 Seiten. Gebunden
mit Schutzumschlag.

Hester wird von ihren Eltern in einem Haus fernab der Welt gefangen gehalten. An dem Tag, als sie das Verbot ihrer Eltern ignoriert und ins Freie tritt, wird ein unbändiger Wille zu leben in ihr wach. So unbändig, dass sie eine Entscheidung fällt, die unsere Norm von Gut und Böse fundamental auf den Kopf stellt.

Ein Roman von bezwingender Sprachkraft, geschrieben mit einer Kompromisslosigkeit, deren lyrische Klarheit ihresgleichen sucht. Ein Buch, das zu dem Kind in uns allen spricht und Hoffnung dort möglich macht, wo wir sie längst nicht mehr vermutet hätten. Denn aus der tiefsten Dunkelheit strahlen die Sterne am hellsten …

Erschienen im Fahrenheit Verlag.
Das gesamte Verlagsprogramm finden Sie unter
www.fahrenheit-verlag.de